怪咖奇异 事件簿

STRANGE EVENT

时 间 囚 徒

蔡必贵◎著

贵 州 出 版 集 团
贵 州 人 民 出 版 社

图书在版编目（CIP）数据

怪咖奇异事件簿．时间囚徒 / 蔡必贵著．-- 贵阳：贵州人民出版社，2022.8（2023.4 重印）
ISBN 978-7-221-17037-8

Ⅰ．①怪… Ⅱ．①蔡… Ⅲ．①长篇小说－中国－当代 Ⅳ．①I247.5

中国版本图书馆 CIP 数据核字（2022）第 002694 号

怪咖奇异事件簿·时间囚徒

GUAIKA QIYI SHIJIANBU · SHIJIAN QIUTU

蔡必贵 / 著

责任编辑 赵帅红
装帧设计 王　鑫
出版发行 贵州出版集团　贵州人民出版社
地　　址 贵阳市观山湖区会展东路 SOHO 办公区 A 座
邮　　编 550081
印　　刷 大厂回族自治县德诚印务有限公司
开　　本 620mm×889mm　1/16
印　　张 15
字　　数 195 千字
版次印次 2022 年 8 月第 1 版　2023 年 4 月第 2 次印刷
书　　号 ISBN 978-7-221-17037-8

定　　价 49.00 元

怪咖奇异 事件簿 | 目录

STRANGE EVENT

第一章

雪山归来

我站在雪里。

雪很安静，安静得像脚下的雪山。一片冰天雪地，但我却觉得很温暖，就好像漫山遍野的白色并不是雪，而是软软的棉花。

突然之间，毫无预兆地，伴随着一阵雷鸣般的巨响，山坡上的雪地被撕裂成了一块块的，而且每一块都有一间房子那么大，最上面的雪块开始坍塌，裹挟着下面的雪块。这些雪块变成了一头狂怒的白色巨兽，带着吞噬天地的气势向我猛扑过来。一阵震破耳膜的咆哮之后是像冰刃一样锐利的风。我知道自己必死无疑，所以一点儿都没打算逃。

身后却有人绝望地大叫："雪崩！"

我刚要回过头去，面前却闪出了一个膀大腰圆的背影，横在我跟白色巨兽之间。

他摘下手套，伸出右手，像神经病似的大喊："快出来啊！"

我用手挡住扑面而来的雪粒。就在白色巨兽张开大口，要把他和我一口吞下的时候，天地之间红光一闪。

时间仿佛静止了。

我站在那个胖子身后，只能看见他的手背。

他张开右手五指，从指缝里散射出暗红色的光，那光像水的波纹一样涌动。波纹一样的暗红色的光，把那头白色的巨兽笼罩了起来。巨兽迟疑着，慢慢收起了它的狂怒，最后竟然像看见了主人的温顺小狗，俯下身来，温柔地用鼻子去嗅那人伸出的右手。

红光大盛，巨兽旋转着，缩小着，最后竟然像是被红光卷入，封印在那人的右手里，一场雪崩消失得无影无踪。那个胖胖的身影，像是用尽了所有的生命力，砰的一声倒在雪里。

我这才反应过来："水哥！"

我醒来的时候，发现自己浑身大汗淋漓。没有雪山，没有水哥，没有日本人，也没有——小希。我一个人躺在沙发上，在我一个人住的复式公寓里。下午的阳光从窗帘的缝隙里钻了进来。我的背心都被汗浸透了。

10 月下旬的深圳，气温依然不低，很多人睡觉还会开空调。但是，从雪山回来之后，我从心里就变得特别惧怕寒冷。热水器要调到 40 摄氏度以上，喝威士忌不但不加冰，甚至还想加热茶做成 Hot Toddy（热托蒂）。做梦的时候，不是梦见雪崩，就是梦见自己变成一具鲜艳的尸体，埋在厚厚的雪层下。所以，我宁愿睡得浑身大汗，也不敢开空调，似乎只有这样，在酷热中才有一丝安全感。

我用双手撑着沙发垫，吃力地坐起来。流了那么多汗竟然还想上厕所，看来是凌晨喝完"麦卡伦"（威士忌的一种品牌）之后口渴，喝了太多的水。膀胱充斥着尿意，我想站起身来，但看了一眼茶几上搁着的拐杖，还是决定再忍忍。

是的，从雪山回来之后，我光荣负伤，成了一个行动不便的人——因为日本人小野捅的那一刀。医生说起码要卧床休息三个月，恢复得好的话走路看不出瘸，但是要去跑马拉松，这辈子就先别打算了。然后，我还得到了眼前的这副拐杖，作为时刻提醒自己是"残疾人"

的证据。

不过，我这个需要卧床休息三个月的人，还不是那群人里最惨的。

“重力反转”事件结束后，倒挂的红色雪山不见了，半空中的红色雪球也消失了，小希失踪了，还有那几个倒霉的日本人，最惨的是我们的向导多吉，被直升机机翼搅拌成了碎肉。

本来，我们这些人都要葬身在随后而来的雪崩里，成为雪底下新的尸体，留在卡瓦格博跟山神做伴。但是，千钧一发之际，水哥召唤出了寄生在他体内的红色小虫子，也就是地库里的那只貔貅。

貔貅把铺天盖地的雪都吞到了肚子里，转移到了某个神秘的异次元。或者，那些雪并没有转移到异次元，而是以某种形态留在了水哥体内。证据就是水哥的后遗症——根本没喝那么多水，但每隔十几分钟就要上一次厕所，而且据他说，撒出来的都是冰水，冻得他直哆嗦。

我只能在心里默默地祝福水哥，希望他在有生之年能把那些雪水全部排出体外。不知道他一泡尿能撒出多少，当时塌下来的那些雪可起码有几百吨。

至于那些日本人，还有哭成泪人的内奸小明，都让梁警官召唤来的相关部门人员带回去处理了。

梁警官答应在案卷里把我跟水哥的痕迹抹干净，这样我们就不必去协助调查，以及面对接下来的一堆解释不清的问题，而是继续过普通人的生活。作为交换，我答应梁警官以后有需要的话，要利用身体里隐藏着的秘密，去他所属的秘密部门干一些秘密的“勾当”。至于以上的三个“秘密”分别指的是什么，梁警官狡黠地笑道：“鬼叔，到时你就知道了。”

我还是憋不住尿意，伸手拿过拐杖，拄着走到了厕所。威士忌喝得太多，撒出来的尿也有一股酒精味儿。不过，我自嘲地想，最起码不是冰的。这时，门口传来电子门卡开锁的声音。

忘了介绍，我现在住的是一套高档公寓，两年前刚建好，小复式，两层加起来 80 多平方米，楼下是客厅、厨房、卫生间，楼上是卧室。鉴于我目前行动不便，所以经常就是在楼下的沙发上休息，昨晚就是这样。

我是个特别怕麻烦的人，装修什么的想起来头就要爆炸。当初会买这套复式公寓，很大原因是它带真正的精装修。别的地方就不说了，连房门用的锁都不是普通的电子锁，而是指纹密码锁——韩剧《来自星星的你》同款，进门的时候，需要先输入密码，然后再按指纹。住进来一年多，我曾经给谈了半年的女朋友录入了指纹，分手之后就删掉了。至于另外一种开门的方式——电子门卡，我给的是水族店的一个小伙子。

我在复式的一楼放了一个两米长的水族箱，就是海缸，里面养了各种海鱼，小丑鱼啊，鲷啊什么的，还有珊瑚、海星和几只小虾。水族箱正对面放着一把按摩椅。觉得累的时候，我就躺在按摩椅上，看着缸里的鱼游来游去。每当这个时候，我就能感觉到自己正在清空脑子里的内存，同时还能给身体充电，非常舒服。

但是，开过海缸的人都知道，打理这样一个缸，特别费劲：一开始，就要将盐水调节到特定的比例，再用一个月来“爆藻”，也就是让缸里的海水长满海藻，再把藻除掉，这样水质就会比较稳定。“爆藻”完成之后，再慢慢地放进鱼跟珊瑚。但这样还不算完，如果想养好还得定期测试水中的钙、镁和 pH 值，补充微量元素，天热上冷水，天冷上加热棒，比养个孩子还费劲。

幸好，这是用钱就能解决的问题。我怕烦，于是请人打理，把专业的事情交给专业的人去做。我让水族店的小伙子每星期过来打理一次水族箱，每个月给他两千块，轻松搞定。

这个小伙子叫何小天，二十三四岁，瘦高，有点驼背，皮肤白得有点病态。手脚很长，脸很小，却戴着一副巨大的黑框眼镜，长头发在脑后扎成一个马尾辫。不过是在水族馆打工的，又不是什么青年艺术家，不知道搞得那么文艺干吗？何小天不太爱说话，问一句答一句，从来不爱跟我这个客户拉家常。

不过，虽然我看何小天并不是特别顺眼，但是他养鱼的技能确实没得说。他跟那些鱼简直像是能对话似的，他往水族箱旁边一站，鱼不但不怕他，而且还游到缸的这一边，好像终于等到主人下班回家的小狗。

我这个真正的主人都没有这样的待遇：小丑鱼钻进珊瑚里，三间火箭、一字鲷游到缸的另一边，像是我要把它们捞出来煮成鱼汤似的。

我问过何小天这是怎么回事。何小天当时说，他喂惯了鱼，身上有鱼的气味，所以那些鱼把他当成同类。我半信半疑："鱼也有气味，也有嗅觉器官？"何小天看了我一眼，好像我是一个白痴，简短地说："当然有。"

想起应该是何小天来了，我也就不再紧张，慢吞吞地冲了马桶，然后拄着拐杖走到客厅。

一个瘦高个子推开门，果然是何小天。他走了进来，朝我点了点头，连"你好"都没说一句，就走到水族箱旁边工作去了。

何小天养护水族箱的工作，大概包括擦缸壁的藻、换水、喂食、补充蒸发的水量，还有补充缺少的微量元素，一整套弄完要好几个小时。

正常来说，一边干活一边聊天，自己也不会那么累。不过，这何小天就是个闷罐子，只顾埋头干活，对我爱答不理的。作为一个只能宅在家里的行动不便人士，好不容易逮住了个人，我当然想跟他多聊几句。

于是，我坐在沙发上，看着他的背影，千方百计地寻找话题，从一切直男喜欢的东西开始聊，女人、车、酒、足球、赌博、电影……

没一样是他感兴趣的。

我所有的伎俩都用完了，只能承认对他完全没辙，也就放弃了聊天的打算。

刚要拿起手机刷朋友圈，却听见何小天说："可惜了。"

我抬头望去："什么可惜了？"

他转过身来，手里拿着一株从水族箱里捞出来的珊瑚："死了一株。"

之前，我也有过错误的想法，以为珊瑚就是像海底的树枝那样的灰色或者白色的丫杈。其实，那只是某一类珊瑚虫死后的骨骼。珊瑚虫活着的时候，有各种各样颜色艳丽的触手和软体，更像是海葵或者水螅，会随着水流慢慢摆动，很有种花枝招展的感觉。活珊瑚是吃肉的，所以何小天每周过来的时候，都会给它们喂虾肉，就是这样才发现珊瑚死了一株吧。

不过，说实在的，我真看不出他手上那株珊瑚到底是活的还是死的。何小天盯着手里的珊瑚，脸上一副悲伤的表情，好像那是他养了十年的狗。这个怪人似乎把原本应该放到同类身上的情感，都倾注到了海底生物上面。

慢着，珊瑚——这倒是个打开话匣子的好方法。

我拄起拐杖，走到水族箱边，安慰他："别伤心了，不就是一株珊瑚嘛。"

何小天说："对不起，把你的珊瑚养死了。"

我摇了摇头："这有什么。"我指着水族箱里空出来的那一块位置，"这个坑太难看了，你下次给我带一株新的珊瑚过来种下去吧。"

何小天抬起头来："行，要什么样的？"

我回忆了一下，去年秋天跟当时的女朋友去了趟马尔代夫芙花芬岛。浮潜的时候看见了蝠鲼，也就是魔鬼鱼，还有各种好看的珊瑚。其中有一种——我对何小天描述道："是一颗颗聚在一起的，像一串葡萄，又像是一盘豌豆，软绵绵的……”接着用手比画了一下，“一颗是这么大，一簇大概这么大……”

何小天点点头：“你说的是气泡珊瑚，是大水螅体硬珊瑚的一种。养这种珊瑚，要注意不能跟别的珊瑚活体放得太近，不然它的水螅体会跟其他珊瑚打架，伤害到其他珊瑚。”

我的搭讪手段终于奏效了。何小天说起他的专业领域，如数家珍，滔滔不绝，瞬间从闷罐子变成了话痨。

介绍完气泡珊瑚后，何小天问：“白气泡跟绿气泡，我们店里都有，你要哪种？”

我在马尔代夫浮潜看到的，其实就是他所说的绿色的气泡珊瑚，像一颗颗绿色的、软绵绵的豌豆，在水底摇曳生姿，非常好看。

不过，看着何小天没有表情的那张脸，我突然想捉弄一下他。

我故意用手摸着腮帮，装出认真回忆的样子：“呃，我记得当时看见的，不是绿色的，也不是白色的，是……是橙色的。”

何小天果然被难住了，皱眉道：“橙色的气泡珊瑚？”

我点点头，继续补充：“对，特别鲜艳的橙色。不光这样，气泡中间还有圆形的花纹，白色的。我数过，每颗气泡上刚好四个圆形，聚在一起像是四叶草，特别漂亮。”

何小天疑惑地说：“你说的这种珊瑚……我从来没见过。”

我看着他疑惑的表情，心里乐开了花。没见过就对了，我说的这种珊瑚，地球上任何一片海都找不到——除了我的脑海，因为我描述的这种珊瑚，完全是我自己瞎编出来的。

我左手拄着拐杖，努力站稳，伸出右手拍了拍何小天的肩膀，装出一副若有所失的样子：“哎呀，没关系啦。找不到就算了，下星期你过来的时候，就带一株你说的那个什么绿气泡吧。多少钱到时给你。”

何小天转过身去，不知道是说给我听，还是说给鱼听：“好的。”然后，他就单方面结束了这个话题，继续整理他的——不对，是我的水族箱。

好歹我也是需要帮助的行动不便人士，这小子竟然也不扶一下我。我拄着拐杖走向沙发，一边暗自感慨，今时今日，这样的服务态度是不够的。

我拄着拐杖回到沙发上躺下，顺手拿起茶几上的手机看了下时间，已经是下午四点多了。我摸了摸肚子，从起床到现在什么都没吃，这时突然感觉饿得不行了。冰箱里还有些食材，但是现在并不想去煮；公寓楼下的馆子也不少，可我现在这样一个形象，也不太想出去丢人现眼。那么，只剩一个方法了——叫外卖。

我翻开手机通讯录，想要叫个“萧记”的牛肉河粉。在“萧记”这条记录上面，本来还有另一条记录的。

小希！

从雪山回来之后，我就把她的号码删了，不然每次看到，心里总会觉得莫名地难受。然而，这并没有什么用。我可以从手机内存里抹掉她的号码，但是没办法从大脑的额叶皮层里删掉关于小希的记忆，甚至没法删掉在通讯录的这个位置曾经有过她的号码的记忆。

很难说小希飞向那个天空中倒挂的红色雪山空间的动机，是听到了任青平的召唤，还是为了结束重力反转救下我们这些人，可能两者都有。

当时，我们谁也没能料到，在暴风雪笼罩的卡瓦格博顶峰，由于受到了倒挂的红色雪山的影响，我们所处的一小块区域内，出现了小概率事件，也就是重力反转。当我们的身体感觉到向下走时，实际上反而是在上山；当我们努力向上攀登，才是真正在走下山的路。

在暴风雪中，没有一个人能接受这种违背常识的逻辑。所以，想要下山的我们，反而在不知不觉中登上了卡瓦格博的顶峰。但无论如何，那天在雪山上小希像敦煌壁画飞天般的身影，会永远记在我脑里，成为我白天的记忆、晚上的梦。无法忘记的，还有她当时留下的那两句话："叔，我会让你推倒的……所以，你要好好活下去。"

多亏了水哥的貔貅，我活了下来，但是，她承诺的"让我推倒"，怕是只有下辈子才能实现了。我下意识地在拨号键盘上按下了一组号码，顺手就拨了出去。电话接通以后，响起的还是那个女声："对不起，您拨打的号码已关机……"我深吸了一口气，放下手机，双手抱着后脑。

从雪山回来之后，我跟梁警官有过几次联系。他答应过我，回到他在国际刑警组织里的那个神秘部门之后，会跟信得过的同事一起研究小希去的是哪个异空间，以及把她救回这个世界的可能性。

不过，不用去判断他语气透露出来的信息，我自己心里也清楚，我这辈子再见到小希的可能性约等于零。我叹了口气，心里更加烦躁。

何小天回头看了我一眼，没说什么，又继续忙着擦玻璃去了。

我也想能像他这样，站着干活；外面天气那么好，我更想出去跑个步，游个泳，去健身房举个铁，或者开车到处闲逛。如果伤的是左腿的话，最后一件事其实能做，可恶之处在于，小野刺中的偏偏是我的右腿。

叔在朋友圈是出了名的闲不住，怕无聊，这样把我关在一个房间里，简直是要了我的老命。

为了消磨时间，我尝试过煲美剧。可是，好看的连着看，一两天也就看完了；大部分又不好看，远没有水哥讲的地库的故事，还有我们亲身经历的卡瓦格博雪山那么精彩。

我也撸了几把年轻人酷爱的英雄联盟，然后发现：像这种无聊的游戏，对金钱缺乏应有的尊重，想花钱变强都不行，对人民币玩家极端不友善——叔一向是不屑于玩儿的，尤其是对面的小学生把我虐成狗，同一边的小学生把我骂成狗时。这种环境太损耗一个人的自尊心了。

我还下载了各种惊险刺激的动作片，结果发现随着年纪增长，兴奋点也变高了，并没有得到什么快感。

无奈之下，我尝试联系了三四个以前有暧昧关系的小妹妹，倒是有两个愿意过来。总算是有一件有益身心健康的事情可以做了。可惜，天不遂人愿。

一个妹子在实地考察完我的伤腿之后，母性大发，又是帮我做饭，又是帮我洗衣服。我害怕再这样下去就只能发展成男女朋友了，第二次她再说要过来，我就撒谎说回去住院了。

妹子是个好妹子，还说要到医院照顾我，我只好继续撒谎，说是到了首都的什么专科医院。

至于第二个妹子，跟我记忆中的样子相比，胖了足足有 30 斤。打开门的时候我吓了一跳，但是想不放她进来，已经没办法了。两年前好好的一个水蛇腰，现在变成了水桶。跟她一边聊天的时候，我一边在琢磨：她是不是也掉进了水哥的那个地库。

当我好不容易打消了她的龌龊念头，把她送出房门的那一刹那，我做了一个决定——在腿恢复到可以先实地考察，再决定是不是带回家之前，再也不随便约妹子了。

在雪山的帐篷外，梁警官跟我说过，我跟什么高维生物有说不清道不明的联系。三维、四维什么的我不太懂，另一个三围我是很懂的，而且要求特别高。

总之，在腿好之前，我只能继续无聊下去，困在这套公寓里，闷得快发霉腐烂掉了。

第 二 章

Deep Web（深网）

在接下来的一个星期，尘封已久的 PS3（家用游戏机）帮我度过了七个无聊的白天，两瓶麦卡伦 18 年、一瓶大摩亚历山大三世陪着我度过了漫漫长夜。

星期三，闷罐子何小天来打理水族箱的日子到了。

我提前点了些鸭脖子，又给了送外卖的小弟一点小费，让他帮忙到楼下超市买了几瓶德国啤酒。我想年轻人应该喝不惯威士忌，而且那么热的天，又吃着辣鸭脖，再喝 42 度的威士忌，直接就能喷火了。

是的，我准备跟何小天道个歉，告诉他橙色带花纹的气泡珊瑚只是上星期无聊开的玩笑，然后再请他喝点啤酒，吃个鸭脖，聊下人生和理想。

下午三点，电子门卡开门的声音准时响起。

我准备迎接何小天那张面无表情的脸，没想到出现在门背后的，却是他像阳光一样灿烂的笑容。如果说他以前是一个病态忧郁的艺术家，现在的他就是一个带着病态狂热的艺术家。

何小天提起手中的透明塑料水族箱，兴奋地说："气泡珊瑚，橙色，有四叶草一样的花纹。"

我吃了一惊，看向他手中的塑料水族箱。水里真的有一团东西，颜色是鲜艳的橙色。

何小天走了进来，门都忘了关，把塑料水族箱交到了我手上。

我打开水族箱的盖子，朝里面看去。晃动的海水中有一株橙色的气泡珊瑚。每一个橙色气泡中间，有四个白色的圆圈，聚拢成四叶草的形状。

真是见鬼！我惊讶得嘴巴都合不拢。上个星期，为了捉弄何小天而胡编乱造的东西，竟然真的存在于这个世界上！有一点画在纸上的二次元物体突然出现在三次元里的违和感。

实际上，为了打发时间，我还特意上网搜索了一下气泡珊瑚。淘宝上卖的只有何小天说的白气泡跟绿气泡；至于各种资料里，我找到了带花纹的气泡珊瑚，也有其他颜色的气泡珊瑚，但绝对没发现眼前这种，橙色的、带四叶草花纹的气泡珊瑚。

何小天站在旁边，兴奋地说："怎么样，很美吧？是不是跟你在马尔代夫看见的一样？"

我吞了一口口水，支支吾吾道："嗯，没错，就是这种。"

确定他找到了我所要的珊瑚，何小天更开心了："那就好。这种珊瑚特别稀有，我以前也没见过。"

我把塑料水族箱放到茶几上那几瓶德国啤酒旁边，然后抬起头来看着何小天："这种珊瑚，你是从哪里弄来的？"

何小天伸手挠头，答非所问地说："这个品种非常稀少，所以比较贵，要 1200 块。不对，1500 块。"

我根本不在乎价格，让我燃起熊熊好奇心的，是眼前的这个年轻人到底从哪里弄到的这种珊瑚——网上没有公开售卖，甚至各种百科里都没有收录的珍稀珊瑚。

要知道，珍稀一般是濒危的同义词。眼前的这种珊瑚在原产地国家一定属于保护物种。比如，为了缓解珊瑚日益减少的情况，马尔代夫就严禁游客打捞任何种类的珊瑚，并且还提供游客以每株 15

美元的价格自己去种珊瑚的活动。

何小天显然不擅长撒谎:“这个是……朋友，一个朋友给我的。”

我皱着眉头问:“什么朋友？”

何小天慌了阵脚:“网上认识的。这珊瑚，我帮你放进水族箱里吧。不要钱，当我送给你的。”

看着他如此慌乱的样子，我心里不由得好笑。这孩子本质是很纯朴的，以前沉默寡言的样子，并不是为了装酷耍帅，真的只是不擅长跟人沟通而已。同时，我也更好奇了。

我摸着下巴，想了一会儿说:“小天，这珊瑚……你是从国外买的吧？”

何小天手上拿着那株珊瑚，正要往我的大水族箱里挖坑放下去，听我这么一说，身体一抖，珊瑚都差点儿掉地上了。他转过身来，结结巴巴地说:“你怎……怎么知道的？”

我嘿嘿一笑:“很简单啊。刚才我问你多少钱，你一开始说的是1200块，后来又说是1500块，那多出来的这300块，应该是快递费用。要300块那么贵，应该是从挺远的地方运过来的。”

何小天瞪大了眼睛:“好厉害。”

我得意地点点头，继续推断道:“很远的地方……不会是eBay（易贝网）或者亚马逊买的吧？”

何小天脸上紧张的表情，突然一下就放松起来:“对，对，就是eBay。”

我不怀好意地拆穿道:“刚才，你不是说，是一个网上认识的朋友给你的吗？”

他艰难地尝试圆谎:“是的，是……是我一个网上认识的朋友在eBay上买的……”

我打断了他的话:“没道理啊，无论是eBay还是亚马逊，都不会允许出售这种——濒危物种的。”

听到“濒危物种”四个字，何小天低着头说不出话来。我突然用力地拍了一下手掌，把他吓了一跳。然后，我直视着他的眼睛：“好了，告诉我，到底是在哪里买的。”

何小天想了足足有十几秒钟，最后终于不情愿地说出两个字。

深网！

我皱起了眉头：“深网？深网是什么？新的电商网站？”

何小天摇了摇头：“深网不是一个网站，是很多网站，它是百度不到的，网址也很复杂，是一长串没有意义的字符，然后还要用‘洋葱’……”

听他说得乱七八糟的，我也一头雾水，但大概能知道，何小天说的深网，是不同于正常网站的……一些网站。之所以叫作深网，就是因为比普通的网站要“深”，进入的时候需要一些门槛，大部分人都没有上过，甚至连叔这样的好奇宝宝，都没有听说过。而在这样的网站上面，可以买到跟我捏造出来的长得一模一样的橙色气泡珊瑚。要给这珊瑚贴两张标签的话，那就是珍稀、非法。

深网。

我突然对这个东西起了浓厚的兴趣。

要知道，叔本来就是个求知欲特别旺盛，或者说八卦心很强的男人，尤其现在是伤了腿，关在公寓里的状态，更需要好玩的东西来打发时间。而何小天说的这个深网，听起来新奇、好玩、刺激，能一次性满足我的三个愿望。

我伸出右手，打断了何小天：“小天，要怎么才能上这个深网？”

何小天瞪大了眼睛：“你要上深网干吗？那上面很危险的。”

听见这个关键字，我就更来劲了：“危险？比如说？”

何小天除了海底世界这个专业领域，其他的话题，他说起来都相当费劲：“危险就是说……那上面有很多骗子，而且，买了不好的东西，有可能会被警察突击检查……”

我嘿嘿一笑，一个网上的丛林，里面有各种好玩的东西，还能跟骗子、警察斗智斗勇——对于一个行动不便的人士来说，有比这更好玩的事情吗？

我摆了摆手："好了，好了，我知道了，深网有风险，入门需谨慎。不过，我还是对这个深网很感兴趣，小天你就教我怎么上吧，所有风险我自己负责。"

何小天还在犹豫："如果有一天警察……"

我打消他的疑虑："放心，我无论如何都不会把你供出来的。"

何小天还是不放心："深网上面有很多木马、黑客，万一他们把你骗了，把卡上的钱都偷走了……"

我皱起了眉头，这倒是个问题。叔虽然有基本的互联网知识，也对人性有一点认识，能够对抗普通的"社会工程学"。但是，在纯技术流的专业黑客面前，我也就是个手无寸铁的小白用户，战斗力为五的渣滓。

我想了一会儿，突然有了主意："对了，这样吧。小天，我马上要给你付这个月的工资了，等下除了给你两千块，我再给你打一万块。这些钱，你帮我买个 Surface Pro 3（微软平板电脑），安装好你说的什么'洋葱'，让我可以直接上深网。这一台 Surface 除了上深网，别的什么都不干，这样就起到了物理隔绝的作用，不怕黑客了。你觉得怎么样？"

何小天想了好一会儿，才说："Surface……你要什么版本的？"

我耸了耸肩膀："最低版本，五六千的就行。反正只是用来上网，对性能内存没什么要求，对吧？"

何小天果然是个实诚孩子，又说："那你给我六千就行，如果多了我再退给你。"

我摆了摆手："别啰唆了，就给你一万，有多的就是你的劳务费。劳动是要得到报酬的，这样劳动才显得有价值。"

多么好的一桩交易，何小天却不太愿意接受：“这样不太好吧？”

我认真道：“我说好就好。”

他还想说什么，我装出不耐烦的样子：“行了，行了，都是大男人，那么啰唆干吗？就这样愉快地决定了。”

何小天嘴巴动了几下，终于没有再说什么，默认了我的建议。然后，他转过身去：“那我去干活儿了。”

我心里一阵窃喜，终于有别的东西玩了，又心急地催促道：“什么时候能把 Surface 给我？”

何小天迟疑了一下说：“下周三吧，我尽量。”

还要等一星期，我可忍受不了：“不行，下周三太晚了。小天，你辛苦一下，星期六给我，最迟星期天。”

就买个电脑跟装几个软件，用不了多少时间，这个交货期并不算苛刻。而且，我现在可是个行动不便人士，应该充分照顾我的情感需要，安慰我空虚寂寞的心灵。

何小天低头想了一下，勉强道：“那好吧，星期天给你。”

我嘿嘿一笑：“好，那就星期天。不过，最好还是能星期六啦。”

何小天没有再说话，默默地移动水族箱里珊瑚的位置，把这株新的橙色珊瑚放进去。

我掰着手指头数，星期三、星期四、星期五、星期六、星期天，还有漫长的五天，然后我就可以有个新玩具了。

忍忍吧。

在这个玩具到手之前，我应该多了解一下。这么想着，我拿起了茶几下面放着的一台 Macbook Air（苹果笔记本电脑），开机之后，在 Google（谷歌）里输入了两个字——深网。

结果，这一个下午，在何小天打理水族箱的一个多小时里，我也大概搞懂了所谓的“深网”是一个什么东西。

深网也叫暗网，英文名是 Deep Web。

首先，我搜索到的是一张图片，用一座冰山来图解深网跟普通网站的区别。在海面上我们能看到的部分，就是我们日常接触到的 Google、Facebook（脸谱网）、门户网站、各种论坛等普通网站，也叫作“明网”；在海面之下的部分，看不见的冰山的部分，则全部属于深网。

深网里所有的网站都是以 .onion 为后缀，区别于普通网站的 .com（国际顶级域名之一）、.net（国际顶级域名之一）、.cn（中国国家顶级域名）等。跟普通网站力求简单好记的域名相比，深网的网址是一长串无意义的字符，像是这样——gfdtT56ptwbnnfwzvrfgwqtnfgnazqrf.onion，照抄一遍眼睛都能瞎掉。

然后，绝大部分的深网都无法通过 Google、百度等搜索引擎找到。普通网站只要在浏览器输入网址就可以轻松访问；而要进入深网，光知道网址还不行，必须下载一个类似 VPN（虚拟专用网络）的软件，叫作 TOR，全称 The Onion Router，也就是何小天所说的“洋葱”。

那么，问题来了：深网里面都有些什么呢？

网络上有人进行了总结。叔可以用两句话来概括：你可以把深网当成一个专门出售非正常渠道商品的另类淘宝。不同的是，这上面充斥着各种骗子，也没有好评给你参考，更别提什么买家秀了。

在深网上买东西，除了要承担受骗的风险，还有一个更严重的问题是，你可能会因为购买一些东西成为警察叔叔重点怀疑的对象，甚至……所以，为了尽量规避上述风险，深网上都是用比特币进行交易的。

我搜集到的资讯，除了上面这些另类淘宝店之外，还有一些关于深网的故事。比如有一种说法，是说我们平时上的普通网站，也就是明网，只占整个互联网信息的一小部分，而绝大部分的信息都在暗网里面。这种说法明显是耸人听闻，估计是根据那张冰山的图片牵强附会出来的。大部分的信息当然是服务于大部分的受众，而像深网这种小众的玩意儿，连我这种好奇大叔以前都没听说过，也只能是服务于相对应的小部分受众。

我还找到了关于深网的恐怖故事……

作为叔这种 1997 年就开始拨号上网的资深网虫，对于这种网络流传的故事，具有相当的免疫力。这种恐怖故事都属于耸人听闻、哗众取宠的典型。只有精神空虚的人，才会编造、传播这么无聊的东西。

总而言之，根据我搜集得来的信息，深网是个好玩的东西，但是好玩的程度也不过如此。

打理完水族箱，何小天没喝啤酒就走了。当天晚上，我给他转了两笔钱，一笔是两千块的兼职工资，另一笔是两万块，其中一万是之前说好的买设备的费用，另外一万我让他帮忙换成比特币。

只给了一万的预算，也说明我没期待在深网上能买到什么真正有趣的东西。在拿到我的新玩具之前，我已经不太喜欢这个玩具了。

我对深网的期待度降得那么低，可能还跟另一件事有关。何小天没有喝啤酒就跑了，所以，那天下午，我一个人把鸭脖子吃光了。然后，我拉了两天的肚子。那种“菊花”灼热的感觉，体验过的人都不会忘记。

何小天比承诺的提前了一天，在星期六下午，就把装好软件的 Surface 带来公寓里给我。他果然是个实诚孩子，买的是高配 i7 版本的 Surface，应该是九千来块，剩下的钱还买了个原装键盘。一万块刚好花掉了，或者他自己还倒贴了点儿。

为了安全起见，他还在网上买了张不记名的电话卡，用电话卡注册了个新的 Microsoft（微软）账户，把账户密码都写在一张便签上，和电话卡一起留给了我。他用了十几分钟，教会我怎么用 TOR，还有比特币的使用方法。除此之外，他还教会了我怎样通过 VPN 掩盖自己的IP（网络之间互连的协议）。这样一来，这一台Surface在网络上的操作，跟我本人就没有了任何关系。

为了多谢他的悉心教导，走的时候，我送给他一瓶25年陈的“麦卡伦”，让他顺便带回去喝喝看。太烈的话就加点温水，千万别加冰，因为会冻住酒的香气。何小天看了一下酒标，不太懂的样子，然后就收下了。当然了，我在他这个年纪的时候，也不会知道这样一瓶酒其实要七八千块。

何小天走了之后，我打开这台Surface，开始了我的深网之旅。就如同我之前所了解的，深网上面的站点页面杂乱无章，大部分只有文字没有图片；布局毫无设计可言，只是简单粗暴地把信息堆在一起。不过，这些网站倒是让我产生了怀旧的感觉。20世纪90年代，国内的家庭刚可以拨号上网的时候，大部分网站都是这种样子。

我在深网上乱转了一个多小时，最后花了一半的比特币，买了一把德国沃尔瑟原厂生产的手枪CP99。当然了，我买的是一把仿真道具枪，就是影视剧或者打CS（反恐精英）时用的那种。子弹用的虽然也是铅弹，但威力要小得多。非法持有枪械，可不是一件小事。叔只是胆子大，并不是想作死。

这把CP99道具枪长得跟真枪一样，都是在沃尔瑟的工厂里生产的。就连用的外壳、枪托，跟真枪用的都是同样的模具，而且虽然只是一把道具枪，枪管里也和真枪一样有膛线，可以确保铅弹在空气中飞行的轨迹，只是准头和威力根本不能同日而语。

之前，有个哥们儿有这样一把枪，让我羡慕得很。当时让那哥们儿把枪借我带回家玩几天，他小气兮兮地不肯借。后来我也没有特意去找，现在托了深网的福，终于可以买来玩一下了。

留地址的时候，我多了个心眼，留的是隔壁公寓的房号，电话号码是何小天刚申请的这个。我有一台淘汰的iPhone 4，作为备用手机，就把电话卡插了进去，等快递打电话过来，我就说我不在家，让隔壁房的邻居——也就是我自己——代签就可以了。等快递走了，我再过去拿，这样就万无一失了。

我并不太清楚，这样一把道具枪具体要怎么进口到国内，然后再快递给我。但无论如何，总是要十天半个月的时间。反正我也不等着用，就把这事儿放一边好了。没什么想要再买的东西了，我把Surface关掉，连同里面还有一半的比特币，一起扔到了茶几下面。

世界上好玩的东西真少，到头来，我又重新投入到了PS3的游戏里。

右腿复原的速度似乎比预期快，去医院复查的时候，医生说再过一个月，应该就能正常走路了。在这之前，我还是乖乖把“神海3”打通关吧。

第三章

神秘快递

三天之后，星期二的下午。

我坐在阳台的椅子上，用 15 千克的哑铃做无氧训练。手机铃声响了，我抓起旁边的电话，屏幕是黑的，可铃声却一直在响。我过了几秒钟才反应过来，是那个备用手机。

奇怪了，知道那个号码的只有深网上的卖家跟何小天。何小天没理由打这个电话找我，而我买的那把道具枪，起码要一个星期后才能快递到。应该是广告电话吧，买房、提供银行贷款、“朋友，你想学英语吗”之类的。这么想着，我也懒得去会客厅拿那个备用手机。果然，过了一会儿铃声停了。

我用肩膀上的毛巾擦了擦汗，刚准备做下一组哑铃，铃声突然又响了起来，还是那个备用手机。是哪个做广告的业务员，那么执着？算了，万一有什么正经事呢。

我放下手上的哑铃，骂骂咧咧地拄起拐杖，进客厅翻出那个备用的 iPhone 4。屏幕上显示的，是一个深圳的手机号码。我接起电话，里面是一个男人的声音：“王老……王老先生你好，我是送快递的，你不在家吗？”

王老，是我留的假名，王老先生有快递嘛，怎么样，叔是不是很幽默呢？不对，王老先生，Mr. Wang Lao，是我在深网上买道具枪的时候留下的名字。这才三天呀，怎么会那么快就送到了呢？我皱起了眉头，或许是这个深网上的卖家在中国大陆有分店，现货无须代购，所以才这么快就送到了吧。

电话里的快递员还在说话：“王先生，你不在家吗？家里有没有人？”

我迟疑了一下，还是照原来的计划说：“呃，我在上班，你让隔壁 1015 的邻居代签就可以啦。”

快递员沉默了几秒，然后用略带疑惑的声音说：“快递单上的地址，就是 1015 房啊！”

我一下子没反应过来。

这太奇怪了。

1015 就是我所住的这套房，右边隔壁是 1016，住着一对年轻女人；左边隔壁是 1013，一直没有租出去。

我记得很清楚的，当时在深网买那把道具枪的时候，我填来当幌子的房号就是 1013。难道说，是那个卖家没有看清楚，抄错成了 1015，误打误撞的，恰好送到了正主的房号？

可是，这也太巧了吧？

事出反常必有妖，太巧的情形，也是怪事或者骗局发生的先兆。

不过，人家都把东西送到门口了，不敢收货不是我的风格。这么想着，我对电话说：“在，在家呢，你等一等，我马上去开门。”我拄着拐杖，走到门口，从猫眼里看出去。果然，在走廊里站着一个戴头盔穿制服的快递员。我犹豫了一下，还是打开了房门。

外面很热，快递员本来等得有点不耐烦，看见我一瘸一拐的，也就释然了。从这个角度上看，当弱势群体也不全是坏处。

快递员把一个包装严实、30 厘米宽的正方体箱子，交给了我，然后又给了我一张快递单：“王先生，麻烦签个名。”

我仔细端详了一下这张快递单，如我所料，是国内的单子，而不是国际的。在收货人那一栏，清楚写着收件人姓名王老，联系电话是那个备用号码，收件地址则是深圳市南山区，这栋公寓的——1015号。至于发件人的那一栏，写的是上海市静安区的一个办公地址，发件人——我揉了揉眼睛，发件人的名字，是我再熟悉不过的三个字。

蔡必贵！

这是闹哪样？

我大吃了一惊：为什么这张快递单上的发件人会是我自己的真实姓名？再仔细一看，发件人的联系电话，也正是我常用的那个手机号码，一个数字都没有差。

“王先生？”

快递员看我呆住了的样子，可能是觉得我挺可怜的，不光腿伤了，脑子也有点问题。

我回过神来：“对不起，对不起。”

我接过他递来的笔，在他手上那份留底的单子上签了字，然后收下那个箱子，关了房门。脑子里还是乱糟糟的，这到底是怎么回事？

难道深网真的是个深不可测的地方，卖给我CP99道具枪的这个卖家，同时也是个神通广大的黑客，知道了我的个人信息，并且捉弄了我一番？

不对，不可能是这样的。

就算他是个再厉害不过的黑客，通过那台专用的Surface，最多能得知何小天买来的那个手机号码。就算是《黑客帝国》里的Neo（尼奥），也不可能通过技术手段知道我的真实名字，还有所住公寓的正确房号。

且慢，我突然有了个想法。

曾经有一个人，不光知道我的真实名字，而且还跟我承认，他的组织把我调查了个底朝天。我的星座血型、生辰八字、兴趣爱好，甚至初恋的名字，他都一清二楚。

没错！

我恨恨地想，一定是这个无聊的家伙。

从雪山回来之后，梁警官给我留了个联系电话，我拿起手机就打了过去。不过，电话并没有打通，语音提示对方已关机。

梁警官在给我这个号码的时候也说了，只有在他放假，也就是不执行任务的时候，才能用这个号码联系到他。不过，没关系，我已经基本确定是梁警官在跟我开玩笑，于是发了个短信给他，让他开机后回电话，然后就去拆那个快递箱子。

这份快递包装得很给力，里三层外三层，里面还垫了很多气泡膜。玩具手枪又不是什么易碎易爆的东西，不知道弄成这样是要干吗。终于拆掉了所有包装，里面是一个黑色的塑料手提箱，比一代的 iPad 略大一些。打开手提箱，两片黑色海绵中间静静地躺着一把银色的 CP99。

我从小圆铁盒里摸铅弹，却突然碰到了一件别的什么东西。拿出来一看，是一把黑乎乎的钥匙，中世纪的款式，看样子也是铅制的。可能这个工厂不光做铅弹，也做别的铅制品，然后不小心装错了吧！德国工厂不是出了名的严谨嘛，怎么也出这种娄子？我也没多想，顺手就把钥匙往垃圾桶里扔，然后继续往轮盘里装铅弹。

铅弹都装好后，我把 CP99 拿在手里，掂了几下。手感跟真枪毫无二致——说得跟我拿过真枪似的，据说配重跟真枪也是一模一样，拿在手上沉甸甸的。如果不扣下扳机，就算亲自拿着这把枪，也猜不出枪管里射出的会是一颗圆圆的铅弹，还是真正的子弹。

装配好枪，接下来当然就是试枪了。我把八个喝完的啤酒罐装满水，一字排开，放在阳台的护栏上。然后，把刚用来辅助健身的那把椅子推到客厅里（当然，与阳台无比接近，目测最多两米，叔得维护自己神枪手的美誉），坐在上面，朝啤酒罐射击。

扣下扳机，铅弹瞬间被释放，发出砰的闷响。气体推动着枪管里的铅弹顺着膛线螺旋飞出，然后笔直地朝护栏上的啤酒罐射去。啤酒罐被射中的一刻，略微向后摇晃了一下，然后水就喷了出来。

还蛮爽的。

我继续击发，8 个罐子全部命中。

跟射有关的事情，我都还蛮拿手的。我把枪拿在嘴边，装模作样地往枪管吹了口气。这个时候，如果有人来帮叔拍张照片，然后命名为“残障枪神”什么的，感觉也是颇为恰当。

残奥会的射击比赛，感觉我倒是可以参加下。

呸，呸，说得好像我的腿永远好不了一样。

我还陶醉在自我欣赏里，突然，手机铃声又响了。我的第一反应是梁警官看见我的短信后，回电话了。掏出口袋里的手机，结果发现跟刚才一样，屏幕是黑的。也就是说，响的还是那个备用手机。这就奇怪了，从深网上买的枪都已经到手了，还有谁会打这个电话？

我皱着眉头，从沙发上拿起备用手机。来电号码还是深圳的，但不是刚才那个。我接起电话：“你好？”

那边是个年轻男人的声音：“那个……鬼先生您好，我这边有一份您的快递，请问您现在在家吗？”

我一头雾水，但还是如实回答：“在。”

那个快递员说：“好，那我现在送……”

我打断道：“麻烦你帮我看看，快件是从哪里发出的？”

快递员在电话那边说：“您稍等，我看一下……是从北京发过来的，走的是陆运。”

陆运？

我更想不通了，这家快递公司收件规定比较严格，像粉状物体、液体，有时候别的快递公司都走空运，但这家一定要走陆运。从北京陆运过来，起码得两三天。我是上星期六，也就是 2014 年 11 月

1日在深网上买的东西；现在是11月4日星期二，也就隔了两三天的时间。

到底发过来的是什么东西？

快递员在那边问："鬼先生，那我现在给您送过去？"

我回答说好，快递员说他十分钟后就到。

挂了电话之后，我迅速地收起了CP99，然后把手提箱塞到了水族箱下面的柜子里。说不好并不是什么送快递的，而是警察叔叔已经获悉了我的犯罪事实，上门来了。好吧，我承认我的脑洞是有点大，不过小心点总是好的。

这一家的快递员非常准时，十分钟之后，果然门铃就响了。我从门上的猫眼看过去，确实是个穿着快递公司制服的年轻人。同一天里，两家快递公司，分别从上海跟北京送来了两件包裹。这第二件包裹里面到底装的会是什么？

我带着忐忑又期待的心情打开门，签收了这份快递。这份快递同样是一个正方体的纸箱，比刚才的略大，重量有七八斤的样子。发件人的地址，写的是北京市朝阳区的一条胡同，发件人名字蔡必贵，联系电话还是我正常使用的那个号码。

不过，奇怪的是，上一件快递收件人写的是"王老先生"，这一件快递写的则是"鬼先生"。但无论如何，从这些信息看来，我现在手里的这个纸箱，跟刚才收到的CP99，是由同一个人发给我的。或者，至少是在同一个人的指示下，通过不同的地点发给我的。这个人用在"发件人"一栏写上我的名字跟联系电话的方式来传递"这些东西都是我发给你的"的信息。可能他还自以为有趣，我却觉得无聊透顶。

我坐到沙发上，一边拆包装一边想，如果这个跟我开玩笑的人真是梁警官，我就绝对不帮他的什么神秘组织做什么神秘勾当了。

跟刚才的CP99一样，这份快递也是包装严实，里三层外三层，即使叔这样的精壮男子，也是拆出了一身的汗。

把所有的包装拆掉之后，露出的是一个方形的木箱。箱子的材料可能是胡桃木，做工考究，古色古香；木头用料厚实，质地沉重，难怪这份快递会那么重。仔细一看，箱子上还有装饰用的锁眼，锁下面刻着一个大写的花体英文字母 M，非常有欧洲中世纪的风格。这个 M，我只觉得非常眼熟，却想不起是在哪里见过。

箱子的侧边贴着一张便签。就是普通的便签，巴掌大小，粉红色，像是随便撕下来的，上面写了一句话——“希望你喜欢”，落款是“你的邻居”。字体硬朗有力，让人想到写这些字的，应该是个身材高大、面容坚毅的中年男人。

我哪里有什么邻居？前面说了，我的房号是 1015，1016 住了一对年轻的女人，1013 一直没有租出去，空在那里。

到底这个精致的箱子里，装的会是什么好东西？

我伸手去打开箱了，箱盖纹丝不动。看来箱子上的锁并不是装饰用的，而是结结实实把箱子锁住了。虽然用锤子捶两下就可以暴力破解这箱子，但这个木箱那么精美，让人不舍得下手；更重要的是，这么精美的箱子里，万一装的是值钱的好东西，砸碎了怎么办？

得找钥匙啊……

我刚要去翻拆出来的包装，脑袋里突然嗡的一下。上一份快递在装铅弹的盒子里，我不是翻出了一把铅制的钥匙吗？然后，我顺手扔到了垃圾桶里。我几乎忘记了自己行动不便，一下从沙发上跳起来，就去翻垃圾桶。谢天谢地，那把黑漆漆的钥匙还好好地躺在垃圾桶里。幸好我没有高空抛物的习惯，不然的话，现在得一瘸一拐地去楼下找了。

我手里拿着钥匙，心里一阵好笑。

刚才猜得没错，这两件快递果然都是同一个人发出的。他对我的个人信息，包括真实姓名、电话号码、真实住址，都了如指掌，不知道出于什么目的，要用两件快递，来跟我开这样的一个玩笑。而且，我看出来了，这人有一个特质——爱显摆，比我还爱显摆。他以为把第二件快递里的钥匙藏在第一件快递里就很酷？还是他以为，这样就能让我有解谜的乐趣，掀起我的好奇心？

好吧，他确实做到了。我都快要好奇死了好吗！这个神秘的箱子里，装的到底是什么玩意儿？我拿着那把钥匙，戳进木箱的锁眼里用力一拧，箱盖自己弹了起来，露出微微的一条缝。我深深吸了一口气，掀开箱盖，里面是一个装着棕色液体的玻璃瓶。

瓶身在从阳台照进来的阳光下，闪烁着异常耀眼的光辉。这应该不是一个普通的玻璃瓶，而是经过极高温烧制的水晶玻璃瓶。水晶瓶的瓶口是用金箔封着的橡木塞；而在瓶身旁边，还放着一个圆头的水晶瓶塞，是开瓶之后一时用不完，用来塞住瓶口的。在这两样东西上面，都有跟箱子上一样的花体英文字母 M。

理智已经告诉我这水晶瓶里装的液体是什么，但在情感上却无法接受——世界上哪里有这样的好事？

我深深吸了一口气，把水晶瓶从箱子里取出。整个水晶瓶的形状，类似于实验室里的锥形瓶，但造型更为圆润，就像是电影里看到的装魔法药水的瓶子。水晶瓶的底部刻着一行花体英文字——The Macallan Fifty Years Old（麦卡伦 50 年陈酿）。箱盖内部有一块金属铭牌，上面写着“The Macallan Millennium”（麦卡伦千禧版）。

所以，刚才看见木箱外面的那个 M，我才会觉得这么眼熟，因为这就是我最爱喝的麦卡伦威士忌的标志。而且，这不是一瓶普通的麦卡伦，也不是送何小天或者换了水哥一个故事的 25 年的麦卡伦。

要知道，同一个牌子、不同年份的威士忌，其价格是呈几何倍数增长的。比如，市售 12 年的麦卡伦是 400 块，18 年的是 2000 块，25 年的要 8000 块。而我手上这一瓶——收藏级的麦卡伦千禧水晶瓶 50 年陈酿，我记得是 1949 年装桶的，到现在实际上有 60 多年的历史，建国同年款。市价我不太拿得准，但是起码得要 20 万人民币。也就是说，我手上这瓶棕色的、在阳光下微微晃动的液体，足以换一辆经济型的家用汽车。

我吞了一口口水。

你们知道，叔没有什么爱好，除了女人跟单麦威士忌。

我的想法是，男人喝的酒要跟收入和年龄成正比。上大学的时候，吃烧烤、喝啤酒就很满足了；毕业两年，我第一次喝单一麦芽威士忌，就是麦卡伦 12 年，当时就惊呆了。世界上竟然有那么好喝的液体！生命之水，琼浆玉液，怎么形容都不过分。

后来，“搬砖”稍微挣了点钱，开始尝试各个厂的威士忌，苏格兰高地、低地的，艾雷岛的，还有日本产的；什么泥炭呀，油煤呀，各种轻重口味，都去学着品鉴。结果试了一大圈，还是觉得麦卡伦最适合自己的口味。那个时候，就开始喝麦卡伦 18 年的。

威士忌这东西就好像手机上的 iOS 系统（苹果公司开发的移动操作系统），只能不断升级，没办法退回旧版本。一旦你喝了 18 年的，记住了那种醇厚，再回头去喝 12 年的，就会觉得寡淡无味，还不如喝白开水。几年后，机缘巧合地“获赠”了现在的这间工厂，经济上更宽裕了。喝的威士忌也正在从麦卡伦 18 年向麦卡伦 25 年过渡。

我的计划是，2014 年以后，就保持在只喝麦卡伦 25 年，或者其他的特殊年份、原桶的；三年后，开始喝三四万一瓶的莱俪水晶瓶。至于十万以上的、收藏级别甚至拍卖级别的威士忌，原本是我 40 岁以后的计划。所以，喝酒这件事，在我看来，有打怪升级的感觉。可是，我现在手上的这一瓶，却是绝对的 Boss（游戏中首领级别的守关怪物）级。

在我确认了这是瓶什么酒的时候，我的第一感觉是我现在的等级还不够和这瓶酒匹配，就好像你的游戏角色只有 40 级，跳过了中间的练级，直接遭遇了 99 级的大 Boss。

所以，问题来了——这瓶酒到底是谁送给我的？从哪里凭空冒出来的“邻居”，他的目的又是什么？

通过对木箱跟酒瓶各种细节的辨认，我可以确定这是一瓶真酒。20多万的酒，可以排除我之前认为是梁警官在跟我开玩笑的推测。我不知道他当国际刑警能领多少工资，但肯定是不足以支撑这么高成本的恶作剧的。

首先，这个神秘的“邻居”，肯定是个很有能耐的人。

他可以得知我在深网下的订单，在国外真正的卖家响应之前，就从上海给我发来了CP99仿真道具枪。而且，他能够知道我的真实姓名、电话、住址，还有我喜欢喝威士忌的爱好。

其次，这个神秘的“邻居”还是个大土豪，有钱，任性。

CP99不算什么，但是20多万一瓶的陈年威士忌，随手就送给一个素未谋面的陌生人，绝对是真正实力的象征。没有个几千万的身价，做不出这么任性的事情。

我把酒瓶小心翼翼地放到了茶几上，嘬着牙花想了一会儿，对于“邻居”是谁的这个问题，还是没有任何头绪。那好，切换到下一个问题，这瓶酒我到底该不该喝。

第一个问题，就是前面说的，我怕尝了这样一瓶仙液之后，再也喝不了那些几千、几万元的威士忌。

第二个问题，毕竟这瓶酒是一个神秘莫测、不知道有什么居心的神秘人快递给我的。万一，他是想要把我毒死呢？

我低下头去，仔细检查水晶瓶口封住橡木塞的那层金箔，还有长方形的封条。左看右看，这些东西都完好无损，丝毫没有被动过的痕迹。

但是，一个手段能通天的神秘人，要在不开盖的状态下往瓶子里加点什么东西，或者开了盖再封装成原样，都是可以做到的吧？而只要几毫升的氰化物，就可以把我毒得死死的。

像威士忌这样具有浓烈气味、酒精度在 42 度以上的液体，用来掩盖氰化物的苦杏仁味，是再好不过的载体了。

虽然我很馋这瓶酒，但小命最重要。还是等跟梁警官联系上之后，给他鉴定过再说吧。脑子里这么想着，我的双手却神差鬼使地拆掉了封条跟金箔。等我醒悟到自己在干什么的时候，手里已经拿着一个开瓶器，上面戳着一个新鲜的橡木塞。一阵浓烈的酒香迅速在空气里弥漫。我的喉头一阵涌动，鼻翼不由自主地抽动起来。这香气也太可怕了吧？

酒香扑鼻已经不足以形容，简直是把我整个人都扑倒了。身体的每一个细胞，都被这强烈的香气激活。这一阵酒香，具有蛊惑人心的魅力，就好像我打开瓶盖释放出来的不是气体，而是被关了几十年的瓶中魔鬼。不夸张地说，开瓶的那一刻，我已经达到了高潮。

我用仅有的一点理智，制止了狂饮一通的冲动，把水晶瓶盖盖回到酒瓶上，封印住了这一阵可怕的香气。随后，我站起身来，一瘸一拐地走到阳台上踱步，等客厅里的酒香散尽，才回去把酒瓶放回木箱，再把木箱放进厨房的储物柜里。

我坐在沙发上，脑子里暂时无法思考，感觉灵魂都被抽空了。这种失落感，就好像一个美女脱光了诱惑你，然后你给她穿上衣服，还把她赶出门一样。

不知道过了多久，当我的大脑重新开始转动时，蹦出来的第一个念头仍然是，给我送来这一瓶魔鬼的“邻居”到底是谁？

我摸着下巴，暗暗对自己说，无论怎么样，都要搞清楚这个问题的答案。

我现在好奇心的强烈程度，比当时想要听水哥讲地库的故事、在雪山上想要帮小希找到任青平时，还要强烈。

回想起来，那是我这辈子做得最南辕北辙的事情——为了推倒小希，答应帮她去找前任男友。可惜，小希最后没能从雪山上下来。

要不然，我的这种奉献精神应该已经打动了她，她也会成为我的现任女友了。

只要能找出这个神秘的“邻居”是谁，就算这是一个圈套——基本上，这肯定是一个圈套——我也要不管不顾地往里面闯。

冷静下来之后，我开始想要怎么搜集信息。所谓知己知彼，百战不殆，“邻居”已经把我的老底摸得一清二楚，但我对他却一无所知。信息非常不对称，这种感觉很难受。因此，要做的第一件事，就是要尽可能地缩小这个差距。

我把下午的两张快递单放到一起，这是两家不一样的快递公司，分别从上海跟北京发来的快件。我分别上了两家快递公司的官网，查询快件信息。上海的 CP99 这份快件，是昨天，也就是 2014 年 11 月 3 日星期一发出的，走的是航空；而北京这一件是 11 月 1 日星期六发出的，因为是液体，走陆运，用了 4 天时间……

不对啊……

我仔细看了一眼揽件信息，竟然是在 11 月 1 日上午 11 点多。问题是，那个装了 TOR 软件的 Surface，是在当天下午才由何小天拿给我的。

我拍打着自己的脸，想要清醒一点。难道是我记错了日期？不，日期并没有搞错。我记得很清楚，何小天之前说是要星期天给我，在 11 月 1 日星期六给我，已经提前了一天。

莫非是那天早上，何小天就把 Surface 拿给我了？这个可能性同样不存在，因为在成为行动不便者的日子里，我根本就没在中午 12 点前起过床。

难道是快递公司的官网出了问题？我仔细检索上面的每一条记录，揽件、分拣、转运、派送……每一条记录都有清晰的时间点，前后两条记录间隔的时间也非常合理。总之，不像是揽件的记录出现了问题。

可是，这样一来，不可能的事情就发生了。

这完全不符合逻辑啊！

这个神秘的“邻居”，在我 11 月 1 日下午在深网下单买道具枪这件事发生之前——起码是前几个小时——就已经知道我要买这把道具枪了。可是，当时我下单买道具枪这件事，还根本没有发生。我也没跟任何人说过我要在深网买道具枪，包括何小天。甚至，在那天上午，“买一把 CP99 仿真道具枪”这个主意，都还没在我脑海里产生。我只是在深网逛了半个下午，觉得没别的好玩的东西，然后才决定要买这把道具枪。

如此分析的话，这个神秘的“邻居”具有预见未来的能力。而可以预见到还没有发生的事情的细节，提前做出相应的反应，已经超出了人类的能力范围。

突然，我想起了雪山之上梁警官跟我说过的那句话。他说，我跟高维生物之间有一些“什么”。难道这个能预见未来、给我送酒送枪的神秘邻居，就是梁警官所说的高维生物？

我看着手中的快递单，忽然发现了有什么不对劲的地方。在上海发来的快递单上，收件人名字写的是“王老先生”，这是我在深网买道具枪的时候灵光一现想的化名，因为“王老先生有快递”嘛。而在北京的这一份快递单上，收件人写的却是“鬼先生”。鬼叔，是我用了很久的外号。

虽然上海的这份道具枪快递是我先收到的，但因为走的是空运，其实却是后面才寄出的。具体来说，是 2014 年 11 月 3 日星期一，也就是昨天，从上海寄出的。这件事情发生在我买道具枪之后的两天。而北京发来的这份麦卡伦快递，虽然是在上海那份快递之后才收到，但却是先寄出的，早在 11 月 1 日星期六上午。这件事情是发生在我买道具枪之前。

这么说有点绕口，但却是破解不可能的“预见未来”的关键所在。

也就是说，在发出麦卡伦快递的时候，神秘邻居不知道，我将要在几个小时后在深网上买下道具枪这件东西。他只要用快递把装酒的木箱发出，然后把开木箱子的钥匙留着。

两天之后，他得知我在深网上买了道具枪，就把钥匙放到装铅弹的小铁盒里，然后再通过空运快递给我。因为是上海这份快递先到我手上，里面又藏着打开北京这份快递的钥匙，所以给我造成了一个错觉——在我买道具枪之前，神秘邻居就已经预见未来，知道我要买了。

真相并非如此。神秘邻居应该是从某种途径知道我将在那天下午或者一两天后，在深网上下单买一样东西，但是他并不能预见我具体要买的是什么——那时候就连我自己都不知道。

他在发出第一件快递的时候，把木箱的钥匙留下；然后，在得知我具体买了什么之后，准备一份同样的东西，把钥匙放在里面，马上快递给我。然后，根据他对我性格的了解，知道我一定会通过单号去搜索两件快递的信息。这样，就成功造成了他可以“预见未来”的错觉。

差点被骗了哟！好险，幸好叔这么聪明。我得意地用手梳了下刘海，从雪山回来后就变得行动不便，所以也没机会去剪头发，反而因祸得福地让我完成了多年来蓄刘海的心愿。不过，我对这神秘邻居倒是越来越感兴趣了。难得见到跟我差不多的聪明人呀，虽然，还是比我略逊一点。

正在我得意扬扬的时候，那个备用手机响了一下，是短信。我随手拿起来一看，屏幕上显示的是这样一条信息：“很棒的推理。作为一个普通人类，你的智商不错。”

手机在我手上振动了一下，又一条信息：“我也一样，对你越来越感兴趣了。”

我当场就吓尿了。手机“啪”的一声掉到了地上。不用说，发短信的人肯定是发快递的那个神秘邻居。

我刚才的那一番推理都是脑部活动。就算是神秘邻居在我家里装了个隐藏摄像头，把我的表情、肢体语言都拍下来，也不可能会猜到我脑子里想的具体是什么。更不可能知道，我对他的好奇心是“越来越感兴趣”这样完全匹配的表达。

如果说在雪山的那段旅程里，日本人通过手机病毒对我跟小希造成了一系列的惊吓和迷惑，起码他们装成任青平所说的那些话，是观察了我们的行为、分析了我们的心理之后，一早就准备好的台词。而且，他们还有小明这个内应。

然而现在，我是好端端一个人坐在自己家的客厅里。没有任何技术的可能性，让发短信的神秘邻居知道我内心在想什么。所以，他不但可以预知未来，甚至还有看穿一个人想法的可怕能力。

就在半分钟之前，我通过所谓的推理得出了结论，结果现在被狠狠地打脸了。这个时候，心里的念头毫无办法地又回到了原处。神秘邻居是超越人类的存在，是神，或者是所谓的高维生物。我“砰”的一声背用力靠在沙发上，呼吸急促，右手摸着自己狂跳的心脏。

真是……太刺激了。

一旦确定神秘邻居不是个普通人，我反而心里狂喜了起来。

有趣。

有趣爆了。

我竟然可以跟一个超越人类的存在打交道，整个地球六七十亿人口，又有多少人有这个机会？

水哥在地库里遇到的，不过是秦朝的普通人，腌咸菜一样腌了两千多年，变成了怪物而已。像梁警官这样在国际刑警的神秘部门供职的，风里来雨里去，他也没有真正遇见过高维生物吧？更何况，这个超越人类的存在、神或者高维生物，刚才还表扬我了。他说我智商比普通人类高，而且对我还“越来越感兴趣”。

我兴奋地搓着双手，这种喜悦的感觉，比听见初恋女友说“我也喜欢你”的那一刻不遑多让。我坐立不安，几乎忘记了自己是个行动不便的人，“噌”地一下站了起来。这一刻，我做出了一个非常重要的决定，把那瓶价值20多万的、1949年水晶瓶千禧版麦卡伦，拿出来喝了。

知道对方是一个不同于人类的存在，反而打消了我的顾虑。如果他要弄死我，简直是分分钟的事情，根本不需要使用在酒里下毒这样的卑鄙伎俩。就好像你要弄死一只蚂蚁，直接捏死就行了，难道还会想着给它设个局？所以，神秘邻居送给我酒，就真的只是送我酒，让我在陈年佳酿的快感里得到满足，实现人生的大和谐，如此而已。

想着即将要喝下那么美妙的好酒，我腰不酸了，腿不瘸了，三步并作两步走到了厨房，从柜子里拿出那个木箱。然后，我又翻出消毒碗柜深处那个最隆重的法国产巴卡拉水晶威士忌杯，回到了客厅。

我迫不及待地打开箱子，拔出水晶瓶塞，往酒杯里倒了五个硬币那么厚的威士忌。酒香慢慢发散，充溢了整个房间，浓得快让人浮起来。这可是65年前酿的酒啊，那个时候别说我了，连我爸都还没出生呢！

杯子里原本是棕色、在阳光下显得有些金黄的液体，在时光里沉睡了漫长的65年，就为了今天这一刻让我把它喝下。我虽然是个坚定的无神论者，但在这个时候，我挺遗憾自己没有信仰，没有哪方神祇可以让我感谢下。

我把水晶酒杯举到鼻子下，近距离闻着那迷人的香气，然后闭上眼睛，慢慢喝进一小口酒。在液体进入口腔的那一刹那，不夸张地说，我的舌头沉醉了。一股难以描述的香气，像是宇宙刚诞生时的大爆炸，在我的口腔里砰的一声炸开。然后，酒香蔓延到鼻腔、脑腔、胸腔，最后是身体每一个细胞的空隙里。

我先把酒压在舌头下面，然后再慢慢吞下。喉头滚动的声音，简直是世界上最美的交响乐。就那么一小口酒，我已经醉了。我没办法控制自己，把酒杯里剩下的酒一口接一口地倒进了嘴巴里。然后，我又往水晶酒杯里倒了一杯酒，喝掉。再一杯，喝掉。

奇怪的是，在我的大脑越来越感觉到醉意的时候，意识却变得越来越清醒。这种体验非常独特，好像意识是独立于大脑外的存在，飘浮到了半空中，看见一个行动不便者正坐在沙发上狂饮。

房间里酒的香味越来越浓厚，感觉整个空间里所有的生命体和非生命体，包括水族箱里的鱼、空气里飘浮的尘埃、四只脚的茶几，都快要醉倒了。然后，我的意识发现，那个备用手机又响了起来。屏幕上显示的是:“好好享用。明天还有一件玩具，也希望你喜欢。”

第四章

红色木马

第二天，当我从沙发上醒来的时候，窗户外一片灰蒙蒙的。深圳这两年的秋冬两季，也开始有雾霾了，但像今天这么严重的，却也是少见。我拿起手机一看，早上 9 点多。从雪山回来之后，我第一次这么早起床。

印象中，昨天下午是从 4 点开始喝的，十几分钟内，就醉得不省人事了。这么算来，我已经睡了超过 13 个小时。跟以前喝多了睡倒不一样，这么漫长的睡眠，我却睡得像新生婴儿一样安稳。我伸了个懒腰，感觉自己浑身精力充沛。

20 多万一瓶、65 年的佳酿就是不一样，我揉揉自己的太阳穴，完全没有宿醉的难受感觉。我看了一眼桌子上的水晶酒瓶，里面大概还剩半瓶褐色的液体。这一瓶就是 700 毫升的容量，我喝了一半，也就相当于把半辆汽车喝进了肚子里。

我闭着眼睛，深深吸了一口气。

在我刚要站起身来去楼下的卫生间洗漱的那一刻，备用手机响了起来。

昨天我在陶醉地喝酒的时候，神秘邻居给我发了条短信，告诉我今天还会有一件新玩具送到。所以，不用看也知道，这肯定是快递打来的电话。

我接起电话，果然如此。这是不同于前两家的另一家快递公司。快递小哥似乎心情很好，讲话的时候带着笑意："王先生，你有快递。"

我嗯了一声："我在家，你送过来吧。"

刚要挂电话，快递小哥却说："哎呀，王先生，你这个快递……"

他的声音有点娘，我奇怪地问："怎么了？"

快递小哥又笑了一下："哎呀，没什么啦，我现在送过去给你。"

我又是一头雾水，不知道这快递小哥在笑什么。不过，也管不了那么多了，我挂了电话，就进卫生间里洗漱了。

这套复式的小公寓，楼上有一个单独的浴室，楼下只有放了个马桶的卫生间。不过，鉴于我现在行动不便，不方便上下楼梯，所以也在楼下放了一套洗漱的装备，小到刷牙洗脸，大到洗澡洗头，都在这卫生间里解决。反正也不用出去，只要身上散发的气味不要太强烈，熏不到自己就成了，别的哪里还管那么多。

刚洗漱完，快递就送到了。

我打开门。快递小哥白白净净的，一脸不怀好意的笑，打量着我。

我一开始以为他是在嘲笑残疾人，在签收快递单的时候，才醒悟他为什么会笑。要是换了我是他，也是一样的反应。

因为这一份快递，收件人是王老先生，深圳市南山区某公寓 C 栋 1015；发件人是蔡必贵，深圳市南山区某公寓 C 栋 1014，就在隔壁。

放下箱子，快递小哥转身要走，我一把拦住他："稍等，小哥，这个快件是怎么回事？"

快递小哥回过头来，笑眯眯地问："哎呀，什么怎么回事啦？"

我对他的声音跟奇怪的笑容都感觉不太舒服，不过还是指着隔壁的房门："我是问，这个快递为什么是从 1014 发给我的？"

小哥捂着嘴巴嘻嘻笑："哎呀，这有什么不懂的啊？你隔壁邻居看上你啦，不好意思直接跟你说，用快递送礼物给你，表达一下心意嘛。哎哟，真是浪漫死了呢！”

我对快递小哥解释道：“不是这样的，我隔壁没住人。”

小哥摆了摆手：“少来少来，你隔壁没住人，这个快递是鬼发给你的啊？哎呀，不过你的心情我懂的啦，第一次遇到有人这样表白，是有点害羞呢！”

我感觉到无法跟这个快递小哥交流，强忍着头痛问道：“那个，你能不能告诉我，发快递的人长什么样子？”

小哥笑得更甜腻了：“哎呀，你还不肯承认，现在开始在意你的那个他在别人眼里的形象了吧？哎呀，我也很好奇呢！可惜了，我是今天才来代班的，原来的那个‘葛葛’请假了呢……话说那么浪漫的男人，如果你真的不要，让给我吧……”

我实在是受不住了，脸色一黑。

快递小哥被我吓到了，往后一跳：“哎呀，好啦，人家知道了，真是的……”

我弯下腰搬门口的箱子。那小哥一边往楼道外面走，一边还在嘀咕：“哎呀，真是的，被人表白有什么了不起的。心里指不定有多开心呢，还装……”

我又好气又好笑，搬起箱子，关上房门，走回客厅里。这个箱子比前两个加起来都大，倒不是特别重。等我把照例非常严实的包装拆开，发现里面装的是一台无人机。

虽然名字叫无人机，实际上只是比较高级的遥控飞机，或者叫四轴飞行器。最近挺流行这个东西的，可以用来航拍啊、求婚啊什么的。不过，我实在想不出，神秘邻居送我一台无人机，到底是要干什么。

既然不知道神秘邻居送我这玩意是要干吗，问问他就可以了。我拿起备用手机，仔细看神秘邻居的短信。昨天下午收到短信的时候，并没有仔细去看他的号码，之后又干脆喝酒喝到了断片儿。

现在一看，这号码并不是正常的 11 位手机号码，而是以 106 开头的很长的一段数字，不知道是服务号，还是某一种软件发的。

这样的号码明显是打不通的，我只好写个短信发过去，也不知道对方到底能不能收到。

“邻居你好，酒很好喝，谢谢。无人机已经收……”

我的短信还没写完，手机却突然一振，消息通知，收到了一条新短信。

跟一个能远距离读取人心的“邻居”聊天，也是一种独特的体验。

我点击通知，看那条新消息的全文。

“鬼叔，虽然你年纪比我小，但我还是用这个外号来称呼你。外号跟真实姓名一样，不过是人类的一个代号而已。你可以叫我的代号——邻居。我知道鬼叔是一个充满好奇心的人，送你一台无人机，是想帮助你探索身边的世界。没错，就在你的周围，每一天都有有趣的事情上演。”

我皱着眉头，手指快速回复道：“邻居，方便说清楚点吗？”

几乎在我发出短信的同时，就收到了他的回复：“明天凌晨 02 : 15，你对面的公寓，15 层。”

我想了一会儿，领悟出他的意思，是要我在半夜的这个时候，用无人机去观察我对面的公寓。

我住的这个小区，一共有 A、B、C、D 四栋公寓楼，排列得像麻将里的四条。公寓的住客大部分是 25 到 35 岁的年轻人，教育程度高，未婚或者已婚未育，经济条件比较好——不然的话，也买不起、租不起这里的房子。

我放下无人机，走出阳台，正对着的就是 D 栋公寓，距离不到 100 米。两栋公寓的构造有所不同：C 栋是复式带阳台，D 栋则是不带阳台，只有巨大的落地窗。

我站在阳台上，眼前是由玻璃墙组成的 D 栋公寓，每一面玻璃都像是一个巨大的显示器。太阳出来了，在逐渐消散的雾气中，这栋公寓楼就像是许多个显示器拼成的超大的屏幕，矗立在地面上。

以前无聊的时候，我也会靠在阳台护栏上，看着对面公寓的窗户，想象里面都住着什么人，在过着怎样的生活。我留意到，有几间房住的妹子似乎都身材不错，但这个距离其实根本看不清。有几次还发生了一些“有趣”的事情，不过画面尺寸太小，又没声音，所以看得很不爽。不过，有了可以航拍的无人机，这一切就不是问题了。

我抬头看着 D 栋 15 层的位置，面向我的这一边有 10 个房间，也就是 10 个显示器一样的落地玻璃窗。凌晨 02 : 15，在其中的一面窗户里，有什么事将会发生。

我上网查了一下，神秘邻居送我的无人机是入门级的，不过也要几千块。这一款最新的型号，可以从网上下载 App，然后把 iPad 架在遥控器上，就可以通过 iPad 屏幕看到无人机自带的摄像机拍到的画面。简单点说，就是一个可以飞行的高画质监控摄像头。

我用了两个小时给无人机充电，在 iPad 里下载了操控的 App，然后练习怎么操纵无人机。

比起以前的遥控飞机，这种无人机的操作简单了不少，易学易用。更何况叔这种四肢跟头脑一样发达的全能型选手，学起来更是轻轻松松，只不过撞掉了一盏吊灯——好吧，还差点儿撞碎了水族箱的玻璃——就完全掌握了无人机是怎么玩的。确实挺好玩，我早该买一个了。

不过，这东西的缺点也明显，就是充满了电，在天上也只能飞 20 分钟。好在它还挺智能的，快没电时，就会自动返航到起飞处，不会掉到一些捡不回来的地方。

在室内玩了一圈之后，我把无人机拿到阳台，演练了一下怎么从阳台上升到 15 楼的高度，然后飞到对面公寓那边，从 1501 拍到 1511。不过，因为现在是白天，室外比较亮，室内很暗，从玻璃外面拍进去，看不到任何东西。到了晚上，室外暗了下来，室内开了灯，那情况就不一样了。

中午 12 点多，我把无人机收起来充电，然后叫了份外卖。

今天是星期三，下午何小天会过来清理水族箱，我一边吃着干炒河粉，一边在想要不要把在深网买东西后遇到的这些怪事都告诉他。后来想想还是算了，不要随便把旁人卷入自己遇到的奇怪事件，这是我从雪山回来之后总结的一个处世方法。

下午 3 点，何小天果然准时来了。

他进门第一句就是："鬼叔，你送的酒真好喝。"

我嘿嘿一笑："喜欢就好。"

何小天稍微有点害羞："我第一次喝，那是什么酒啊？"

我回答道："单一麦芽威士忌，牌子是麦卡伦。"

何小天挠挠头，说："好喝。"然后，他就转过身去，开始清理水族箱。

我看着他的背影，对于这个被我拉进单麦威士忌大坑的青年，多少感到有点歉意。第一次就喝这么好的，以后该怎么办？人总是在知道世界上有更美的事物、更好的生活之后，才开始对现状不满的。这种不满有时变成动力，有时候会变成一股负能量。神秘邻居送给我的 1949 年麦卡伦，跟我送何小天的 25 年的麦卡伦，都属于超出受赠者收入水平的好东西。

我托着下巴在想，一瓶好酒就可以让人有焕然一新的体验。如果这个神秘邻居真如我所想，是高维度的智慧生物，那么我们之间的这段"第三类接触"，又会给我带来怎么样独特、劲爆的人生经历呢？

真是太期待了。

何小天在干活的时候，我想到了一个问题，那就是两星期前我跟他描述的珊瑚，他是在一个星期内就拿给了我。如果是从国外发来的快递，应该也没那么快才对。

这时候我再问他，他告诉我说，那 300 块确实不是快递费，而是卖家从另一个城市开车过来，给他送珊瑚的费用。我还想再详细地问下去，卖家开的是什么车，长什么样子，何小天却一副紧张兮兮的样子，可能是怕我举报他买受保护物种什么的。我也不想难为他，就没有继续追问。

何小天干完活走后，我锻炼了一个小时肌肉，吃完晚饭，又玩了一会儿 PS3。到了晚上 10 点，我就跑去洗澡准备睡觉。

我把手机里的闹钟调到凌晨 2 点整，然后躺到了沙发上，赶紧睡觉，养好精神，半夜才有精神起来，看看对面公寓到底会发生什么。但是，完全睡不着。这种兴奋的程度，比当年初恋的时候，第一次正式约会的前夜，还要更厉害。

人一失眠，用各种姿势都睡不着。我在沙发上翻来覆去半个小时，完全睡不着，就坐起身来。想了一会儿，我决定上楼去睡，但是一瘸一拐地爬到楼上，用最虔诚的态度躺上床，果然“效果拔群”——越来越清醒了。

没有办法，我只好又下了楼。这样折腾一趟反而把自己弄饿了。我只好泡了碗面，一边看电视，一边吃面。正如陈奕迅唱的，一个人食面，全世界失眠。

电视机真是个伟大的发明，虽然节目都很无聊，但起码有画面、有声音，能转移我的注意力，让等待的时光没那么漫长。

终于，手机里的闹钟响了：凌晨 2 点整。我拿着充好电的无人机走到了阳台上。白天被太阳驱散的雾霾，现在又重新凝聚起来。从阳台上朝对面看去，只能模糊地看到 D 栋公寓的存在，所有细节都隐藏在黑漆漆的夜色里。这个时候，我才明白为什么神秘邻居要送我个无人机，而不是干脆送个望远镜。这个邻居果然是神机妙算，连今晚的天气状况都预测到了，简直比诸葛亮还牛。

我拄着拐杖走到阳台，坐在椅子上，好奇心令我饥渴难耐，坐立不安，到 02 : 05 就放出了无人机，向对面公寓飞去。

前面说了，无人机充满了电，一次也只能飞 20 分钟，就会开始返航。所以，02 : 05 出发，最多到 02 : 25，它就要自动飞回来了。神秘邻居要我看的什么东西，就算能在 02 : 15 准时开场，我也正确地找到了那个房间，最多也只能看到 02 : 25，时长 10 分钟。

我心里隐隐有些担心，如果邻居要给我看的是什么劲爆的场景的话，那岂不是片子还没播完，我就没得看了？万一对方的格调比较高，节奏比较慢的话，说不定连前戏都看不完整。光这么想着，就让我感到各种不爽。

无人机从阳台上起飞，嗡嗡地飞进了浓浓的雾里。一开始，我还能目测着飞机进行遥控，过了没 1 分钟，就只能通过 iPad 上面无人机携带的摄像头拍摄的画面，来控制它的飞行了。幸好上午的时候演练过两次，不然的话，在这样的浓雾里，无人机会不会一头撞毁都不好说，更别提要找到对面公寓的 15 楼，停在适当的位置了。

因为有浓雾的关系，无人机离得太远就什么都看不见，所以只好跟对面公寓的窗户保持一个比较近的距离。这样一来，摄像头的视野就很受限，一次最多只能看三个窗户。

我通过 iPad 上的 App（智能手机的第三方应用程序）操控着无人飞机，让它在 10 个窗户外不断逡巡。凌晨两点多了，又不是周末，再怎么夜猫子的人也睡着了。无人机从最左边飞到最右边，10 个窗户里只有 1 个还亮着灯，但也挂着窗帘，什么都看不见。

我看了一下时间，02 : 14，神秘邻居指定的时间，差 1 分钟就要到了。到底是哪一个房间，会发生什么样的事情呢？

无人机从右向左，继续水平飞行着。电机高速旋转的嗡嗡声，透过浓雾传到了我耳边。我有点担心，会不会吵醒了公寓里的其他住客，误会——或者说识破——我是个偷窥狂。

就在时间从 02 : 14 : 59 跳到 02 : 15 : 00 的那一刻，在无人机视野范围内的三个窗户中，最中间的那个，突然亮起了灯。我马上刹车，让无人机倒回来一点，悬停在那个窗户的正前方。然后，我看见了这辈子所能见到的、最诡异的画面。

透过窗户看过去，那是一个灯光昏暗的房间。不，准确地说，那是一个还没装修好的毛坯房，到处是阴沉的水泥，无人机的摄像头拍摄到的，是这个毛坯房的客厅。

客厅正中间的天花板上，装着一盏亮度很低的白色节能灯。客厅里家徒四壁，只有左边墙壁的角落里放着一个红色的物体。节能灯的亮光只能照到附近很小的一块，所以这个红色物体的大部分都笼罩在黑暗里。

我把眼睛凑到 iPad 的屏幕上，又把摄像头的焦距调到最大，这才分辨出：墙角的红色物体是一个摇木马。

从摇木马的大小来看，明显是做给小朋友骑的。木马的上半部分隐藏在黑暗里，只能看见四条马腿连接着的弧形底盘。木马已经有些年头，红漆都褪色了，但能想象出它刚被制造出来时的鲜艳。

深夜不恐怖，毛坯房不恐怖，大红色的摇木马也并不恐怖，只是这三样东西组合在一起，却有那么一点吓人的感觉。但是，我还是皱起了眉头——神秘邻居要我看的，就是这样一个毛坯房里的摇木马？也太小儿科了吧？叔毕竟也是见过大场面，经历过生死，侥幸从雪山回来的男子呢！

正这么想着，突然之间木马开始摇动起来。顿时，我有了毛骨悚然的感觉。

无人机上并没有记录声音的装置，两栋公寓间隔着那么远，声音更不可能穿过浓雾到我这里。但是，我的耳朵里分明听到了木马在粗糙的水泥地面上摇动的声音。

咿——呀，咿——呀。

吓人的地方不止于此，那大红色的木马并不是停留在墙角下的原处，而是一边摇晃着，一边向右朝客厅中间移动，就好像上面骑着人似的。随着木马慢慢移动，逐渐暴露在光线中，我发现：在木头马鞍上面，真的坐着一个人——一个小男孩。

不对，说是小孩子什么的，其实只是我的猜测。因为我现在能看见的，也只是他的两条腿，穿着一双凉鞋，小腿光着，上面是一条海军蓝的短裤。

我腋下的冷汗打湿了衣服。木马还在以同样慢吞吞的节奏向着节能灯下面走。白森森的光线从天花板上斜向下，照在木马跟那个小男孩身上。随着木马的晃动，一点一点移动到光线里的，是木马红色的腿、红色的脖子、红色的头……

不对。我倒吸了一口冷气，那个木马的脖子上面，并没有马头。这是一个残缺的木马，更增添了几分恐怖。木马还在不停移动。时间已经过去了八分钟，再有两分钟，无人机就要开始返航了。我吞了一口口水，虽然害怕得心跳加速，但眼睛却无法离开 iPad 的屏幕。

木马整个移动到了节能灯下，那个小男孩的全身终于也暴露在光线里。虽然亮度不够，但还是能看出，这是一个六七岁的小男孩。他的海军蓝的短裤上面，是配套的白色上衣，有着同样海军蓝的大领子。领子下面还露出了红色的一角，应该是戴着一条红领巾。

这是一套 20 世纪 80 年代，在全国各地的小孩子之间流行的水兵制服。叔出生于那个年代，在六七岁的时候，穿的就是这样一套。这样一个小男孩，像是骑着恐怖的无头木马，从二十世纪穿越而来。太惊悚了。不过，更让我介意的是，小男孩背对着左边的墙壁，侧身朝着无人机镜头，却一直扭着头，脸向着房间深处。到现在，我还没看到他的脸。

时间已经到了最后半分钟，无人机发出了电量用尽的预警，马上要开始返航了。那个小男孩慢慢地转过头来。

他刚开始转的时候，我已经感觉到有些不对劲儿了。等到小男孩的脸完全转了过来，看向无人机的摄像头——通过 iPad 的屏幕，直视着我的眼睛。小男孩知道我的存在，他正在看着我。

我贴着椅子的背部整个被汗湿透，喉咙发紧，想要喊些什么，却根本发不出任何声音。让我那么害怕的，不是因为他看着我，而是因为小男孩的脖子上——长着红色的、木马的头。

无头的残旧红色木马，在深夜空旷的毛坯房里，被一个小男孩骑着，画面已经足够恐怖。让人惊吓到有窒息感的，是骑在木马上的小男孩，脖子上竟然是木马的头。恐惧感像浓雾一样，把我紧紧包围。我肠胃一阵痉挛，产生了强烈的呕吐感。

尽管光线昏暗，但仍然可以分辨，那并不是头套之类的，因为木马的头长而且扁，即使是小男孩的头部，也无法戴进这样的头套里。小男孩的红色木马头，褪色的沧桑质感，跟他身下骑着的木马，是一模一样的。

给我的感觉是，小男孩跟他心爱的木马，被某种不属于人类、残忍霸道的力量，融合成了一体。而现在，红色木马那黑色的、木然的眼珠，还在盯着我看。我几乎要窒息了。

就在这个时候，无人机开始返航了。幸好，我是坐在椅子上的，要不然的话，就直接瘫倒在阳台上了。遥控器连带上面的 iPad，从手中滑落到地板上，我却没有心思去捡起来。

无人机发出嗡嗡的声音，从雾气中飞出，平稳地降落到阳台的地面上。我闭上眼睛，试图平复自己的心情。在上下眼睑刚接触的瞬间，那个长着木马头的男孩凶猛地扑了过来。我吓了一跳，赶紧睁开眼。

我坐在阳台的椅子上，大口大口地喘着气。夜晚的风吹散了眼前的雾气，渐渐地，对面的 D 栋公寓也出现在视野里。

毕竟是凌晨两点多了，虽然现代的都市人睡得晚，但整栋公寓还亮着灯的房间也不多。

我从下往上数着楼层，15 楼的位置，面向这边的 10 个窗户，全部都是黑漆漆的。包括刚才那个红色木马男孩的房间——没数错的话，应该是从左到右的第 4 个——也一样熄了灯。

我回想着刚才无人机拍到的一切，那个木马的质感，小男孩皮肤在昏黄灯光下的光泽，都历历在目，那么真实，绝对不是我的幻觉！刚才无人机的摄像头，也把所有的画面都记录下来，变成了储存在内存里的影片。如果我不相信自己刚才看到的一幕，可以重温一下刚才的视频。

不过，我现在不相信自己的，反而是有没有重温一下视频的勇气。实在是惊悚得让人浑身不舒服，心脏难受得要停摆。人的脖子上怎么可能长着木马的头？这是一个什么样的怪物？

我深呼吸了一口气，在恐惧感稍稍退散的瞬间，强烈的好奇心又涌了上来。对面公寓 15 楼发生的这一幕，还有背后导演整出戏的神秘邻居，到底是怎么一回事？我摸摸自己的太阳穴，今天晚上，似乎注定又要失眠了。

幸好，我还有半瓶麦卡伦 1949。

第五章

D 栋 1505

第二天早上，我是被手机的振动声吵醒的。我下意识地去拿那个备用手机，却发现它黑着屏，沉默得像一块砖。原来是平时用的那个 iPhone 6 Plus 在响。我接起来的时候，却是工厂里的厂长打电话给我。他说供应商要给原料提价，问我是要找别的供应商，还是从原来这家买。我问了提价的幅度，然后让他自己决定就好。

放下电话，我嘿嘿一笑。这小子估计是跟供应商商量好，提价之后再拿回扣。我心知肚明，不过不愿意揭穿，水至清则无鱼，让他拿点好处，才会尽心尽力地帮我打理工厂。不然的话，他总会从其他地方找到漏洞，来挣自己想挣的钱，这样一来，产品的质量就有可能出现问题。这才是我最不愿意看到的。

几年前意外获得馈赠，得到了这家工厂之后，我并没有在上面花太多心思。设备跟工人是原来就有的，那个因为我而得救的大老板，为了报答我，每个月都会给我稳定的订单，而且利润非常不错。因为销路不成问题，我就请了个职业经理人来帮我打理工厂，搞定有关部门，负责好生产就行。平时，一个月里我也去不了厂里两三次。

叔对管理工厂这种沉闷的日常工作毫无兴趣。不过，也多亏了这个工厂，才让叔实现了财务自由，继而实现了人身自由，可以去做自己想做的事情——游山玩水，吃吃喝喝，经历新奇、刺激、好玩的事情。

至于我得到这个工厂的过程，还有厂子里后来发生的一系列怪事，那又是另一个故事了，等叔有空了再讲给你们听。当务之急，是搞清楚昨天晚上对面公寓 15 楼发生的事情。

我从沙发上坐起身来，喝了两大杯水，准备到卫生间里去洗漱。好酒就是好酒，连着喝醉了两晚，现在也没有难受的感觉。刷完了牙，我下意识地去拿洗手盆旁边的拐杖，却摸了个空。再往外一看，发现拐杖正好端端地靠在茶几上。我这才意识到，刚才没有用拐杖，一瘸一拐走过来的。我若有所思地摸着头，想起昨晚看到的那一幕。这样看来，我得到实地去探访一下了。

之前说过，作为一个死要面子活受罪的男人，叔是不愿意以一个行动不便者的形象出现在大众视野里的。所以，从雪山回来近一个月，我都待在公寓里，吃饭基本靠外卖，娱乐基本靠游戏和美剧。

昨晚看到那红色木马男孩之后，我的第一个反应就是到对面公寓去实地看看。但是，想到自己是个行动不便者，又马上打消了这个念头。不过，如果现在可以不靠拐杖走路的话……我试着走了几步，感受了一下，一瘸一拐的样子很不雅。这样也不行，没能达到我出门见人的形象要求。

对了，我可以让一个人陪我过去，他在我前面挡着，我稍微搭着他右边肩膀，借一下力。这样走起来的话，应该能基本掩盖我右腿的不便。再配合我的演技，群众应该只会觉得，是两个关系特别好的哥们儿，搭着肩膀在走路。

嗯，就这么办。找谁好呢？我心里犯起了嘀咕。

本来水哥是一个非常好的人选，他身高跟叔差不多，又那么胖，能很好地起到一个掩体的作用。可惜，他回北京去了。而且，最近水哥也不怎么接我电话，说是在闭关锻炼身体，要瘦回以前的英俊容貌。我对此表示极大的怀疑。

那么，还有谁呢？

我摸着下巴，眼前蹦出何小天那个瘦瘦高高的样子。

对了，何小天。他长得很高，但是驼背，我搭着他的肩膀问题不大。而且，话说回来，我之所以会遇到目前这种惊险莫测的状况，也是因为何小天告诉了我深网。当然了，至于他为什么会告诉我深网这个东西，在叔这种推卸责任技能满级的人身上，可以不用考虑。

总之，我把何小天一起拉进坑——不对，是分享给他这世界好玩有趣的另一面——目前看来，是非常合理、非常符合逻辑，而且很具有操作性的选择。

就这么办。

不过，就算让何小天扶我去了对面，又该怎么进房子里看呢？以叔媲美一休的高智商，很快就想出了办法。当然，其实稍微有点常识的人都能想到，这个方法就是去看房子。

我在本地的房地产租售网搜索了一下，马上就找到了相关的出租信息。

对面D栋公寓，我以前也去过，印象中每层是20间房，每一边10间。靠向我阳台这边是X01到X11。说到这里，有人会觉得叔的数学是门卫教的，明明说是10间房，为什么又变成了11间？

其实，道理很简单：这个小区的开发商老板来自潮州，非常讲究风水。在这个小区里，没有4这个数字，所以房号的排列是X01、X02、X03，跳过一位排到了X05、X06、X07、X08、X09、X10、X11。

我左边隔壁是1013，而到了我这里，就变成了1015。说起来，神秘邻居发快递给我的时候，也把房间号码写错成了1014。实际上，并不存在1014这个房号，或者说我住的这一间，就是实际上的1014。

不光房间号如此，楼层也是一样，所以D栋的15层，减掉4层、14层这两个跳过的楼层后，物理上是13层。13，对于西方人来讲，也是个很不吉利的数字。

我撇了撇嘴，不知道昨晚看到的诡异景象，跟这个事实上的第13层有没有关系。

昨晚看见红色木马男孩的那间房，是从左到右数的第4间，根据本小区的楼层跟房号分布，也就是1505号房。

可惜的是，我在网站上查不到1505的租售信息，只找到了1503，也就是这间房的隔壁。不能进入事发现场D栋1505去勘探，当然很可惜，不过能到隔壁去看一看，或许也能发现些蛛丝马迹。

这么想着，我马上拨打了网站上的中介电话，接电话的是一个妹子。这个中介妹子的声音高昂、年轻、热情，像是刚喝了满满一碗鸡汤，又打了满满一管鸡血。总之，我跟这个自称小徐的中介妹子，约好了下午两点到D栋1503看房子。

挂了小徐的电话之后，我马上打给何小天，他却没接电话，半小时之后才打了回来。何小天说他刚才还没睡醒，并且对我那么早起床表示惊讶。

我邀请何小天下午一点半过来，让他扶我去D栋公寓。因为事情的来龙去脉很复杂，更因为怕说出来会吓到他，所以，只是说了我要去看房子，最近楼市低迷，价格很有吸引力，我想多买一套。

原本还以为要哄一下他，实在不行就再送他一瓶25年的麦卡伦，没想到一听说要看房子，何小天竟然很有兴趣。他说下午也没什么事，答应了陪我去看房的请求。

他在电话里问："鬼叔，明年房价是不是会涨啊？"

我打了个哈哈："或者吧，我也说不准，我又不会预测未来。"

预测明年的房价？嘿嘿，倒可以问问我那个神秘邻居。

挂了电话，我拿起备用手机，翻看神秘邻居发给我的短信。在那条“明天凌晨 02 : 15，你对面的公寓，15 层”的指令之后，“邻居”就没有再发任何信息给我。

昨晚喝到一半的时候，我忍不住发了几个问题给他，现在看起来都很傻，就是不停追问他是怎么回事，他想要干吗，那个小男孩还活着吗，诸如此类。“邻居”完全没有答复。

我放下备用手机，好吧，可能他就是想要我自己找到谜底。我甚至有一种预感，“邻居”给我设下这些谜题，如果我能够解开，或者从中得到线索，就可以见到他本人。也就是说，我遇到的情况，是神秘邻居对我的考验。

没错，就像武侠小说里的世外高人，要教给主角绝世武功之前，都要先考验他一样。这么想着，我得意地摸着自己的脸，如此俊俏的脸蛋确实适合做个男主角。

叫了份茶餐厅的外卖当午餐，吃完之后，我从无人机的内存里导出了视频，放到电脑上看。大白天的，人的胆量会壮一些。昨晚发生的诡异情景，通过电脑显示器，在我眼前重现。没错，所有的一切都不是幻觉，而是真真切切地发生了的。那个红色木马男孩转过头来看着我的画面，仍然让我不寒而栗。

关掉了电脑，我走进阳台。已经是 11 月，天气终于有转凉的迹象了，一阵风带来了初秋的凉意，吹得我后背发凉。我看着对面的 D 栋公寓，玻璃窗在阳光下闪烁着晃瞎眼的光芒。我眯着眼睛，努力看向 1505 的窗户。当然了，什么也看不见。下午两点，在 1505 隔壁的 1503，我能发现什么吗？又会发现什么呢？

我挠了挠头发，毕竟自己不会预测未来，下午两点多发生的事情，几个小时前的我是不可能会知道的。想不到的事情就不去想了，我转身走回客厅，打开电视，继续玩我的“神海 3”。

到了下午一点半，何小天准时开门进来了。看上去他比我怕冷多了，已经穿起了长袖卫衣。确实，像他这样没有肌肉又没有脂肪的瘦子，身体的保暖功能要差一点儿。我已经早早换好了出门的衣服，像之前计划的那样，扶着何小天的肩膀，走出了房门。

下了电梯，走出公寓一层大堂的那一刻，我不禁抬头看了看天。今天的阳光很好，晴空万里，即使隔着墨镜，天空还是亮得有些刺眼。从雪山回来之后，我在家里宅了快一个月，感觉关节都生锈了。这一刻，我深深吸了一口气，室外的空气就是要比室内的新鲜。在阳光下走路的感觉真好——即使是需要别人掩护，还怕被熟人看见。

因为是工作日的关系，小区里住的年轻人都在上班，楼下空荡荡的，没有遇见什么人。我右手搭着何小天的肩膀，正如我计划的那样，走得算是比较流畅。下午 01:05 的时候，我们走到了 D 栋公寓的大堂。

姓徐的中介妹子已经在大堂门口等着我了。她原来那么胖，还戴着眼镜，一副人畜无害的宅女长相，跟她热情高昂的嗓音有点不搭。我朝中介妹子挥了挥手，她看见我跟何小天怪异的走路姿态，像是知道了什么，微微笑了一下。

中介妹子迎了上来，声音还是那么热情高昂："您好！哪一位是蔡先生？"

我绕过何小天高大而佝偻的身躯，走到妹子前面："我就是。不好意思，让你久等了。"

妹子一边掏出名片，一边甜甜地笑——虽然笑容挂在她的银盘大脸上有点怪异——道："您别客气，我也刚刚到。"

我接过她的名片，上面写着妹子的全名——徐美丽。我看看名片，再看看她的脸，非常"名不副实"。

中介妹子带着我们进了 D 层公寓，又进了电梯，一路上巴拉巴拉说个不停。

不得不承认，虽然她的样子并不是那么讨喜，但是却非常敬业，也非常专业。她非常懂得顾客的心理，首先一直在夸我眼光好，看中了这个笋盘，升值潜力巨大，如果她自己有钱的话直接就买了。

然后又夸我运气好，业主也是急着用钱，前几天才放盘的，钥匙也是昨天才刚刚到她手上。

中介妹子又说："蔡先生，您真的是找对人了，业主就只给了我一把钥匙，别的中介都没有的。"

总而言之，等我们走到1503的门口，我已经产生了一个念头——要是房子不错，就真的买下来算了。

中介妹子一边用钥匙开门，一边还在推销房子的各种好处。何小天似乎也被她的热情感染了，不停地应和着。我退后一步，看着1503隔壁的房门，那上面的门牌号写着1505。

如果没有算错的话，昨晚红色木马男孩就是出现在1505的房间里。

中介妹子打开了房门，展现在我们面前的，跟我昨晚看到的一样，是颜色灰沉沉的毛坯房。我们三人前后脚穿过房门，在踏进1503的那一刻，我突然产生了一种想法——如果昨晚算错了房间，那……

我被自己的想法吓了一跳，身体不由自主地往门外倒退，一边打量着眼前的毛坯房。这个户型跟昨晚无人机拍到的一模一样。幸好，在房子里的所有地方，都没有看见红色的残旧木马，天花板上也没挂着吊灯，而是在一边墙上装了日光灯。所以，这并不是昨晚的那间房。我松了一口气。

中介妹子果然专业，抓住了我刚才异常的表现："怎么了，蔡先生，您对这个房间有什么不满意吗？"

我赶紧掩饰道："嗯，啊，我是说这个。"——我手指着正对着门的巨大落地窗，也就是昨晚无人机掠过的窗户之一——"妹子你看，窗户这么大，傍晚会不会西晒啊？"

中介妹子继续介绍："这个您放心，蔡先生。窗户对着的是北边，这个户型啊，按照传统的说法，门口是朝着南边的，坐北朝南，最漂亮的户型了。您来看看这边的卫生间……"

何小天好像当成了自己要买房子，饶有兴趣地跟着中介妹子，在这个一居室里转来转去。我因为右腿还是有点不方便，所以就靠墙站着，听中介妹子兴高采烈地介绍。

等她差不多介绍完了，我故作头疼地说："这房子不错，我挺喜欢的，价格也合适，可惜啊……"

中介妹子果然被叔的演技骗到，身体前倾，紧张地问："可惜什么？"

我叹了一口气："可惜，房间太小了，40 平方米都不到。"

我直接问道："妹子，我觉得这房子不错，可惜太小，要是能跟隔壁打通就好了。"

中介妹子眼睛一亮，看来是被叔出神入化的演技欺骗了，以为自己遇到了豪客，要一下子买两套。不过，很快，她的眼神又黯淡下来："蔡先生，我懂您的意思，可惜这两边隔壁的房子……"她指了指一边的墙壁："1502 被买了下来，房东自住，不是用来投资的。"

我眼睛望向另一边墙壁，那才是我真正关心的："那这边呢，1505？"

中介妹子做了个无可奈何的手势："很抱歉，蔡先生，我们联系不到 1505 的房东。"

我皱眉道："国土局不是有房东的信息吗？你们中介公司应该很容易查到啊。"

中介妹子解释道："是的，我们知道房东的名字，但是通过他留的电话根本联系不上他。"

我还是不死心："你们行业内部也有数据库吧，肯定能找到这个房东的。"

中介妹子叹了口气，走向了跟 1505 共用的墙壁："正常来讲是这样的，可是这个房间特别奇怪……"

我也跟着走了过去，用手摸着那面墙："真的没有办法了吗？要是能拆了这面墙，就有 80 平方米了，住起来就舒服多了。”

我看着她的眼睛，假装出一副诚恳的表情：“妹子，你再帮我问问，找找这个房东。哪怕房子单价贵点，佣金折扣高点，我也能接受。”

听我提到了钱，中介妹子的眼里燃起了熊熊斗志：“好的，蔡先生，回去我发动同事，一起帮您来找。”

我手扶着墙壁，欣慰地点了点头。突然，一阵奇怪而熟悉的声音传来。

咿——呀，咿——呀。

我浑身汗毛都竖了起来。今天凌晨两点，木马在粗糙的地板上摩擦的声音，又从隔壁房间穿了过来。

中介妹子看着我神情突变，关心地问：“蔡先生，您怎么了？”

我吞了一口口水：“你没听见什么声音吗？从隔壁传来的。”

“隔壁？隔壁没有住人啊，也没有在装修。”中介妹子好奇地把耳朵贴到墙上，“蔡先生，什么声音都没有啊。”

咿——呀，咿——呀。

声音再次传来。

为什么我听得到的，她没听到，难道是我宅太久身体虚弱，产生了幻听？

抬头一看，何小天正站在落地窗前，看着外面的风景。我赶紧叫他：“小天，你听到了什么奇怪的声音没？”

何小天却答非所问地说：“鬼叔，从这里也能看见你住的房子。”

中介妹子奇怪地问：“啊？蔡先生，您在对面也有房子？”

我选择回答了何小天：“对啊，是能看到。”

何小天伸出右手，用手指数着楼层：“1、2、3、4、5……”

我纠正道：“你数错了，C 栋也没有 4 楼，3 楼上面直接是 5 楼。”

何小天重新数道：“哦，是这样，那 1、2、3、5、6、7、8、9、10，1015……没错，这是你的阳台，我看到了那把椅子。咦，鬼叔，你什么时候买了那个东西？”

我皱眉道：“什么东西？”

何小天朝我招手：“你过来看看。奇怪了，我昨天去你家的时候都没看到，是不是我数错房间了？”

我这时已经顾不了形象了，一瘸一拐地走到落地窗前，顺着何小天的手指，看向D栋公寓对面我所住的C栋公寓。

何小天没有数错，他手指着的，确实就是我住的1015的阳台。然后，我发现了他所说的“那个东西”，差点儿把我当场吓尿。昨晚那种四肢瘫软的感觉，又一次回到了我身上。

在我的阳台上，昨晚坐的那把椅子旁边，多了一样东西。

一个红色木马。

跟昨晚不同的是，这个木马是完整的，脖子上有一个马头。虽然距离很远，但是可以分辨出，这个马头跟昨天男孩脖子上的那个，是完全一样的。让人恶心的摩擦声，再次在耳膜响起，咿——呀，咿——呀。

秋天下午温暖的阳光下，我看着对面1015，我家阳台上凭空出现的那个木马——它自己摇晃了起来。

“蔡先生，您怎么了？”中介妹子的声音在耳边响起。

我揉了揉眼睛，再看向自家阳台。那个红色木马还在，不过并没有摇动，而是静静地待在那里，就像是秋天阳光下一个普通的红色木马。要是让文艺青年来描述，应该可以用上“现世安稳，岁月静好”之类的词了。不过，在我的心里，却只有不解跟恐惧。

我抬腕看了下手表，现在还没到三点。也就是说，我走出C栋1015自己家不到一个半小时。是谁在这一个半小时里，破解了我的电子门锁，然后把红色木马放到了阳台上？

这个人肯定是故意让我看见红色木马的，他这么做，像是对我的嘲弄。调虎离山之计，是这么说的吧？你不是来D栋1503看房子，想要找到昨晚红色木马的蛛丝马迹吗？我就趁你不在家，直接把木马送到你家去。

当然了，按照目前的情况分析，这个人最大的可能性，就是那个在幕后主导一切的神秘邻居。总之，无论如何，我已经再也没有看房子的兴趣了。我深深呼吸了一口气，平复了一下心情，转过身对中介妹子说：“对不起，我下午还有事，要先走了。”

中介妹子迟疑了一下，又甜甜笑着说：“好的，蔡先生，您这边回去考虑一下，我这边也会帮您找隔壁 1505 业主的信息，但是您别抱太大希望……有消息了就马上通知您。”她又转过头对着何小天说：“何先生，您可以跟蔡先生好好商量，其实这间房也足够住的……”

何小天傻乎乎地说：“哦，好的。”

我无奈地摇了摇头，叫过何小天，让他走在我面前，然后搭着他的肩膀走出了 1503 的房门。

中介妹子一直送我们到楼下，她搞清楚了我在 C 栋有一套房的情况后，就开始打起了主意，让我如果要放盘，一定先通知她。那套复式公寓我中意得很，就算破产了也不会卖的，不过我还是口头上答应了她。做他们这行的也挺不容易的，给她留个希望，总比一口拒绝要好。

第六章

眼罩少女

迈出电梯门，踏上 C 栋 10 楼走廊的时候，我抬起手腕又看了一眼手表。现在是 2014 年 11 月 6 日，星期四下午三点。

这一段看房的经历受到的惊吓，在上午下楼之前，我确实一点都没有预测到。而回到房间之后，又会发生什么，我现在也完全没有概念。

这时，我意识到，能预测未来是多么牛的一种能力。如果真的可以预测未来将要发生的事情，人就能提前做好准备，以一种从容的态度过好自己的生活。可惜，我不是先知。

我让何小天陪我回家，虽然他缺乏智商，又缺乏武力，没有什么实际用途，但起码可以壮壮胆。

走到房门前，电子锁完好无损，没有任何被暴力破解的迹象。我正准备开门，突然想到——会不会是何小天伙同了谁，来扮演这个神秘邻居？这样一来就很好解释了：何小天知道要陪我去看房，两点过后我家里就没人，他把电子门卡给了同伙，同伙则趁这段时间开了我家的门，把红色木马放到了阳台上。

说起来，阳台上的红色木马也正是他发现了然后提醒我的，要不然的话，我还不一定会注意到。这么想着，我往旁边挪了一步，对何小天说："你来开门。"何小天奇怪地看了我一眼，从身后的背包里掏出电子门卡，然后打开了门。

电子门卡在他身上，不过，这并不能解除他的嫌疑。一点多他来我家的时候，也是用电子门卡开的门。但是，他完全可以在跟我一起下楼的时候，趁我不注意，把电子门卡放在跟同伙事先约好的、我没注意到的地方。同伙拿走了电子门卡，把红色木马放到阳台上，出门后再把门卡放在原来的位置；然后何小天在跟我一起回来的路上，趁我不注意，再拿回电子门卡就行。

不过，话虽这么说，刚才下楼跟上楼整个过程中，我跟他走得那么近，并没有发现他趁我不注意的时候放下了什么，或者拿起什么。而且，就何小天这样的情商，不像是能演好这一切的人。

无论如何，我耸耸肩膀，心里下了个决定——要找个借口，把给何小天的这张电子门卡收回来才行。

走进房门的那一刻，我突然产生了一种想法：刚才从 D 栋 1503 看过来，我家阳台上的那个红色木马是有头的。那会不会，在客厅里面有个穿着海军装、没有头的小男孩，正在等着我？

这么想着，我赶紧扫视房间四周。幸好，没有什么小男孩，也没有别的东西，房间里的一切都保持着原样，跟一个多小时前我离开的时候没有任何不同。当然，除了阳台上放着的那个木马。

看我已经安全到家，何小天就说要回水族店里去了，我也没有理由再留他，就同意了。

他刚离开，我就锁好房门，然后一瘸一拐地走向阳台。那个红色的木马好端端地放在阳台上，就在我坐的椅子右边。跟昨晚在无人机摄像头里看到的一样，这个木马造型刻板，做工简陋，像是 20 世纪物质缺乏的那个年代的产品。木马大概高半米多一点，马鞍部分很小，超过七岁的小男孩，估计就坐不下了。

我蹲了下来，摸着木马翘起来的红色漆皮，感受这种斑驳的年代感。脑海里隐约有点印象，在我小的时候，好像有过一个一模一样的木马。再往深一点想，昨晚马头小男孩穿的海军装，我也有套一模一样的。这个念头让我不寒而栗，赶紧站起身来，往后退了几步，物理上离这个奇怪的木马远点。

我背靠着阳台的栏杆，看着莫名出现的红色木马。这东西该怎么处理呢？

扔掉？

这可是神秘邻居给我送来的东西，万一这是对我考验的一部分，里面有解谜的线索，扔掉了不就完蛋了？

留着？

可是，如果到了晚上，这木马自己摇动起来，上面变出个无头或者长着马头的小男孩，那我不是要吓尿？

我倒吸了一口凉气，《荷马史诗》里的特洛伊木马，上网时要防范的木马，还有神秘邻居送给我的木马，都是些不请自到、居心叵测的东西啊！

对了，还是去问问“邻居”吧，或许在给了那么多谜题之后，他也会愿意提供点线索。

我返回客厅，拿起放在茶几上的备用手机，斟酌了一下，发了条短信给“邻居”，表达了对他整个布局的敬佩以及自己的谦逊态度，然后就是恳求给点解题的 tips（提示），委婉地问他送给我的木马该如何处置。

短信发过去之后，我握着手机，开始焦急地等待。一分钟过去了，五分钟过去了，十分钟过去了，“邻居”没有给我任何答复。我心里开始焦虑起来，这个“邻居”不会苛刻到一点提示都不给吧？

就在这个时候，手机终于振动了一下，果然是“邻居”回复的短信。我如获至宝地点开，内容却不是回答我的问题，而是这样的：“明天凌晨 01：45，D 栋 1015。”

一条新的指示。

我皱起了眉头，“邻居”的这条指示很好理解，跟昨晚一样，是让我在凌晨的 01：45 用无人机去查看 D 栋 1015 发生的事情。跟上次不一样的是，这次不光指示了楼层，还告诉了我具体的房间号。我纠结的，就是这个房号——1015。

首先，这个号码更凸显了“邻居”送我一台无人机，而不是一个望远镜的意义。

前面说过，D 栋公寓每层楼里对着我家阳台的这一排，是 X01 到 X11 号房。X12 以后的房号，则是在公寓的另一侧。如果没有无人机的话，就算再牛的望远镜，也无法透过整层公寓看到背面房间里发生的事情。

其次，更重要的，我住的这间房号也是 1015。

我的眉毛拧得越来越紧，都快挤出水来了——这里面是不是有什么特殊的含义？按照神秘邻居的个性，无论我怎么问，他应该都不会再透露任何信息，所以我也就不尝试了。所有的谜题要等到凌晨 01：45 才能揭开。上一次看到的是骑着木马的马头男孩，这一次又会发生什么样的奇观呢？

我看着阳台上的木马，黑漆漆的眼珠在阳光下反射出晃眼的光芒。昨天晚上，那个男孩回过头来时，就是用这双眼珠盯着我看的。即使在光天化日之下，回想起当时的场景，还是会让我后背发寒。

今天晚上，D 栋 1015 发生的事情，惊吓程度又有多高呢？为了防止自己被吓尿，我提前准备一个成人尿不湿，是不是也具有一定的现实意义？

“邻居”没有告诉我怎么处理木马，我只好自己决定了。

把木马收到看不见的地方，或者直接扔到外面，都不是什么妥善的处理办法。恐怖片里都是这么演的，如果你把它扔掉，以为万事大吉，木马一定会在你不注意的时候，突然又出现在你眼前，把你吓个半死。

所以，我选择把木马留在视线里，不过是搬到栏杆旁边，然后用了整整一卷胶带，把木马跟栏杆、地板都贴在一起。这样一来，它就被牢牢固定住，变成了无法动弹的木马木乃伊。

但是，这还不够：我把那把 CP99 道具枪上好铅弹，连保险栓都打开了，放在阳台的椅子旁边。如果真的半夜变出了那个马头小男孩，起码我可以射他几下。虽然他没有头，但也应该会怕痛吧？我安慰自己：嗯，一定是这样的。

因为要飞到 D 栋公寓的背后，这是一项新的技术要求，为了防止到时出问题，我还是练习了一番无人机的操纵技巧，没有什么难度。

做完这一切之后，我叫了个丰盛的外卖，然后开始玩 PS3。现在还不到 18 : 00 点，离激动人心的午夜场，还有漫长的七个多小时。有了昨晚的经验，我现在已经不指望自己能睡着了，就硬熬着等凌晨 01 : 45 到来吧。

神秘邻居可能是个善良的人，这不，还把午夜场的时间向前调了 30 分钟，让我看完早点睡觉。天不遂人愿，在晚上 11 点的时候，我就打通关了，之后的时间只能靠看电视、刷知乎来打发。

好不容易，终于到了凌晨 01 : 30，我放下手上的东西，把充满电的无人机带到阳台，又拿起了遥控器。在椅子上坐了七八分钟后，我放出了无人机。

今天晚上天气很好，我看着无人机闪烁着灯光，从 D 栋公寓最右边的一侧绕了过去，在视野中消失不见。我把视线切换到 iPad 屏幕上，通过无人机摄像头的影像传输来进行操控。

“嗯，是这里了。”我自言自语。无人机悬停在 D 栋公寓的那一侧，1015 号房间的落地窗前。跟昨晚一样，这间房也是关着灯，黑漆漆的，什么都看不见。

iPad 上的时间刚跳动到 01 : 45 的那一刻，D 栋公寓 1015 号房的灯也同时亮了起来。我已经做好了一切心理准备，出现在眼前的会是凶杀现场、马头男孩、其他的什么违反常识的幽灵鬼怪。就算是一头猛犸象，我都能够接受。但是，眼前出现的一幕，还是远远超出了我的预期。

万万没有想到，我会看见这样的东西。如果神秘邻居是一个编剧的话，一定属于顶尖的那种。如果说木马头男孩的剧情是惊悚，那现在我看见的就是惊艳。

昨晚是毛坯房，而此时的 1015 房间装修得颇为精致、现代化。这个房里的灯光也比昨晚要亮得多，所以我能清楚地看到，在落地窗后面，没有别的乱七八糟的东西，只有一个人。

一个正常人。

一个正常的女人。

一个长得挺好看的正常女人。

这个女人的眼睛被她头上戴着的紫色眼罩挡住了，而她身体的其他部位什么都没穿。所以，刚才说房间里有一个正常的女人，并不是最确切的描述。因为她的身体是正常的，但是从姿势来讲，并不是特别正常。

总的来说，她是像一只小狗一样，趴在房间的木地板上。仔细一看，她的脖子上还戴着一个宠物的紫色皮革项圈，项圈上有一根银光闪闪的链子，另一头拴在了落地窗前的铁艺栏杆上。

我张大了嘴巴，过了好一阵子才反应过来。

在最初的惊讶过后，我的身体起了另外一些反应，不过，这再正常不过，叔眼前所看到的，可是一具非常具有诱惑力的年轻女性裸体。

像昨天晚上的木马男孩一样，这个少女——我姑且称呼她为眼罩少女——似乎也能透过眼罩，发现窗外无人机的存在。她本来是侧身趴着，像是玻璃橱窗里的模特一样，把完美的 S 曲线展示在我眼前。现在，她转过头来，紫色的眼罩盯着无人机的摄像头。稍微降低了我兴趣的是，她转头的这个动作，跟昨晚木马男孩似乎是一模一样的。

然后，这个眼罩少女双手离地，跪坐在地上，慢慢转过身来。她的动作很慢，但非常具有美感。就在这个时候，悲剧发生了。无人机快要没电了，自己启动了返航。这是在逗我吗？

D 栋 1015 的灯光仍然亮着，眼罩少女仍然继续着她的动作，但随着无人机飞远，iPad 屏幕上的画面却在快速地缩小。然后，无人机的摄像头调转了方向，我能看见的画面彻底变成了一团黑暗。

我差点就要把整个遥控器摔到地板上。我忍无可忍，没等无人机成功返航，掉头就往客厅里走。脑子里只有一个念头，我要到 D 栋公寓的 1015 去，就地推倒——不，是解救这个可怜的眼罩少女。

在换鞋子的时候，理智终于占了上风，制止了我的冲动。我这样一瘸一拐的状态，能不能独自顺利走到 D 栋，通过楼下大堂的门禁到达 1015，就算能顺利到达 D 栋 1015 的门口，想来也是不可能打开那扇房门的。或者，就算打开了，房子里面会是空荡荡的，什么都没有。从神秘邻居的意图跟能力来分析，事情会这样发展，基本是毫无疑问的。

我深深吸了一口气，走回客厅，重重地坐到了沙发上，闭上眼睛，开始回想这几天发生的事情。

从气泡珊瑚跟深网之后，一开始是接连而来的几件神秘快递。最后的快递送来的无人机，又是开启下一个阶段的 Key（关键，或者钥匙，两个翻译都对）。有了无人机，我就可以看到神秘邻居想要展示给我的、对面公寓发生的事情。昨天凌晨，是一个诡异的木马头男孩；刚才发生的，却是非常香艳的一幕场景。

当然，如果深思起来，发生在 D 栋 1015 房间里的事情，除了色情，也有一些阴森森的恐怖感。这个眼罩少女被像宠物一样饲养，但是完全看不出有强迫或者反抗的迹象。她似乎是自愿这么做的。

为什么？

我挠着自己乱糟糟的头发。这个时候，无人机从外面飞了进来，稳稳当当地停在阳台上。

跟昨晚不同，这一次，我非常有兴趣来看它刚才录下的视频。我赶紧插上数据线，把视频转移到了电脑上，用大屏幕看……不，看资料，当然要比普通的视频爽得多。

整个视频只有20分钟，眼罩少女出现的时间不到15分钟。我盯着电脑显示器，目不转睛地看着。刚才发生的那一切，又原样在我眼前播放。说实在的，我实在是具备了高超的克制力才忍住了冲动。

看了三遍录像后，我强迫自己关掉了电脑。

在一番胡思乱想之后，我想到，虽然神秘邻居送的千禧版威士忌喝完了，但确实还有几瓶麦卡伦25年陈。尽管能想到入口的感觉会让我失望，但现在我需要酒精来麻醉大脑，所以也就不矫情了。喝完半瓶麦卡伦，我终于能在沙发上闭着眼睛沉沉睡去。或者说，我以为自己能够沉沉睡去。

不知道多久之后，我被一阵奇怪的声音吵醒。这种声音就像猫爪抓玻璃，或者用力去掰泡沫胶，是会让人感到生理不适的噪音。我睁开眼睛，眼前还是一片黑暗，室内有声音传来：咿——呀，咿——呀。

我猛然惊醒，从沙发上坐了起来。

这是木马摇动的声音！

没有月光从阳台照进来，房间里的黑暗浓密得能让人飘浮，而客厅的吊灯开关在房门跟水族箱之间的墙壁上。如果我要去开灯，那么就要绕过水族箱，移动个七八米的距离。如果那个木马头男孩，就在这七八米的一段路上等我……

我深深吸了一口气，抄起沙发上的手机，打开手电筒功能。眼睛的余光注意到，现在的时间是凌晨的02:15。原来，这是一只生活作息非常规律的鬼，到了时间就会准时现身。我用手机的光在客厅四周照了一圈，却没有发现那个可怕的身影。咿呀、咿呀的木马摇动声也停了下来。

我挠挠自己的头发，难道是白天想得太多，所以做了一个梦而已？用手机再扫一圈，证明客厅里确实没有木马之后，我才站起身来，走到水族箱背后，把客厅所有的灯都打开了。确实，什么都没有。

我松了一口气，只是个梦而已。心里有点嘲笑自己，以前并没有那么胆小啊，现在是年纪大了吗，还是在室内关得太久，整个内分泌都失调，心理承受力变差了？这么想着，我慢慢走到阳台门口，开了阳台灯，想要确认那个红色木马好好地固定在那儿，然后再回去睡。

灯开了之后，我却吓得马上清醒了。大脑拉响了警报，全身肌肉高度紧张——红色木马不见了。从地板跟阳台上胶带残缺的形状，甚至可以看出那木马是怎么挣脱的。它的力气很大，跟怪物一样大。

咿——呀，咿——呀。

在我后面。

我浑身升起一股凉意，在转身之前，下意识抓起了放在椅子旁的那把 CP99，一个潇洒的转身，对准了身后空空如也的客厅。客厅的灯光还是亮着，没有鬼片里那种没来由的闪烁。沙发前，电视旁，水族箱下面——我巡视四周，仍然什么都没有。

咿——呀，咿——呀。

声音又响了起来，而且好像越来越近。我毛骨悚然，却找不到声音的来源，直到我抬起头。那个木马头男孩，骑着无头的红色木马，倒挂在天花板上。它以缓慢的节奏，一边摇动着，一边向我靠近。

咿——呀，咿——呀。

木马头男孩还是穿着海军蓝的套装，深蓝色的方形领子，还有鲜艳的红领巾，都从天花板上倒挂下来。

在明亮的灯光下，我看到男孩脖子上的皮肤跟木马头红漆的接缝过渡得非常自然，巧夺天工。那双龙眼核一样黑漆漆的眼睛，从天花板上注视着我。我吓得半死，双手举高，用手中的 CP99 对着他，也不管他能不能听见，大喊道：“再过来我就开枪了！”

咿——呀，咿——呀。

木马头男孩跟他的坐骑用不断地前进告诉我，他听不到，或者听不懂。我一步一步往后退到了阳台上。木马头男孩没有停止摇晃，但是到了客厅跟天花板的边缘，就无法前进了。木马的底盘高高翘起，想要跨过天花板吊顶，但尝试了几次都无法做到。

我暂时松了一口气。这时候，木马头男孩向我伸出双臂，从喉咙里发出怪异的成年男人的声音：“爸爸抱！”然后，他双脚在木马上一蹬，从天花板笔直向我扑来。

我大惊失色，扣下了 CP99 的扳机。“砰”的一声巨响，强大的后坐力推着我后退，我的腰部撞到了阳台栏杆，整个人站立不稳，翻转着朝楼下摔去。

第七章

又见梁警官

腰椎结结实实地摔到了地板上，我睁开眼睛，看见的是头上白色的天花板，房间里光线灰蒙蒙的，估计是早上五六点钟。我揉揉眼睛，天花板上什么都没有，我躺在沙发跟茶几间的地板上。按照正常的逻辑分析，我从沙发上摔下来了。

房间里一切如常，什么倒挂在天花板的木马头男孩，难辨真假的道具枪，从公寓 10 楼摔下去的男人—— 都不存在。客厅里有的只是喝醉了酒，做了个噩梦，从沙发上摔下来的男人。还挺痛的。

我撑起身来，摸摸自己的太阳穴，脑子里有宿醉的不畅感，像是马桶被堵住了，冲不下去。从茶几上拿过手机，打开一看，果然是早上的六点多。我深深吸了一口气，从沙发上站起来，拖着右腿走到阳台上。

那个红色的木马好端端地放在阳台上，身上缠绕着我昨天绑上去的胶带。不过，可能是心理作用，我站在这里，总觉得那龙眼核似的眼睛还在盯着我看。

昨晚木马头男孩从天花板上跳下来要扑进我怀里的画面，又浮现在眼前。那个场景好真实，不像是梦，更像是一场 3D 电影，我打了个冷战。

我摸了摸自己的头，走到栏杆旁边，伸了个懒腰。刚才的梦里，我就是从这个位置掉下去的。我从阳台上探出身子，往楼下的绿化带看去，并没有被人体砸出一个坑的痕迹。

我拿起椅子旁边的 CP99，手感真的跟真枪没有两样。保险昨天就拉开了，我双手拿着枪，朝着空中来了一发。“噗”，一颗铅弹飞行了一阵子，然后往下不知道掉到哪里去了。

总而言之，那真的就只是个噩梦而已。

放下道具枪，我转身回到客厅。反正也睡不着了，我索性去了卫生间，一边洗脸刷牙，一边想着今天的安排。

2014 年 11 月 7 日，星期五，我要想办法，到 D 栋公寓的 1015 看一下。说不好，能遇见昨晚那个可爱又可怜的眼罩少女。

因为起得很早，我就给自己做了份早餐。说起来好像很厉害的样子，其实就是泡了碗牛奶麦片，再煎了两个太阳蛋。吃完早餐，我上网搜了一下，跟昨天想去看的 1505 一样，D 栋的 1015 也同样找不到任何的租售信息。

到了八点半，中介公司上班后，我打了个电话给昨天的中介妹子，她说联系不到 1505 的业主。

“蔡先生，如果您觉得 1503 不够两个人住的话，我可以帮您再找找两间连在一起的房源。”中介妹子还是很固执地认为我跟何小天是一对 CP（情侣），我也懒得解释了。

放下电话，我开始思考事情背后的逻辑。

合理的推测是，神秘邻居就是 D 栋 1015 跟 1505 这两套房子的业主。所以，他才能在跟我约定的时间里，把房间当作舞台，表演一出恐怖、一出香艳的两套喜剧，给我这个观众欣赏。而且，木马头男孩，还有眼罩少女，应该都是神秘邻居“饲养”的。或者应该说，跟两套房子一样，都是他的财产。

想到这里，我不由得挠起头来。要说神秘邻居也很大方了，送了我一瓶二十来万的酒、一架无人机，昨天去1503看房子之后，还把红色木马也送给我了。那你倒是把妹子也送给我啊！

确实，这才是我想要的。而且，我不会再把她当成宠物养着，而是会“解放”她，让她作为一个普通人，过回正常的生活。我敲敲自己的脑袋，白日梦都做到哪里去了，还是想想办法，看要怎么进入D栋的1015看看吧。

这个时候，茶几上传来了一声振动，是备用手机响了。我拿起手机，打开消息，不由得心跳开始加快。神秘邻居发给我的短信，上面写着：“门给你留着。”

“门给你留着。”这句话的意思，是说我直接去D栋1015会有人给我开门吧？那么，问题来了——开门的人会是谁呢？

昨晚的眼罩少女？神秘邻居？那也非常不错，可以极大地满足我的好奇心，得到“跟高维生物面对面交谈”这一项了不得的成就。而且，既然我已经通过了他的考验——虽然不明白是怎么通过的——是不是会送我一些特别厉害的装备，或者教我什么技能。想起来还有点小激动呢！

先别光想着好事，我皱起了眉头，嗯，也有可能，神秘邻居跟眼罩少女一起出现。那么，我是不是要跟神秘邻居对战，解救那个可怜的眼罩少女？“怎么样才能打赢一个高维生物，在线等，挺急的”，这样的问题无论发到百度还是知乎，都没有人会理睬吧？

我突然想到一个问题，头更痛了起来——如果在D栋1015里等着我的，不是神秘邻居，更不是眼罩少女，而是一个无头或者马头的穿着海军蓝套装的小男孩……

我深深吸了一口气，先不想那么多了，过去看看再说呗。

我站起身来，在客厅里走了几步。今天不准备再叫何小天过来，连续麻烦人家两天也不太好意思——好吧，我承认还是对房间里只有眼罩少女这件事情存有幻想——总之，这次我要自己去探险了。

出门的时候，我留了个心眼，把电子门锁的电池拆掉，然后抠下门锁下方的盖子，用机械钥匙把门锁好。这样的话，就算何小天或者他的同伙什么的，想要靠电子门卡进门，也是无法做到了。

我把钥匙装进随身的背包里，自我赞许地点了点头。像叔这么机智的男人，完全值得 32 个赞哟！

从 C 栋下楼的时候，电梯塞得满满的，都是去上班的年轻男女。到了 D 栋，作为一个还没完全康复的行动不便人士，要在那么多出门的人潮里逆流而上，走进电梯，并不是一件容易的事情。

无论如何，早上 09 : 20，我来到了 D 栋公寓 1015 的房门口。而在七八个小时前，凌晨的时候，房间里用绳子拴着一个被当成宠物的、楚楚可怜的眼罩少女。现在，她还会在里面吗？

我深深吸了一口气，按下了门铃。

叮咚，叮咚。

门铃响起的时候，我还紧张地整理了下自己的衣服，像是第一次见岳父母的新女婿。然而，没有人来开门。我再按了两次门铃，仍然没有人来开门，我把耳朵贴在门上，也听不到任何动静。房子里静悄悄的，似乎没有人。

有住在同一层的人开门出来，好奇地看着我，我尴尬地笑了一下。等他走后，我抬头再看看门牌号，没有错，明明白白写着 1015。神秘邻居明明说“门给你留着”，现在这是什么情况，难道是他在愚弄我？

我皱着眉头四处看，这才意识到 D 栋 1015 公寓的门上装的，并不是普通的锁，而是这个公寓里统一安装的，跟我所住的 C 栋 1015 一样的同款电子指纹锁。

我退后一步，再朝前走，电子锁面板上的数字键盘亮了起来。都是小区统一安装的，这一款电子锁的型号跟我家那个完全一样。先亮起的是随机的两个数字，这是设计上为了避免经常按的那一组密码，留着指纹，容易被人破解。

难道说……

我先按下了那两个亮起来的数字，然后所有的数字都亮了起来。我深呼吸了一下，再次按下六个数字——我自己家的电子门锁的密码。

嘀。

我心里一阵狂跳，密码是正确的。

电子门锁最顶端的盖子慢慢弹开，露出里面的指纹锁。我没有想那么多，把右手食指摁了上去。一阵电子音后，门锁传来咔嗒、咔嗒的机关运动的声音。然后，门开了。

破解了我的开门密码，然后在另一个电子门锁上，设置一个一样的密码，这件事还比较好理解。但是，一个我从来没用过的指纹锁，为什么会记录有我的指纹信息？这是如何做到的？

无论我怎么不解，总之，现在D栋1015的门打开了，而我的一只脚也踏进了房间里。

我关上门，呈现在眼前的，是一个空空如也的房间，连空调都被拆走了，只留下墙上的痕迹。

不对呀，昨晚无论是在无人机拍摄的现场画面，或者是事后我忍不住的回放里，除了那个眼罩少女，房间还是有配套的家具的。

我扫视着四周，就在从昨晚到现在的几个小时里，房子被搬得干干净净，什么都没有留下。我扯着嗓子喊："有人吗？"声音在房间里回荡，并没有人回答。

没有眼罩少女，没有神秘邻居，幸好，也没有木马头男孩。

这个房间跟昨天去看的1503是一模一样的布局，一模一样的空无一物。不同的是，1503是毛坯房，而1015是装修好的而已。

这是一个简单的一居室，厨房是开放式的，房间里只有一个门，我走过去打开一看，是一个同样空空如也的浴室。唯一奇怪的地方，是浴缸里放满了水。

我走到落地窗前，又从背包里拿出 iPad，打开昨晚拍下的视频来比对。

没错，我现在所在的位置就是昨晚眼罩少女像宠物一样趴着的地方。而现在，这里什么都没有。

不对。

在落地窗前的铁艺栏杆上，还绑着昨晚拴着眼罩少女的那条铁链。

我走过去，拿起铁链。昨天晚上，铁链的另一头连着少女脖子上的紫色项圈；如今，取而代之的是一个手牌，就是那种健身房或者桑拿会所里，用来打开更衣室里的储物柜，电子锁的感应手牌。这是一个蓝色的手牌，号码是 30。

我把手牌从铁链上解下来，拿在手上翻来覆去地看。这一定是神秘邻居留给我的线索，可是，上面没有任何信息可以得知手牌能打开的储物柜，是在哪个城市的哪个地方。我想了一想，把手牌小心翼翼地装进背包，然后再在屋子里走了一圈，确认没有任何有价值的线索之后，关上门，离开了这个房间。

回去的路上，我一直在记忆里搜索，有没有哪个去过的健身房或者会所，是用这样款式的手牌的。蓝色的，应该是男宾更衣室用的；卷曲的松紧带，方便客人戴到手上；黑色的数字 30，写在白色的椭圆形牌子上……所有的手牌都是长这样子的，根本无从分析。

我深深吸了一口气，又回忆起看过的电影情节。一般来说，得到了储物柜的钥匙，会从柜子里拿出一旅行袋的钞票、金砖或者钻石什么的，都是值钱的东西。当然，也有例外，比如有一部电影里，主角拿到的是一个人头。

这会不会根本就是一个陷阱？等我找到了这个更衣室，拿出一个蓝色旅行袋的时候，几个警察叔叔跳了出来，然后从袋子里翻出几十斤毒品？一切似乎毫无头绪。这个神秘邻居行事诡异，动机成谜，根本无法分析。我挠挠自己乱糟糟的头发，突然感到背后的包里一阵振动。

等我分清是哪个手机在响，打开屏幕的时候，不禁觉得一阵好笑——真是白天不要讲人，晚上不要说鬼，刚才正想到警察叔叔，现在就有一个国际刑警打电话给我。是那个不靠谱，但是很厉害的梁警官。

以前，我曾经跟他一起攀登过卡瓦格博雪山。这家伙先是装成一个香港人，跟心怀鬼胎的日本科学家混在一起，骗过了我们所有人；在最后时刻，他对我坦白身份，并且单枪匹马撂倒了几个荷枪实弹的财团打手。

我接起电话："你还活着呀？"

梁警官嘿嘿笑道："谢谢鬼叔关心，活着，活得好好的，就是有点热。"

深圳都已经开始转凉了，梁警官在一个有点热的地方，难道是赤道附近的小岛上？难怪前几天不接我的电话，原来是在度假，这么想着，我问道："你在哪里，国外吗？"

梁警官在电话那边说："没错，我在印尼，爪哇……拉皮火……"

他那边的信号断断续续，不知道说的到底是哪儿。

我打断了他，问道："你什么时候回来？我遇到了有趣的事情，要咨询你的专业意见。上次你不是说我跟高维生物有什么共鸣吗？我想是跟这个有关的。"

电话里传来"砰"的一声，然后就是沙沙的电流声。

我对着手机"喂"了十几秒，梁警官终于又说话了："鬼叔，还在吗？"

我没好气地说："我还在，刚才是什么鬼？"

梁警官语气平淡地说："没什么，火山蒸汽。我听到你刚才说的了，任务一结束我就去找你。"

原来他说热，不是在哪个海岛度假，而是在一座活火山上完成任务。

我吞了口口水，问道："什么时候结束？"

梁警官在那边回答："很快。我先挂了，鬼叔，你在深圳等我。"

我看了一眼手机，好吧，跟梁警官目前的处境相比，我遇到的算不上什么。说起来，他也挺倒霉的，刚从雪山回来，又被派到火山上，真正的冰火两重天。

我把手机收起来，抬头看了看天。今天天气不错，既然都已经出来了，我想，索性到小区外面吃个午饭再回去好了。

因为还没到饭点，我就找了间"斯达巴克斯"，也就是大家口中的星巴克，点了杯美式咖啡，再加一份鸡肉三明治，在靠窗的沙发上坐了下来。我从包里掏出那个 30 号的蓝色手牌，用手机拍了张照片。我把照片发到几个本地的微信群里，看是否有人能辨认这是哪个地方的储物柜手牌，如果能认出来，就私聊发给我。等我去那地方验证为真，发 200 块红包作为感谢。

做完这些事情后，我把手牌重新收好，又拿出何小天帮我买的 Surface，用电容笔在 Fresh Paint（绘图软件）上画图。叔是个视觉动物，每当脑子里有想不清楚的问题时，习惯将其具象化，寻找它们之间的联系。

当然，我画的是从接触深网以来这几天里发生的怪事，或者以时间线为 X 轴，那就是从 2014 年 11 月 1 日以来，我遭遇的奇妙经历。

所有的事情都是围绕这个神秘邻居发生的。在我画的图画上，所有谜题都是由他引发的，所有解谜的箭头又重新指向他。这个人就像是一个发光发热的太阳，又像是能吸收一切的黑洞，真是无比矛盾的存在。或许，神秘邻居作为一个高维生物，以人类的认知能力，无论如何努力，都无法理解他的存在，就像蚂蚁也无法理解人类的存在吧。

我叹了口气，放下 Surface，正准备端起陶瓷杯喝一口咖啡，突然，一双穿黑西裤的腿出现在我的视线里。

“这里没人坐吧？”

对面的椅子确实没人坐，但是放着我的背包呀。而且，又不是周末，“斯达巴克斯”里特别空，非得坐我对面，是有病吗？我抬起头来，刚想让他去别的座位，却看见了一张熟悉的脸。其实，也说不上熟悉，就是相处了几天。不过，一个小时前，我跟他还刚通过电话。

“梁警官！”我重重地把陶瓷杯砸到桌子上，咖啡溅出来也不管，“你不是说在什么火山上吗？”

梁警官穿着全套的黑西服，看上去像是高级定制的，非常合身，衬托出他作为一个国际刑警的健壮身材。

他拿开椅子上的背包，从容地坐了下来，跷起穿着棕黄色布洛克雕花皮鞋的一只脚，慢条斯理地说：“兵不厌诈，万一你的手机被人监听了怎么办。”

我不屑地“嘁”了一声：“除了你的那个什么组织，谁还那么无聊来监听我。”

梁警官认真地点了点头：“嗯，这也是我要提防的可能性之一。鬼叔，我有一个严肃的问题，要问一问你。”

听他这么一说，我的表情也凝重起来：“什么问题？”

梁警官手指敲着桌面：“你不打算请我喝点什么吗？”

我对于国际刑警的幽默感表示接受，起身买了杯他要的中式茶，然后又回到座位上。我把茶放在他面前：“为什么在星巴克不喝咖啡，这不是跟在麦当劳不吃汉堡一样奇怪吗？”

梁警官端起杯子，喝了一口说：“星巴克的咖啡豆为了方便保存，都是过分烘焙的，有一股焦味。鬼叔，你爱喝咖啡，下次我送你一包豆子。”

我骂了一句：“你就装吧。你刚才不是说在什么拉皮火山吗？”

梁警官放下杯子：“是印度尼西亚爪哇岛默拉皮火山。实际上，我确实去那里出了一趟任务，前天才回到国内。”

我马上来了兴趣：“什么任务，说来听听？有没有我们在卡瓦格博遇见的那么惊险？”

梁警官却没有回答我的问题，反而拿起了桌面上的 Surface，仔细地看我刚才的画。

我双手交叉在胸前，端详着他脸上的表情。这个国际刑警组织的得力干将，能从我的鬼画符里分析出什么？

几分钟后，梁警官放下 Surface，点了点头：“所以，鬼叔，你认为自己遇上了高维生物？”

我心里一惊，这小子果然有两下子，但作为一个民间表演艺术家，我却不动声色地说：“嗯，你怎么看？”

梁警官双肘放在沙发扶手上，双手斜着合十，手指托住下巴。这个故作高深的鬼样子，像是华尔街的金融家，分分钟几百万上下，一个操作能影响东南亚整体经济的那种。他沉吟了一会儿，抬起头来，看着我的眼睛说：“鬼叔，你是怎么理解高维生物的？”

我还没来得及回答，他又摊开双手，追加了一句：“或者说，高维生物对于我们这种三维空间的生物来说，有什么差别？”

我拿起杯子，喝了一口咖啡，之前不觉得的，刚才被梁警官这么一说，确实有股过度烘焙的焦味。

梁警官问的问题，作为叔这么一个关心哲学、关心宇宙跟全人类的男子，在夜深人静——好吧，其实就是无聊的时候，曾经大开脑洞，细致地想过。

我放下陶瓷杯，整理了一下思绪，开始了只有一个听众的演讲：“关于高维生物，我有一套自己的理论。不过，在讨论高维生物之前，我认为，要先弄清楚什么是‘高维’。关于这一点，我的理论跟主流的有些不同。我认为，我们不是生活在三维空间里，而是生活在一个……”

我恰到好处地停顿了几秒，观察梁警官脸上的表情，然后才抛出结论：“四维空间。”

梁警官露出了感兴趣的表情：“哦？愿闻其详。”

我左看右看，该拿什么东西来解释我具体而高深的理论，突然想起背包里还有一本漫画《幽游白书》，是我变得行动不便之后拿来消磨时间的。我把漫画从包里掏了出来，放在桌面上打开：“要解释我们身处的四维空间，得先从三维空间说起。这本漫画，在我看来，就是一个三维空间。”

梁警官低头看着我手上的漫画书：“继续。”

我的手指顺着漫画书的边缘划过：“你看这一页，这是长，这是宽，长跟宽两条轴加起来，构成了一个平面的二维空间。”

梁警官评论道：“没错，这就是主流的理论，那鬼叔为什么又说漫画是一个三维空间？”

我用手戳着那一页，画面上的幽助跟飞影（《幽游百书》中的主角）正要开始打架：“问题在这里，你看，在这个二维空间里，所有人和物都是静止不动的，没有任何变化，也没有发生变化的任何可能性。一个静止的由长跟宽构成的二维画面，并不能构成一个空间，或者说一个世界，但是如果加上这个……”

我把漫画书往后面翻，到了十几页后，在这一页的剧情里，幽助跟飞影的架已经打完了：“加上了页数，也就是漫画书里的时间，或者剧情发展，你爱怎么说都可以——这条轴，人物和事件就发生了变化。”

梁警官大概明白了我的意思：“有趣的说法。”

我合上漫画书，把它举了起来：“所以，这一本漫画就是由长、宽、页数这三个向量构成的三维空间，或者说三维世界。”

梁警官打了个响指：“有趣，很有趣。”

我得意地笑了笑，又喝了一口咖啡。

梁警官继续分析道："所以，按照你的理论，我们身处的就是一个长、宽、高，加上时间，一共四个向量构成的四维空间？"

我放下陶瓷杯："哎哟，不错哦，你还蛮聪明的嘛。而且，对于三维空间里的生物来说，他们只知道'长'跟'宽'，无法想象出'高'是什么意思，即使你跟他说了，他也无法理解这个概念。"

梁警官点了点头："所以，我们是生活在四维空间里的四维生物。鬼叔，回到最初的问题，你认为'高维生物'这个词应该怎么理解呢？"

我重新打开那本漫画书，随便翻到一页，指着里面的幽助说："对于这个三维空间的生物来说，你跟我，就是来自四维空间的高维生物。"

我深吸了一口气："请注意，接下来我要讲的，非常高能，也比较复杂。如果我表达得不够好，你听不懂的话，也请等我讲完再提问。"

梁警官点了点头。

我清了清嗓子："就是说……对了，你有笔吗？"

梁警官从西装里面的口袋里，掏出一支签字笔。

我接了过来，继续道："就是说，我们对于这个三维空间里的生物幽助来说，就是高维度的生物。所以，我们可以做一些这样的事情……"

我拿起签字笔，在幽助愤怒的脸上画了一个小乌龟："你看，作为三维空间里的生物，幽助是无法理解在他脸上莫名其妙地出现的这个图案的。这个图案，就是我们作为高维生物在低维空间的投射，或者说是我们意志的体现。"

我把签字笔盖好，又拿着漫画书，从后面往前翻页："而且，因为我们可以随时跳转页数，或者说剧情的轴，所以相对于第 11 页的幽助来说，我们能知道他在第 30 页的命运是怎么样的，他跟飞影打的这场架，结果谁胜谁负，只要我们愿意，可以跳过中间的过程，直接翻到结局。所以，相对于三维空间的生物来说，我们就是可以预知未来，并且改动其中细节的……”

我抬起头来，直视梁警官的眼睛：“神。”

梁警官的表情也严肃起来：“你是说，高维生物对于我们来讲，就等于神？”

我点了点头：“没错，我是这么想的。假设有这么一个五维空间，比我们所在的四维空间多出了一条轴。就好像三维空间的生物，无法理解‘高’这条轴的存在，我们作为四维空间的生物，同样无法理解五维空间多出来的这条轴是一个什么样的存在。就算现在跳出来一个五维空间的生物，解释给我们听，以我们的认知同样无法理解，更无法用地球上的任何一种语言描述。”

梁警官敲了下桌子：“这一点我懂。我去过北极，因纽特人的词汇里就跟坊间的说法一样，确实没有‘雨’这个单词。”

我认可他的说法：“没错，只不过可能理解从雪到雨是一种量变；而理解四维空间到五维空间，是一种无法完成的质变。总之，话说回来，五维空间的生物，相对于你跟我这样的四维空间生物，就是高维生物。他们生活在比我们的空间多一条轴的高维空间里。对他们来说，四维空间的时间这条轴，对我们来说就相当于，漫画书里页数的这条轴。”

梁警官端起了陶瓷杯，示意我继续。

“所以，对于高维生物来讲，他们可以像翻漫画书一样，知道我们这个空间里所有生物的现在、过去。当然了，最重要的是未来。而且，就像我刚才在幽助的脸上画了个乌龟，高维生物也可以对我们的现状随意做出改变，而我们根本无法理解这种改变是怎么发生的。”

我指着梁警官手里的杯子：“比如说，高维生物让你手里的杯子突然消失，或者把杯子里的茶变成尿，你喝了一口吐了，但是我们根本无法理解茶是怎么变成尿的，高维生物又是怎么做到的。”

梁警官喝了一口杯子里的液体，笑着说："好在还是茶。"

我深吸了一口气，结案陈词道："综上所述，高维生物对我们来说，就是无所不知、无所不能的神。"

梁警官放下杯子，鼓掌道："精彩，精彩，非常棒的理论！鬼叔，虽然我不同意你对于我们所在空间的维度的理解，但是，在高维生物对于低维生物是怎样的存在，会发生什么样的影响这一点上，不得不说，你的想法非常接近我们的认知。"

我用手梳了一下刘海，故作谦虚道："没什么，没什么啦。"

梁警官严肃地说："我不是在给你灌迷汤，对于高维生物的研究，牵涉各个领域最顶尖的科学家所做的最前沿的实验，在花费了大量的人力、物力之后，得出了跟你刚才所说的类似的结果。当然了，这些研究里有非常多的数据及复杂的理论，还有更多暂时不能向普通人披露的秘密……而你刚才所说的，只是这个复杂的科学体系里最浅显的一部分。"

我微微点头，等着他的那个"但是"。

果然像我猜的那样，梁警官话锋一转："但是，你刚才所说的，在方向上是正确的，甚至说跟我们的研究结果不谋而合。鬼叔，你仅仅凭自己的推论，就得到了这样一个答案，实在非常难得。"

我嘿嘿一笑："这没什么，都是胡乱猜想的。而且，我的这套理论有一个很大的漏洞。"

梁警官又被我吸引住了："哦？"

我还是翻开桌上的漫画书："刚才，我说这本书就是一个三维空间，这是我整套理论的基础。可是，实际上，这个三维空间里到底有没有生物存在，是一个很大的问题。什么是生物？"

我指着梁警官，又指着自己："像我们这样的生物，是有主观能动性，或者说自由意志的。比如说，我要喝完这杯咖啡，或者不喝完这杯咖啡，都是由我自己决定的。并且，生物是以繁殖后代为目标的一个群体，如果没有繁殖后代的能力跟动机，就不是我们定义里的生物。”

我又指着那个被我画了小乌龟的幽助：“而这个所谓的三维空间里的生物，他的一切都是被漫画家设定好的，根本没有主观能动性可言，而且他也不能够繁殖后代。”

梁警官高深莫测地笑了一下：“鬼叔，我越来越欣赏你了。你不光有想法，而且还会质疑自己的想法，这一点非常难得。不过，你所说的这个问题，我刚才提的研究其实给出了一定的答案。”

这下子，轮到我的胃口被吊起来了：“怎么说？”

梁警官又喝了口茶：“我先说结论。我们倾向于认为，你所说的三维空间，也就是主流理论认为的二维空间，是有智慧生命存在的。首先，你认为他们没有主观能动性，但是你看这本漫画里……”

梁警官指着幽助那愤怒的表情：“他们肯定也认为，自己是有主观能动性的。他们并不知道漫画家的存在，就像我们也不知道是不是有高维生物造物主的存在一样。所以，你我跟这个漫画角色一样，都是‘自以为’有主观能动性而已。无论我们怎么做或者怎么想，说不好都是由一个高维生物早就写定的。我们所谓的主观能动性，只是一种错觉。”

我瞪大了眼睛，他的这个说法，我一时竟无法反驳。

梁警官笑了一下：“说不定，我们在这家星巴克里聊天，包括刚才的对话，甚至你现在这个表情，都是高维生物里的漫画家一早画好的。你喝不喝完这杯咖啡，包括你的想法本身，在高维生物看来，都是在某条轴上可以随意查看的事件。”

我摇头低声道：“这也太宿命论了吧？如果一切都是早就注定的，没有了自由意志，我们的存在还有什么意义呢？”

梁警官拿起杯子，仰头喝光了里面的茶：“宿命论也是解释这个世界运行的一种方法。好啦，鬼叔，我们也不要这么悲观，这只是一种说法而已。”

我突然想到了什么：“好吧，退一步说，即使承认了你关于主观能动性的看法，但是还有另一个问题。我们作为生物是可以繁殖后代的，这一本漫画书呢？要怎么繁衍？”

梁警官竖起右手食指：“关于这个问题，我们也有一些研究结果，可以供你参考。不过……”他抬起手来，看了一眼西服袖子下的手表，“时间差不多了，我要走了。”

我挠了挠头：“别啊，说完再走啊。我请你吃午饭。”

梁警官不好意思地说：“对不起，下次吧。我等会儿就要去机场，飞到另一个任务地点。”

我皱着眉头说：“我这都碰见高维生物了，你不来保护我的安全，还去搞什么别的任务？”

梁警官摇摇头：“鬼叔，在卡瓦格博我跟你说过，根据我们的考察，有某种迹象表明，你跟某种高维度智慧生物有某种形式上的共鸣。”

这哥们儿一句话里有那么多个“某种”，看来有很多信息是他不方便跟我透露，或者是他的级别根本无法得知的。

梁警官指着漫画书里我画在幽助脸上的小乌龟：“我们猜测，你所遇到的怪事，过去、现在、将来，那些无法用人类科学解释的怪事，就像你所画的这个乌龟，是高维生物在低维空间的投影。我们无法理解这个高维生物的用意，但是有一点很明显，这个高维生物对你没有恶意。”

他站起身来，又笑了一下：“当然了，这仅仅是一个猜测而已，并没有得到证实。至于高维生物的投影到底是什么样子，他是你心底的一个声音，或者是以实实在在的人类形象出现，我们完全没有概念。不过，如果你要判断现在遇到的人，到底是不是高维生物，我可以给你提供一个方法。”

我抬起头问："什么方法？"

梁警官认认真真地说："我在未来的三个星期内，也就是在 11 月剩下的时间里，都会待在同一个地方。我所执行的是一个绝密任务，任务的地点和内容，连我们总部的电脑都没有记录。地球上，知道我身处的地方的人类，包括我在内不超过三个。就算是再厉害的黑客，理论上也无法得知我在哪里。"

我隐约猜到他所说的验证方法，点头道："然后呢？"

梁警官拇指弯曲，在空气中动了几下，比划出一个摁手机的手势："你遇上这个疑似的高维生物，如果他在我们空间的投影，是一个你可以与之接触交流的人类，那么你就问他一个问题——梁超伟在哪里？"

我若有所思，下意识地翻着桌子上的漫画书："我自己也不知道你在哪儿，所以无论怎么监视我，或者从我这里打探消息，都无法得知这个答案。而且，我完全不解释梁超伟是谁，不介绍你的身份。如果他真的是高维生物，就能翻到我的过去，首先理解我所提的问题，然后再翻到未来跟你相关的那一页，知道你在 11 月里待的是什么地方。所以，他会告诉我一个正确的答案。"

梁警官一边赞叹地摇头，一边鼓掌："鬼叔，跟你这样的聪明人打交道，实在是太省事了。在这个疑似的高维生物告诉了你答案之后，你再发微信问我所在的位置。如果我们给出的答案是一致的……"

梁警官又打了个响指："恭喜你，享受你的奇遇，这比中 500 万的概率要小太多了。到时候，请第一时间告诉我，我会争取尽快回来，见证这个高维生物的存在。"

第八章

30号手牌

说完这些话，梁警官跟我道别了。我又去柜台买了些别的东西吃，胡乱解决了午餐之后，收拾东西准备回家。

回到家里，我把11月6日跟7日，也就是今天跟昨天凌晨，无人机拍到的视频，在电脑里反复播放。

一个是惊悚，另一个是惊艳。

眼罩少女的这一段还比较好理解。虽然她身体的美好跟行为的诡异呈现出强烈的反差，但是这件事本身还属于可以实现的范畴。

打开木马头男孩的视频时，我都会不由自主地把背靠在椅子上，让脸离屏幕远点儿。今天凌晨的梦里，他从天花板上扑向我的画面，到现在还是忘不了。还有那个怪异的成年男性声音“爸爸抱”，简直比任何一部恐怖片都吓人。

再看了两遍这个视频，我得出了跟之前同样的结论：这不是由人装成的怪兽，也不是动画片或者3D（三维数字化技术）制作的电影之类。虽然我从理智上知道，世界上不存在这样长着木马头的小男孩，但是眼前这个视频偏偏就是给我的理智打脸的，“啪啪啪”，打得好痛。

不过，如果像我在“斯达巴克斯”里跟梁警官说的那样，我遇见的神秘邻居是个高维生物，那么这一切就成立了。

就像我能很轻松地在漫画书里主角的脸上画一只小乌龟，神秘邻居在对面公寓的房间里“画”一个木马头男孩，想来也是轻而易举的事情。漫画书里的幽助无法理解自己脸上莫名其妙出现的小乌龟，就像我无法理解这个长着木马头的小男孩一样。这就是低维生物的无知和高维生物的恶意。我关掉了电脑，在椅子上抱着后脑勺，思考这个问题。

如果把思路发散一下，世界上许多诡异事件都可以用“高维生物的恶作剧”来解释。如果这些半真半假的事件被发现并且公之于众，那么就成了地摊刊物里的“世界未解之谜”；如果不幸只有你看见了，那么你只好选择把事情闷在心里，或者告诉身边的人，让他们觉得你是个神经病。

我比口说无凭的神经病好一点的是手上的这两段视频。关于眼罩少女的视频，我不能分享，也不愿意分享——好吧，这种奇妙的保护欲是怎么回事？我要先自嘲了。再到木马头少年的这一段，倒是可以让别人也来看看的。我手摸着下巴，皱眉考虑了一下，还是决定先不这么处理。

遇上神秘邻居这样的疑似高维生物，像梁警官说的那样，是比中500万还要小很多的概率。如果我跟别人分享了这些秘密，触怒了神秘邻居，他从此不跟我接触了呢？更何况，梁警官也说了，从目前的迹象看，高维生物对我是完全没有恶意的。

我点了点头，嗯，要靠自己的努力来解开神秘邻居留给我的谜题，找到线索，完成历史性的会面。嘿嘿，到时我就能对水哥、梁警官、以后约会的所有妹子好好吹吹牛了。

我在房子里转了一圈，把神秘邻居送我的所有物品一字排开，放到了阳台的地板上。首先是盒子里装着的CP99仿真道具枪；其次是麦卡伦的箱子里喝空了的水晶酒瓶；再次是拍下了两段诡异视频的无人机；最后是体积最小但最引人遐想的——蓝色储物柜手牌。

我坐在阳台地板上，拿起这个蓝色手牌，对着午后的阳光仔细观察，妄图找到上面刻字之类的信息，好得知它是属于哪个场所。可惜，一无所获。

我把它拿在手里，看着上面的数字30。神秘邻居选择这个号码，想来是有一定意义的。阿拉伯数字30，会代表什么呢？

今年，叔刚好30岁。

2014年的11月，刚好也是30天。

叔曾经有过的女朋友——好吧，跟30没有任何关系，还只是个位数。

我想来想去，毫无头绪，于是放下手牌，打开手机里的微信。上午在几个群里问过，现在拉回去看，倒真有几个人提供了答案。我来了精神，打开备用手机上的备忘录，把这些场所的名称都记了下来。

热心市民提供了五条信息，分属五个不同的场所。其中，有两个是健身房，一个在南山区，另一个在罗湖区。还有一个是足浴店，一个是水疗会所，都在福田区。最离谱的一个在东莞，某个曾经非常著名的酒店，在经历了更加著名的一场风波后，现在都不知道还开着没有。

有两个人非常肯定，手牌就是他说的那个地方的，另外三个，只说我发的那个手牌跟他印象中的有点像，让我可以去试试。无一例外的，他们都说如果真是那里，不要忘了发红包。

我放下手机，搓了搓手。这下子有地方去了。右脚虽然可以走动了，但是开车的话还是力有未逮，不一定能踩得牢刹车。像我这么有责任感的良好市民，当然不想成为马路杀手，所以我想了想，准备让厂里帮忙开货车的堂弟送一送我。

虽然叫堂弟，其实是我根本说不清的远房亲戚。大专毕业后，他找不到工作，家里人就让他考了个B本，然后到我厂里帮忙开车。我打电话到厂子里，跟堂弟约了明天下午来我小区里开车。堂弟一听能开卡宴，马上高兴地答应了。

我挂了手机，翻箱倒柜开始找车钥匙。自驾游去云南，结果在雪山上右腿光荣负伤，只好在当地雇了个年轻人，让他把车开回了深圳。给了他5000块不说，还在跑到广西的时候，把右车门刮了一道痕。

回来以后，车就一直停在车库里，到现在都没开过，刮痕也没有去修。更对不起爱车的是，因为听了水哥地库的故事，我现在都不敢把车停到地库，而是放在了地面的停车位。这一个月来日晒雨淋，也真是对不起它了。

做完这一切，我开始犯困，昨晚凌晨两点多才睡，早上六点从沙发上摔下来，就没再休息过。于是我爬到楼上，先在很久没用过的浴缸里泡了个澡，然后躺到床上，准备好好睡一觉。

两个手机都放在床头柜上，临睡前我好好看了一眼。等这一觉醒来，就会收到神秘邻居的下一条指令了吧？明天凌晨会有什么惊悚或惊艳的好戏上演呢？如果这是一个付费电视，或者能自由选择的电影，我愿意付出很大的代价，让神秘邻居继续今天凌晨关于眼罩少女的内容……就这样乱七八糟地想了一会儿，我迷迷糊糊地睡了过去。

一觉醒来，夜已经很深了。我拿过手机一看，都快到零点了。如果这次的好戏又提前了，我错过了可怎么办？我赶紧打开手机里的短信，查看神秘邻居发给我的指令。幸好，他还没有发新的指令过来。我松了一口气，过了一会儿，才发觉有点不对劲。

前两次"邻居"都是提前了一段时间把指令发给我的，可现在都快到第二天凌晨了，还没有新的指令下来。难道说，今晚已经没有什么好看的了？还是我的哪个做法不符合"邻居"的要求，所以他放弃了我，不再提供给我新的线索了？

这个想法让我感到恐慌，就好像跟一个妹子约会了几次，互相表达了好感，马上就要确定关系——第二天发微信给她，她却再也不回复了。然而，你们的关系又还没到能打电话问她在干吗，为什么没回复微信的地步。简直是人间酷刑！好吧，我一直都没有加过神秘邻居的微信，我们唯一的联系方式就是她的超长号码的短信。

我从床上坐起来，先喝了杯水，又到浴室里洗了把脸。这么做，是为了让自己冷静下来，好思考该怎么面对正在勾搭的妹子，不对，是正在接触的神秘邻居。

我拿着手机，字斟句酌地编了一条短信，严格控制字数，不会太短显得没诚意，又不至于太长透露出自己的焦急。想着神秘邻居即使不是全知全能的高维生物，起码也是个能洞悉人心的厉害角色，我也没有掩饰，而是真诚地表达对凌晨好戏的期待，询问了上演的时间。

按下发送之前，我犹豫了几秒，终于还是加上一句："1015的那个女孩子，她还好吗？"

把短信发送过去后，我开始了焦急的等待。

没有任何回复。

我实在没有办法在等待中睡去，更担心睡着了邻居才发短信过来，所以就下楼玩起了PS3。"神海3"已然通关，这一次我换成了GTA4（《侠盗猎车手4》）。说起来也多亏了腿受伤，我才能把这些堆积已久的游戏碟体验一次。

我每隔10分钟就看一眼备用手机的屏幕，每隔半小时会强迫症似的打开短信的页面，看看有没有新的指示……就这样，我一直玩到了早上六点多。

放下手柄，我站了起来，走到阳台上。东方的天已经露出了鱼肚白，我伸了个懒腰。上次像这样玩游戏通宵，已经是七八年前了吧。对面的D栋公寓，渐渐有人拉开窗帘，开始新的一天。我掏出备用手机，上次像这样期待新短信的到来，也是三四年前的事情了吧。

然而，神秘邻居就像一个突然改了主意，变得铁石心肠的妹子——再次让我失望了。我叹了口气，回到沙发上睡觉。

那个蓝色的手牌就放在茶几上。或许，是邻居给我的信息已经够多，接下来要靠我自己利用这些信息得到一个阶段性的成果，才会开始下一阶段的接触吧。现在的我也只好这么安慰自己。

像是怕手牌会不翼而飞一样，我把它从茶几上拿起，戴到手腕上，然后才蒙上眼罩，在沙发上睡觉。毕竟下午约了堂弟，要到之前搜集的五个场所，去好好查探一番。

一觉醒来已经是中午了，我让堂弟顺便给我打包点吃的，然后就开始洗漱换衣服。过了十几分钟，堂弟就到了，带了我最爱的那家茶餐厅的湿炒牛河。这家的牛河用料新鲜，镬气也足，一直是我的不二之选。我吃东西的时候，堂弟就站在水族箱前大呼小叫："这个缸好牛，哇，鱼好牛，珊瑚也好牛。"

这家伙今年二十六岁了，还是吊儿郎当的，经常旷工，如果换了外面的老板，早就给炒了八百遍，比湿炒牛河的镬气还要足。以前二十岁刚出头，瘦的时候像谢霆锋，现在稍微有点发福，但脸还算是英俊。堂弟胜在嘴巴甜，也愿意花钱，所以女朋友换了一个又一个，从来没断过。我也不管他那么多，只要不染指厂里的财务、出纳、行政等妹子，把人家气跑就行。

等吃完外卖，我们就一起出发了。

虽然只是远房亲戚，毕竟家里长辈彼此认识，我不想让老人知道了担心，所以也没跟堂弟说腿是怎么受伤的。我对外的统一说法是，因为跑步跑太多，得了髂胫束综合征，休养一段时间就好。

堂弟一听，兴高采烈地说："跑步跑的啊，哥，我早说了跑步太多不好，伤膝盖嘛。男人要那么瘦干吗，你看我的肚腩，"他也不管自己正在开车，拍拍被安全带勒成葫芦的肚子，"多有安全感，妹子们都喜欢的。”

我懒得理他，打开手机备忘录，再看了一遍要去的五个地址。四个是深圳市内的，下午可以跑完，至于东莞的那一个酒店，看看时间，允许的话再去。

我用车载电话打给安吉星，告诉了接线妹子要去的四个地址，让她帮忙规划一条合理的路线。

堂弟一听我说完，马上就来劲了：“哇，哥，你请小弟我去水疗啊！”

我没好气地说：“好好开车，大白天的水什么疗？”

堂弟若有所思地说：“也对，你还说了去什么健身房啊、足浴啊，不是去水疗的。那哥你一次去那么多地方干吗？对了，你是去找……”

前面刚好红灯，堂弟赶紧踩了刹车。

我心里一惊，想着那蓝色手牌在背包里放得好好的，堂弟是怎么洞穿我的秘密的？

堂弟停好车，转过头来得意地看着我：“哥，你是去找妹子的，对不对？你常去的那家店，相熟的妹子跑了，不知道去了哪里，所以你就到处找她？小弟猜得对不对？”

我松了一口气，骂道：“找‘你妹’！”

堂弟认真地说：“哥，找你堂妹吗？小弟马上打给她。”

我懒得跟他讲，看着前面的信号灯：“绿灯了，快开车吧，下午跑不完这四个地方，晚上没饭吃。”

没饭吃跟没妹子泡，对堂弟来说比注射死刑还残忍。他看我不像在开玩笑，赶紧端正态度，好好开他的车去了。

堂弟认真开起车来，技术还是很不错的，也没有开惯手动挡的老司机常有的坏习惯。不到10分钟，我们就到了第一个地点，南山区的一家健身房。

为了不让堂弟知道我去干什么，也为了节省时间，我让他把车停在路边等我，我一个人下去问。

这个健身房看上去有些年头了，前台妹子很热情地问："先生，您好，是来健身的吗？"我心里好笑，来健身房不是为了健身，难道来学钢琴吗？不过，这一次我倒确实不是来健身的……

不过，来之前我就想好了，如果开门见山地拿出30号蓝色手牌，询问工作人员是不是他们这里的，不是的话，还好；是的话，有可能引起他们的怀疑。在储物柜里藏毒品的桥段，不是只有我在电影里看过，万一遇上个多管闲事的，横生枝节就不好了。所以，我决定在这些地方，都装作正常来消费的就好了，拿了手牌进去之后，自己慢慢试。这样不会引起别人怀疑，也用不了多少钱。

我走到柜台前，点点头："嗯，健身一次多少钱？"

前台妹子告诉我单价，然后又很热情地游说我办张年卡、月卡，至少办一张次卡，因为这样她才有提成拿。年卡还不到3000元，而且好像还可以再打折。叔虽然也是健身咖，但年卡是在家附近的五星酒店办的，一年9888元，非周末时段就等于包场，游泳也行，做其他的也行，这种人多设备又差的健身房，根本不在叔的选项里。

我掏出一张粉红色的钞票，面色坚决地跟前台妹子说："一次，谢谢。"

妹子不情不愿地拿出一个手牌，放在台面上。

我拿起手牌，心里一喜，这个手牌的号码是07，除此之外，颜色、外形都跟我包里那个一模一样！我不动声色地拿过手牌，转身就往里走，直到前台妹子在后面喊："先生，男更衣室在左边！"

我抬头一看，好险，差点儿跑到女更衣室去了。看来自己遇事还是不够冷静，说好的宠辱不惊、山一样的男子汉到哪里去了？以后还是要好好修炼。这么想着，我像郊游的小学生一样，兴高采烈、连蹦带跳地走进了男更衣室。谜语的答案就在我面前了，开心一下不会死啊。什么山一样的男子汉，以后再当吧。

虽然是周六的下午，健身房里传来跑鞋踏在跑步机传送带上的声音，夹杂着举铁的低吼，但是更衣室里却恰好没人。我一边庆幸自己的好运，一边找了张椅子坐下来，把背包里的 30 号蓝色手牌，跟刚才前台妹子给的 07 号手牌，分别拿在左右手对比了一下。确实，一模一样！

我按捺住内心的狂喜，扫了一眼周围，在一个角落里发现了 30 号储物柜。空无一人的更衣室，角落里的储物柜，从窗户里照进来的午后的阳光，这一切太符合电影里的画面了。我站起身来，走到 30 号储物柜面前，左手拿着手牌，右手摸着自己的心脏。冷静，冷静。我深吸了一口气，打开柜门，里面会是什么东西呢？

闭上眼睛想了一下，首先浮现出的是昨天凌晨惊艳的那一幕。不会是那个眼罩少女蜷曲着在柜子里吧？这在逻辑上也是可以成立的。

前天也就是 6 日星期四凌晨，我在对面的 D 栋公寓 1505 号房，看到了木马头男孩；然后到了白天，我去 1503 号房实地勘探，回来时，神秘邻居就把木马送了给我。

到了昨天 7 日的凌晨，我照着神秘邻居的指示，在 D 栋 1015 号房，拍下了那个可怜的眼罩少女；昨天早上我去了 1015 号房，然后得到了这一个号码为 30 的蓝色手牌。

所以，就像神秘邻居把 1505 的木马送给我一样，现在，他把 1015 的眼罩少女送给我当礼物，起码从逻辑上是可以讲得通的。

我退后一步，看着眼前的储物柜，然后摇了摇头。我嘲笑了一下自己：好啦，不要再做白日梦了，这样半米高的一个储物柜，根本不可能容得下正常人的躯体。更何况，别的不说，就眼罩少女的那一双大长腿，都不可能塞到柜子里面去。想什么好事呢！

我突然想到，柜子里确实藏不下成年人，但是，藏一个六七岁的小男孩是没有问题的。

就算他脖子上是一个长长的木马头。如果打开柜门，木马头男孩扑过来喊“爸爸抱”，我会吓得背过气去。

我吞了一口口水，突然觉得更衣室里空无一人，并不是一件好事。我蹲了下去，耳朵贴着储物柜的门，里面并没有什么特别的动静，比如呼吸声之类。好吧，叔其实也不知道，木马头的小男孩会不会呼吸。

总之，我站起身来，往后退了一点，尽量伸长手臂，身体远离柜门。这样的话，即使里面真的有什么恐怖的玩意儿，起码还有点缓冲的空间。在打开储物柜的门之前，我这些丰富而细腻的内心戏，都够写两篇 800 字的作文了。

我把 30 号手牌慢慢靠近柜门上的感应器，打开柜门的话，里面到底会是什么呢？

眼罩少女？

木马头男孩？

黄金？钞票？毒品？

或者是下一个线索？

手牌终于跟感应器贴在一起了，嘀嘀的声音却没有响起。

一点儿反应都没有。

我反复把手牌放到感应器上，上下左右试了半天，仍然没有任何反应。

我大失所望，到头来，这个神秘邻居给我留下的 30 号手牌，根本不是这里的啊！

我掏出刚才前台妹子给我的 07 号手牌，找到对应的储物柜，又试了一下。“嘀嘀”，柜门很快就打开了。

我把两个手牌放在一起，好吧，造型确实一模一样，连号码数字用的字体跟大小都一样。可是，这并不等于它们就是同一批手牌，能打开同一个健身房里的储物柜。我不死心地再试了一下，没用，

30 号手牌打不开 30 号储物柜。唯一的解释是，这个 30 号手牌，是打开另一个地方的 30 号储物柜的。

果然，以叔的人品，是不会在藏宝图的第一个叉叉标记处就挖到宝藏的。我叹了口气，突然想到，会不会这个 30 号手牌，是属于隔壁女更衣室的储物柜的？

马上，我又否定了自己的想法，刚才在前台妹子打开抽屉的时候，我看见了一排粉红色的手牌，那些才是女更衣室的。这也是理所当然的，因为，如果男女更衣室的手牌颜色一样，会造成管理上的混乱。

我耸了耸肩膀，好吧，那就去下个地方看看。

出了更衣室，我把 07 号手牌还给不解的前台妹子，然后走出了健身房。远远地就看见堂弟开着车窗，正在跟路边一个穿短裙的妹子搭讪，不用听都知道是“哥带你去兜风”之类的。我打开副驾驶的车门，坐了上去，也没有说话。毕竟是自己堂弟，关起门来怎么骂都行，在妹子面前让他丢脸，就太不讲究了。堂弟还算懂事，跟那妹子扫码加了好友，就跟人说再见了。

车刚启动，堂弟就兴高采烈地问：“哥，怎么样了？找到那个技师，不，那个妹子没？”

我叹了一口气：“还剩三个地方，赶紧往福田走，没跑完不给吃饭，记得不？”

堂弟吐了吐舌头，踩下油门：“我听哥的。”

接下来，我们跑了南山、福田、罗湖三个区，把四家店都跑遍了。结果，除了第一家，也就是南山区的健身房，看上去最像之外，剩下有两家，一拿出手牌来就感觉不对劲了，最后一家甚至根本没有 30 号储物柜。

总之，这个周六的下午，我一无所获。

从最后一家罗湖区的健身房出来，也到了晚饭时间了，我跟堂弟去春风路的大排档吃海鲜。堂弟一边剥濑尿虾的壳，一边关切地问我有没有找到技师妹子。我把话题引到厂里的八卦上，应付了过去。

根据热心市民的线报，还有一家东莞的酒店。不过，今天我是没兴趣去了。吃完海鲜，就直接让堂弟把我送回了家。

一整天下来，那个备用手机都没有响过。我把它从背包里拿出来，打开短信，果然，神秘邻居没再给我新的信息。放下手机，我走到阳台上，那个红色木马还好端端地绑在那里。我伸了个懒腰，看着对面的 D 栋公寓。今天是周六，年轻人大多出去玩了，也有几个房间亮着灯，传出做菜的声音。万家灯火，我心里却空落落的。

前面说过了，这种感觉有点像正在勾搭的妹子，突然不理你了。其实也有点像你正在追一个美剧，饶有兴致地看到第九集，发现接下来要等更新了。不，是接下来未必再有更新了。

我现在心里的难受劲儿，是以上感觉放大 26 倍的效果。

百爪挠心啊！

干脆一刀杀了我吧！

这就是我现在内心的台词。

回到房间里，我把那个蓝色的 30 号手牌拿在手里翻来覆去地看。宝箱的钥匙就在手里，可是不知道宝箱在哪儿啊！

这个时候，我突然想到了一种可能性。难道说，邻居留给我这个线索的意义，并不在于手牌本身，而是在于手牌上的号码 30？我皱起了眉头，这倒是一个新的思路，可是 30 能有什么含义呢？

对面的 D 栋公寓，最大的房号才到 25，并没有 30 号房；不过，30 层倒是有的，会不会是——我把手牌倒过来看——邻居让我关注的是 30 楼的 03 号房，也就是 3003？

我点了点头，有这样的可能性。

如果是跟前两个房间一样，半夜用无人机去观测的话，那具体时间会是什么时候呢？凌晨的 03：03，还有 03：30，都是可能的时间点。这个推测虽然有点牵强，但总算是一种可能性，有可能就有希望。

我稍微振奋起了精神，赶紧站起身来，把无人机拿去充电，又设定好了 02：45 的手机闹钟。因为周六晚上，也零星有几个电话打过来，都是些狐朋狗友，约着去会所啊、烧烤啊什么的，作为叔这样一个脱离了低级趣味的人，一个纯粹的人，都一一拒绝了。

我越来越有种预感，我的猜测是正确的，神秘邻居给我的新线索，就在 D 栋 3003 号房。

一定是这样。

第九章

新的指令

第二天中午，我睡到 12 点多才起床。

昨晚等到凌晨 3 点不到，我坐在阳台上，满心欢喜地放出了无人机，3003 号房里面却是黑灯瞎火的，什么也看不见。悬停了几分钟，确认不会有事情发生后，我先收回了无人机，紧急充了会儿电，到 03 : 25 又放出去一次。结果，还是什么都没有。

虽然很不甘心，还是只能承认自己的推测是错的，就像以为那个妹子喜欢自己，最后只拿了张好人卡一样。拿起备用手机再看，仍然没有神秘邻居发来的信息。我坐在沙发上，在空无一人的公寓里，感觉自己被全世界抛弃了。

叔的右腿还没好全，昨天下午去探了四间店，回来都有点隐隐作痛。叔可不想落下后遗症，老婆都还没娶呢，照现状，还是老老实实待在家里，做一个安静的瘸男了吧。

总之，我星期天从下午开始玩 PS3，一直到晚上零点，头晕眼花的，真累。然后，我洗了个澡，从凌晨一点多开始，又用无人机去探测 D 栋公寓。我勘探的地点，包括木马头男孩的 1505 号房，眼罩少女的 1015 号房，还有猜测里第三幕会出现的 3003 号房。

无人机绕着 D 栋公寓，上下翻飞，没电了就返航充电，这样折腾到凌晨4点，我实在撑不住了，才躺到沙发上睡觉。

对叔来说，不能出去的日子，都像是在坐牢。无聊的时间过得特别慢，星期一、星期二这两天，我也是照着星期天的模式，白天打游戏机，晚上放飞机，把这两天的时间打发过去了。

连续三四个凌晨，我放出去的无人机毫无斩获，而神秘邻居也一直没再发短信给我。

有时候我安慰自己，就算一切就这样结束了，我也没有什么损失。可能是我做错了什么，或者没有做好哪一件事，导致神秘邻居放弃了我，不再给我任何的信息，也断绝了跟我见面的可能性。那起码，我还喝了一瓶二十来万的拍卖级陈年威士忌，看了一段惊悚、一段惊艳的视频，给我几天的养伤生涯里带来了很大的乐趣。这样也就够了。

可是，无论再怎么欺骗自己，有个念头像坐垫下面的钢针一样坚硬、醒目，无法忽视它的存在。我在等。我的耳朵时刻警觉着，等着茶几上传来的铃声——那会是神秘邻居给我的下一条信息。

到了2014年11月12日，星期三，终于有个小小的事件可以搅动我一潭死水似的生活。是的，今天何小天要过来打理水族箱了。

中午起床，何小天还没来，我叫了外卖之后，就搬了把椅子坐到水族箱前面。最近这段日子，我很少这样坐在水族箱前发呆了。看着那些鱼游来游去，还有珊瑚软体各种舒卷的样子，其实还挺放松的。

在水族箱底部，那个橙色的气泡珊瑚，好像比刚种上去的时候长大了些，所以跟其他珊瑚的距离变近了。这东西不知道从哪个国家的哪一片海被挖了出来，经过了危险重重的旅途，被带到几千里之外的城市，又被放进一个玻璃造的水缸里。它对自己的遭遇却毫无知觉，还活得好端端的，无忧无虑。

要说起来，我这一段神秘的遭遇，起因都是这个橙色气泡珊瑚。如果不是我一时产生的恶作剧念头，跟何小天描述了这样一种不存在的珊瑚，何小天也不会上深网上去买，我也不会得知有深网这样一个东西存在。如果不上深网的话，神秘邻居或许就不会得知我的存在，也不会给我发那几个快递，并且让我看到了对面公寓发生的离奇事件。

不过，或许，对于高维生物来说，我自以为经历的这一连串巧合，我一时的念头，上深网买东西的选择，我的所谓自由意志跟主观能动性，其实都是早就写好的剧情。在神秘邻居的角度，他可以随意翻动我的时间轴，查看所有的前因后果，对我施加影响。他在一个神秘的冥冥空间看着我，估计就跟我在水族箱之外，看着这株珊瑚的感觉一样。珊瑚不知道有我在看它，当然了，我也不知道现在神秘邻居是不是在看着我。

慢着，我说错了，珊瑚好像知道我在看着它，因为它也在看着我。珊瑚虫是一种没有视觉的奇怪生物，但是，在它的一个橙色气泡里，却似乎有一个会转动的眼珠子。

我心里一惊！

难道说，何小天种下的这株珊瑚里隐藏了一个水下摄像头？从它被放进水族箱的那一天，就在监视着我的一举一动？确实，因为我一直生活在楼下客厅，从水族箱里珊瑚的角度，可以拍摄到我的所有动静。

难道说我曾经的猜想是正确的，何小天是个隐藏得很深的角色，他就是神秘邻居，或者起码是神秘邻居的同伙？然后，通过珊瑚里的这一个隐藏的摄像头，得知了我所有的举动，所以才会有我刚发出去就收到回复的短信，以及莫名其妙出现在阳台上的红色木马？

我深深吸了一口气，要证明是不是这样，把珊瑚捞出来看看就知道了。

作为一个腿伤未愈者，又没有何小天那么高，我只能跪在椅子上，把手伸进去捞珊瑚。水族箱里的鱼被我吓得四处逃窜。我把脸贴在水族箱的玻璃上，眼角余光看着自己的右手，在箱底的沙子上摸来摸去。气泡珊瑚早已经把水螅体往回缩，我用手抓住底部，只觉得手心滑溜溜软绵绵的一阵恶心。这样的东西,何小天竟然可以捧在手心,像是对待女朋友的秀发似的，实在是异于常人。

我小心翼翼地把珊瑚从沙子里拔出，然后捞出水族箱。因为实在无法忍受它滑溜溜的触感，我到厨房里拿了个碟子，把珊瑚放在碟子上。橙色的气泡珊瑚离了水之后整个蔫掉了，刚才那个好像藏着眼珠子的气泡，这下却找不到了。难道说，刚才是我看错了?

我把碟子端到眼前，用一根筷子拨动那些气泡状的水螅体。有东西，黑乎乎的什么东西。

我眉头一挑，仔细看那个藏了东西的气泡。橙色的半透明气泡里面有一个黑色的球状物，跟玻璃弹珠差不多大小。我用筷子戳了戳那“弹珠”，它的形状发生了改变，软绵绵的，感觉质地和泡了一晚上的黑木耳差不多。

这是一个什么东西呢?总之，不像是一个隐形的摄像头。会不会是珊瑚里面原有的某种器官，大脑或者胃什么的?

我端着盘子，陷入了沉思。如果是何小天的话，就会懂得珊瑚的构造，能知道这玩意是不是珊瑚的一部分吧。然而，我并不想等何小天来看了再说。这珊瑚本来就是他拿来种下的，如果里面真的是个摄像头，那么他肯定脱不了干系。更何况，上次去 D 栋 1503 看房，他身上的嫌疑也没有洗脱。总之，我要在何小天来我家之前，把事情解决。不管那么多了，先挖出来再说吧。

我忍着恶心，用两根筷子尝试去戳破橙色气泡。珊瑚估计也是有痛觉神经的，缩得更紧了。“扑哧”——气泡被筷子戳破，喷出的不知道是海水还是珊瑚的体液，差点儿溅到我脸上。那颗黑乎乎的木耳软珠子暴露了出来。我用筷子去夹，感觉它跟珊瑚的活体之间并没有什么血管啊、神经啊之类的牵绊，很轻松就夹出来了。这是不是说明，木耳软珠子并不是珊瑚的一部分，而是被人为地放进去的?

我把碟子里的气泡珊瑚放到一边，用筷子夹着那颗木耳软珠，对着阳台外照进来的光线，仔细观察。现在已经能基本确定，这东西不是一个电子摄像头，但也不是天然的生物或者植物，而是一种人工制品。这玩意儿似乎是橡胶的，而且这颗软珠子里似乎藏着薄薄的一片什么东西。

一不做二不休，我准备破坏这颗软珠子，把里面薄薄的一片东西取出来。

没想到，软珠子的质地虽然柔软，但却非常坚韧，用筷子跟手都无法弄破。我只好拿起厨房用的剪刀，把软珠子捏扁，然后小心翼翼地顺着边缘剪下去，避免破坏了里面的那个薄片。

好不容易把软珠子剪开，泡在海水里那么久，这东西里面却很干燥，说明防水性能很好。

然后，里面那个薄片是……一张 Micro SD 卡（一种极细小的快闪存储器卡）。万万没想到，从水族箱的一株珊瑚里面会挖出一张 Micro SD 卡。

我一开始皱着的眉头慢慢地舒展开了。这是神秘邻居给我的新线索。对，一定是的！难怪他这几天都没有发新指令给我，原来是要我通过自己的洞察力从水族箱里找线索，然后拿到 Micro SD，解锁新的关卡。

不管这张 Micro SD，是何小天从深网买回来时就有的，还是神秘邻居把红色木马送到我家那天植入到珊瑚里的，总而言之，以他高维生物的能力，毫无疑问是可以做到这一点的。

想到这里，我一边庆幸自己的聪明，一边摩拳擦掌，跃跃欲试，想知道这 Micro SD 卡里到底存放着什么样的内容。不过，我首先打了个电话给何小天，让他明天下午再过来打理水族箱，不然他在的话，我做什么都不方便。然后，我从茶几底下拿出那台闲置了好几天的 Surface，我记得这机器有 Micro SD 卡的卡槽。

果然，在机器背后找到了卡槽，然后我把宝贝一样的 Micro SD

卡珍而重之、小心翼翼地插进了卡槽，再打开 Surface。我深吸了一口气，打开 Micro SD 卡就能看到神秘邻居留给我的问题了吗？我不敢认为会这么顺利。

点开 SD 卡，里面只有一个文件，是一个 win.rar 压缩包。我皱着眉头，尝试着双击了一下。果然，弹出了一个对话框，要求我输入解压密码。我眉头皱得更紧了，解压密码会是什么呢？

我先尝试着，把神秘邻居给我送的三件快递，分别是 CP99 仿真道具枪、麦卡伦威士忌、无人机，化成拼音输入到对话框里，提示都是密码错误。

幸好，这个解压软件是不限制密码尝试次数的。快递内容不对的话，那么，会不会是房号呢？

我先输入了 1505，再试了一下 1015，还把两个数字组合起来，结果还是密码错误。

我想了一会儿，瞄了一眼旁边放着的蓝色手牌，于是在 15051015 后面，再加了两个数字——30。

1505101530。

回车。

正在解压缩文件……

成功了！

我忘记了自己右腿受伤的事实，从椅子上跳了起来，右脚一阵吃痛，差点儿没站稳，几乎摔在地上。

文件的容量并不大，很快就解压缩好了。打开文件夹，里面是一个简单的文本文档，文件名就叫“新建文本文档”。再双击打开，里面是同样简单的一句话。我深深吸了一口气，按捺住内心的狂喜。文档里的那一句话跟神秘邻居之前发到备用手机的短信，是同样的至简风格：“明天凌晨 01：15，1015 房间。”

这不光是我苦等了好几天的新指令，更重要的是，D 栋公寓的

1015！上一次出现在 D 栋 1015 房间的，正是让我至今念念不忘的眼罩少女。不知道为什么，我的心里竟然有种隐约的甜蜜。今天晚上，我可以再一次见到她，虽然只是通过无人机的摄像头。我皱起了眉头，不……不一定只是远远地看着她。

现在我知道的信息，包括准确的时间、地点，出场人物虽然没有明说，但我心里认定了，就是眼罩少女没有错。那么，其实我可以在事件发生之前，比如 00：30，就藏在 D 栋公寓 10 楼的某处。等时间差不多了，再闯进 1015 号房。最为关键的一点是，那个房间的电子门锁凭我的密码跟指纹就可以打开。

我脑子里冒出这个“大逆不道”的想法后，神经质地在房间里四处观察，想看看有没有哪个暗处浮现出神秘邻居的一双眼，来扫描我的内心。当然了，这个房间里什么鬼都没有。

我走到沙发上坐下，双手抱着头，陷入了深思。

第一个问题，要不要这样违反神秘邻居的指令，试探他的底线？根据之前的经验，我的所有心理活动他都能看穿，所以这点小心思肯定逃不过他的法眼。

不过，站在他的角度，对我的这种做法，到底是会发怒，还是会认可？

我倾向于，神秘邻居会认可我的这种做法。

毕竟，第一次，在我探访了 D 栋 1503，木马头男孩隔壁的房间后，并没有遭到什么惩罚，只是送来一个红色木马，宣示我的一切行动都没有逃脱他的掌握。

第二次，在他的指示下，我直接去了 1015 号房，而且得到了一个蓝色的号码手牌。一开始，我认为，它是打开某个储物柜，获得下一个线索的关键所在。但从目前的情况看来，手牌存在的意义可能只是提供 30 这个数字本身，作为解压文件的密码的一部分。

最后，在找到 Micro SD 卡这件事上，神秘邻居也没有给我任何提示，依靠的是我自己的洞察力，是在我自由意志下的尝试。

总之，根据上面的分析，我觉得神秘邻居是鼓励我自己进行探索，来得到更多的信息，最终完成跟他的历史性会面。

我点了点头，嗯，一定是这样的。

不入虎穴，焉得虎子。所以，这一刻我决定了，今天晚上，我要孤身闯入敌营，在 D 栋 1015 房间里，救出那个被囚禁的眼罩少女。007 的经典片段在我脑海中反复播映，我深呼吸了一口气，今晚，我要带上那把 CP99 道具枪，虽然不知道有没有用，起码可以壮胆。

主意已定，接下来就是实施的细节了。我在客厅里来回踱步，在脑海里推演今晚的行动，比如多带一套大衣，好让赤身裸体的眼罩少女裹住离开。比如先写好一条短信，收件人里放几个值得信任的人，短信内容就是让他们帮忙报警，附上地址，说这里发生了凶杀案什么的。

在房间里转悠的时候，视线刚好落到在墙角正在充电的无人机上面。今晚按照新计划进行的话，就用不上这玩意儿了。不过，其实也不是这样。我可以找一个值得信任的人，让他在我家里操纵无人机，然后录下在 D 栋公寓 1015 发生的一切。比如说，让堂弟来帮忙。

这样有两个好处：

第一，如果到时候门锁密码改了，我进不去了，起码堂弟把视频录下来了，我回到家可以回放。

第二，如果我闯进去，里面真的发生了什么流血冲突，可以作为犯罪证据。万一出了什么事，起码留个视频，方便警察叔叔抓住真凶，帮我申冤。

虽然并不知道低维空间的警察叔叔，到底能不能对高维空间的罪犯造成威胁。毕竟你把漫画书里的人物剪碎，里面画着的警察也不会跳出来抓你。

总之，这样做的话，算是留了后手。

我坐下来好好想了一会儿，几次打开最近的通话记录，想要打电话给堂弟，但是几次都把手机放下了，因为最后我决定还是不这么干。

第一，不知道为什么，我隔着很远的距离，从屏幕上看见眼罩少女，也不过是十来分钟——如果不算上反复播放视频的那些时长——可是，我隐约感觉到，自己已经喜欢上她了。这种喜欢，混杂着对她的同情跟爱恋，有英雄救美的欲望，但更主要的是最原始单纯的爱慕。所以，我不愿意跟任何人分享她赤身裸体的画面。

第二，我刚才想的是如何武力解救眼罩少女，但如果剧本不是这样的呢？如果说，万一，像送到我家里的红色木马一样，眼罩少女也是神秘邻居准备给我的礼物呢？

虽然我一向自认为是很有定力的人，但扪心自问，我不能确定不会当场就发生什么……如果剧情真的这样发展，而窗户外面又悬停着一架无人机，把所有画面都拍了下来，那我岂不是搬起石头砸了自己的脚？

我再次把手机放下，决定了，今晚我还是要孤胆独行。

从下午到晚上这十来个小时，让我更清楚地认识到，相对论是真正存在的，而且就体现在我们的日常生活中。要不然的话，这十来个小时的等待，怎么会比半个月还漫长。

我花了 10 分钟，就把一切有可能要用到的东西都打包好放进了背包。男人跟女人收拾行李的速度，其实也验证了相对论的存在。在这 10 分钟过后，剩下的时间里，我一次次地对可能遇到的情况进行分析，往背包里多放一样东西，或者拿走一样东西，折腾到自己都快生气了。

在背包已经塞得满满的，再也玩不出新的花样之后，我更加烦躁起来。PS3 完全没心思玩，睡觉更是痴心妄想，想喝酒又不敢，怕喝醉了影响到时的应对……总之，我整个人都快“斯巴达”（崩溃）了。

在焦躁地等待中，我突发奇想——如果把一个人的时间无限延长，把他囚禁在同一天里，让他永远无法到达明天，去做想做的事情，去见想见的人——那真的是一种极端残忍的刑罚。

就在这样的烦躁不安中，时间一秒一秒地往前走，八点，八点半，九点，九点十分，九点十五分……终于，到了零点，这是灰姑娘赶着回家的时间，也是鬼叔出发去英雄救美的时间。

我背上装满了道具的背包，关好门，下了楼，走向D栋公寓。毕竟是年轻人住的小区，虽然只是个普通的周三，路上也有些刚加完班，或者刚从外面浪回来的住客，跟我一起走着。

也幸好有这些人，才显得我并非那么突兀。

我跟在一个穿短裙的妹子后面，进了D栋的门禁，然后一起进了电梯。妹子还跟我搭讪，好奇地看着我手里的东西，问是干吗用的，我随便敷衍着，电梯就到了10楼。走出电梯，我按照原定的计划，走到消防楼梯里藏好。打开这道消防门，走廊上有个窗口，大小正合适飞出一个无人机。

是的，我把无人机也带到了D栋。等到了01:05，先用遥控器，把它悬停在1015的窗前，开启拍摄，然后我自己再进入房间。如果没发生什么紧急情况，我可以遥控无人机飞回来；而假如在这么短的时间里，我遇到了什么不测，等它没电了会自动返航，无论是停到走廊的窗户下，还是碰到墙壁掉下楼，内存里的视频都是我遇害的证据。

想什么呢？鬼叔我英明神武，智勇双全，虽然右腿受伤，跑赢水哥这样的胖子仍然不在话下。实在不行我就跑，跑不了我就大喊，朗朗乾坤，青天白日——好吧，黑天白月——我真不信自己的小命会丢在这里。

我拿出手机看了下时间，现在还没到00:30。再过半个多小时，好戏即将上演。

我坐在消防楼梯的台阶上。这个半小时的焦急等待，让我产生了应该在30岁的高龄，再努力去学会吸烟的念头。尼古丁应该可以缓解焦虑，而且以前的电影里都这么演的，男主角在办大事前必定要抽根烟，显得非常有台型。不会抽烟，现在我只好咬手指了。

终于，计划好的 01：05 到了。

我深吸了一口气，站起身来，悄悄推开防火门。

走廊上没人。

在窗口放飞无人机的时候，感觉有点像武侠小说里塞外的大侠们放飞肩膀上的猎鹰。“猎鹰”在我的操纵下，熟练地飞过 1012、1013 两个房间，悬停在 1015 的窗户前。

如我所料，房间里黑漆漆的，什么都看不见。神秘邻居一向很准时，说了 01：15，那就是 01：15，一分钟都不会差。我手里端着连接遥控器的 iPad，走到 1015 号房的门口。电子门锁感应到有人靠近，键盘板亮起了两个蓝色的数字。

我看着 iPad 上的时间，01：14。

我的计划是，要等到房间里的灯亮起，看清楚里面的情况，再决定是否进去。如果是眼罩少女一个人，当然毫不犹豫地按下密码，推门而进。如果是眼罩少女跟一个彪形大汉，我吞了一口口水，想起背包侧边口袋放着的 CP99，应该会硬着头皮，手里举着枪，踢门进去。

当然了，如果情况根本不是我想的那样，神秘邻居根本是在逗我，今晚的主角是那个木马头男孩，像叔这么临危不惧、迎难而上的汉子，当然，拔腿就跑了。

iPad 屏幕上的时间跳到了 01：15，我凝神屏气，等着房间里灯光亮起——今晚大戏揭幕的时刻。可是，灯却没亮。我皱起眉头，可能是我跟神秘邻居的时间有误差吧，再等等好了。可是，前两次明明都很准时的……现在 iPad 啊、手机啊这些能上网的设备，应该都是连接互联网定时去校准时间的，所以很精确。

我站在 1015 门口，大气都不敢出，时间就在我的呼吸之间，一秒一秒地过去了。

01:16。

01:17。

三分钟过去了，在时间变成01:18的那一刻，我突然想到了一个很严重的问题。Micro SD卡内的文本文档里，那句话是“明天凌晨01:15，1015房间”。今天是2014年11月13日，星期四，对于昨天11月12日星期三而言，现在确实是明天。但是，致命的问题在于，那句话里并没有说，今天是哪一天。

只是我自作聪明，想当然地把找到Micro SD卡的那天，就当成了文本文档里指的“今天”。如果说，神秘邻居预计我找到SD卡的那天，其实是前几天，或者是后几天呢？这都会导致同样的结果，就是我在一个错误的时间点，走到了这个正确的房间门前。

我在房门口像无头苍蝇一样乱转，心里乱糟糟的。现在是收回无人机，打道回府呢，还是——既然来都来了，贼不走空——不对，总之，我起码得进去看看。这样想着，我一气呵成，在电子门锁输入了密码，按下了指纹，“嘀嘀”，门锁打开了。看来，我之前关于这个的担心倒是多余了，神秘邻居并没有把密码改掉。

我推开房门，房间里果然是一片漆黑。窗外有人，正对着房间里看！可是，这是离地几十米的10层公寓楼！我吓出一身冷汗，定睛一看，才意识到窗外面那一闪一闪的光点，是我让它悬停在空中的无人机。人吓人，吓死人，自己吓自己，更是能吓出屎。

幸好刚才没惊慌失措地摔倒，要不然真是猪八戒吃西瓜，自作自受了。房间里似乎空无一人，我用手摸到门旁的电灯开关，按了下去。

D栋公寓1015，顿时灯火通明。现在是2014年11月13日星期四，凌晨01:20。我环顾四周，还是上次来过的不到40平方米的房间，简洁风格的装修，家具摆放整齐，但是看不出最近有人住的生活痕迹……

不对。

这房间里的家具一样都没少，跟我用无人机拍到眼罩少女的那次一模一样。但是几天前我来这里实地探访的时候，房间里被搬了个精光，一件家具都没有。而现在，桌子、椅子、电冰箱、电视，上次被拆走的空调，现在又原样装了回去。

从连着遥控器的 iPad 屏幕上看，整个房间的感觉，确实跟上次用无人机拍摄的时候是完全相同的。不同的是，上次画面里是一个眼罩少女，这一次呢，则是拿着一个遥控器、愣头愣脑的自己。这种感觉也蛮诡异的。我倒吸了一口冷气。

这个房间有问题，给我的感觉，并不是家具被搬走了，又被搬回来。可能是在经历了那么多离奇事件，不，应该说被那么多离奇事件强行插入后，我的脑洞也被插得变大了。我的想法是，每次打开房门，进入的都是不同时间段的房间。

上次拍到的有眼罩少女的房间，跟我现在身处的，属于“家具没被搬走时”的时间段；反而我之前走进的 D 栋 1015，属于“家具已经被搬走”的时间段。

既然神秘邻居是高维生物，随便更改同一个房间里，不同的时间轴，应该是可以轻易做到的。不过，他这么做的意义何在呢？

我正在开动脑筋琢磨问题，突然之间，房门被推动的声音从身后传来。“啪嗒”，这是开关被按下的响声。灯灭了。房间里又是一片黑暗。

“谁？”我吓了一跳，大叫起来。

没有人回答，取而代之的是另一种声音。

咿——呀，咿——呀。

我腋下被汗湿透，脖子僵硬，根本不敢回过头去。手里拿着的遥控器上的 iPad 屏幕却仍然在发光。这个光源照在我身上，所以窗户外面的无人机，可以拍摄到我的脸跟上半身，除此之外，房间其他部分都是黑漆漆的。在我右边腋下，腹部的右侧，黑暗的空气里浮现出一个红色的物体。

木马的头！

我的脑子一片空白。右腿肌肉本来就差一点力气，这时候，连着左腿一起发抖，整个人快要瘫坐在地上。支持着我站稳的念头是——坐下去的话，那木马头就在我的肩膀的位置，靠近我的脸了。

我深吸了一口气，猛地朝前跑了两步，然后慌忙转过身来。离了 iPad 发出的光，刚才站着的原处一片黑暗，什么都看不见。我从肩膀卸下背包的一根带子，把包放到胸前，拉开拉链，手忙脚乱地去找包里的 LED（发光二极管）手电筒，一边庆幸收拾东西的时候，犹豫了几次还是把电筒放了进去。

咿——呀，咿——呀。

声音在朝我逼近，我一边朝后倒退，一边乱翻着包里的东西，那该死的手电筒这下子却找不到了，也怪我干吗买那么小的 LED 电筒，现在找不到了吧……

在这儿！

我掏出手电筒，一边按下开关，光柱劈开黑暗，利剑一样指向眼前几米远的地方。空空的地板上什么都没有。这样的景象，没让我有片刻放松，反而是更害怕、更紧张了。不在眼前，那就是隐藏在房间的哪一处黑暗里。

左边？

右边？

身后？

还是……天花板上！

手电筒光柱随着我惊恐的念头，朝着这些地方扫射而去。但是，没有，没有，没有，哪里都没有！有的只是持续传来的声音，咿——呀，咿——呀，像是直接碾压在我的鼓膜上，碾压在我的背上。

我的心脏怦怦狂跳，马上就要随着木马晃动的节奏，从胸腔里跳出来了。我再也无法忍受这种恐惧，扔下肩上的背包与手里的 iPad 跟遥控器，向门口的方向狂奔，一瘸一拐、狼狈不堪。然后，我按下了门旁边的开关。谢天谢地，电灯的光明如约而至，整个房间又亮了起来。

我背靠在开关旁边的墙上，紧张地扫视着房间，双手向后，死死抓住墙壁，这时候才想起放在背包侧边口袋的 CP99 仿真道具枪，然而并没有什么用了。所幸，房间里并没有晃动的红色无头木马，也没有骑在上面、身穿蓝色海军装的木马头男孩。我连每个家具后面的角落，甚至天花板都打量了一番。没有，确实没有。更让我欣慰的是，木马晃动的咿呀声，也没有再响起。

那玩意儿，那木马头男孩，不管是他还是它……应该已经走了吧？我这么想着，心里泄了气，身体也从紧绷着的状态一下子垮了下来。我背靠着墙，滑坐到地板上。然后，右手摸到了什么东西。夹在打开的门缝里的。

低头一看……

这一次，在明亮的灯光下，我看得真真切切——红色的木马头，被夹在房门跟门框中间，侧躺在地板上。朝上的这一边脸，像龙眼核一样黑漆漆的眼珠子正在盯着我看。我一阵天旋地转，喉咙紧张得无法叫出声来。

“爸爸抱！”我以为那木马会从地上一跃而起，隐藏在门外的黑暗里，木马头连着的小男孩的躯体从门口扑向我怀里。但是……那木马头只是静静地躺在地板上，如同死物一般，一动不动。不，不对。这本来就是一个死物。

理智稍微回到我的脑里，我一边站起身来，离那玩意儿远点，一边开始分析。被夹在门缝里的，应该只是一个木马头而已。不然的话，无论木马头下面连着的是海军装小男孩，还是红色木马的其他部分，这个木马头都被以这个角度紧贴着地面平放。我凝神静气，聚精会神地观察了一会儿木马头，观测结果证实了我的猜测。

叔堂堂一个一米七五——不到——的男子汉，岂会被一个残破的木马头吓倒？真是好笑。这么想着，我一边紧张地看着那木马头，一边倒退着向房间中央移动，走到刚才扔下的背包处，赶紧弯腰掏出里面的CP99，然后打开枪上的保险。我双手拿着枪，深吸了一口气，猫着腰走向门口，鼓足勇气，用脚轻轻踢了一下地上的木马头。

果然，那木马头躺在地上，死死的，毫无反应。

木马头夹在门缝里动弹不得，我右手拿枪指着门外，左手斗胆打开了房门。黑漆漆的楼道里，并没有隐藏着什么可怕的东西。躺在地上的，就是一个断裂的红色木马头而已。可是，刚才无人机拍摄到的画面，从我腋下探出来的木马头，并不是幻觉。

那么，合理的解释是，有个人蹑手蹑脚地进了房门，先是关掉了房间里的灯，然后捧着木马的头，从我胳肢窝下面伸出。接着，趁着房间里的黑暗，以及我慌张的状态，这个人又偷偷溜出房门，只把木马头留下，卡在门缝里。我皱起了眉头，这人脚步轻得我完全没有察觉，体重应该很轻，甚至是个——未成年人。

一个小小的木马头就把我吓成这样，现在想起来，多少有点恼羞成怒。我一脚大力抽射，木马头旋转着飞出，在黑暗的走廊里撞到墙壁，发出“咚”的一声。我心里稍稍解恨，双手叉腰站在原地，却发现，原来木马头的下面，放着一样东西。

一个白色的信封。

这又是什么玩意儿？

我皱着眉头，弯腰捡起信封。信封用的纸质感很好，厚实，上面还有细微凸起的条纹。

在信封正面的位置，用花体的英文字母写着——To Uncle Gui（给鬼叔）。我深深吸了一口气，这是神秘邻居给我的一条新线索？

敢情今天晚上折腾了那么久，大费周章，把人都快吓尿了，就是为了给我这样一封信？直接从门缝下面递给我就行了嘛。不过，刚才的木马头，包括现在遗留下的这封信，都说明了一件事——我之前的猜测没有错，我不听指令用无人机拍摄，而是直接跑到 D 栋的 1015，完全是在神秘邻居的意料之中。

所以，刚才的一幕惊悚场景，算是对我的小惩大诫？我耸了耸肩膀，还好，邻居并没有因为我的擅自行动生气或者失望到不再给我线索。

我把信封翻过来。贯彻了神秘邻居一向的高逼格，这封信并不是用普通的胶水粘起来的，而是在信舌的位置打了一个紫色的火漆蜡封。蜡封上的图案是一个身材健美得像古希腊雕塑一样的裸男，手里拿着锤子跟楔子，想要打碎一块圆形巨石。我并没有过多地思考这个图案的意义，而是粗鲁地撕掉了信封，拆出里面的信纸。

仍然是之前短信跟文本文档里的那种极简风格，给了我一条新的指令，指令包含了时间、地点。不过，不同的是，在这第四条指令里，地点并不是前三条里面的公寓。

“11 月 14 日，下午 06：30，深圳大学体育场。”

字是用钢笔写成的，遒劲有力，仔细回忆的话，跟送我酒时写的“希望你喜欢”是一样的字迹，落款同样也是“你的邻居”。

我深呼吸了一下，搞了那么久，戏剧的场景终于从室内搬到户外了啊！

第十章

深大体育场

国内流行一种提法——北上广深，指的是中国内地的四个一线城市。不过，作为一个深圳人，叔高度怀疑深圳是不是一线城市。单从高校来讲，深圳只有一所正经的本科大学，而且还是二本，那就是深圳大学。深圳大学就在我住的南山区，园区很大，北门正对着水哥以前上班的那个公司，也就是传说中的企鹅大厦。深大的体育场在园区的北边，跟企鹅大厦直线距离不到 1000 米。

深大校园是对外开放的，开车基本能随意进出，只要不是长得特别猥琐，走进去闲逛也不会被校门口的保安拦下。以前叔腿没伤时偶尔也会到深大的体育场去刷圈。橡胶跑道对膝盖的伤害比较小，而且跑道上还有很多身穿运动装、腰肢柔软的学生妹。叔还记得那些日子在夕阳下的奔跑。不过，自从叔成了行动不便者，起码一两年不能长跑，曾经美好的运动场所就变成了伤心地。

神秘邻居约的日子是明天，星期五的傍晚，那个时候不光有学生党，还会有附近上班的，备战年底马拉松的，各色人等都在运动场里跑步。总而言之，那时的深大体育场是个人多眼杂的公众场合。在这样的地方，应该不会是展示什么惊恐或者惊艳的画面给我看，不然的话必然会引起骚动，这样就不符合他一直以来低调的风格了。

那么，神秘邻居让我明天下午去深大的体育场，是出于什么目的呢？一个念头从脑海涌出，让我莫名激动，欣喜不已：应该是约我见面了吧？

体育场里那么多人，跑道上、看台上，男的、女的，年轻的、没那么年轻的，应该不下一百人。神秘邻居并没有给任何提示，要怎么跟他接头，或者他有什么特征。那么，就是要依靠我自己的直觉，或者说这半个月以来，分析各种信息，从而在心里给他描绘的画像——去把他找出来。

这应该是最后一个考验了。

在我的想象中，神秘邻居——这一个疑似高维生物在低维空间的投影——是一个身材高大、面容坚毅的男人，年纪在四十到四十五岁之间，是一个具有很高的社会地位、精英阶级的人物。他热爱运动，精通多门外语，哲学、物理、天文、历史，无所不知，无所不晓。这样的一个处在金字塔顶尖的人，自然会有与众不同的气质，把他从人群里找出来，并不是一件难事。

我心里一阵狂喜，这一天终于还是来了！

脑子里分析了那么多之后，我也快要回到家了。

现在是凌晨两点来钟。

总的来说，晚上的行动还是很成功的。虽然被该死的木马头吓得差点儿大小便失禁，不过最后还是得到了最终会面的邀请。收回了无人机，此刻，已经安全回到自己家门口。虽然没有见到眼罩少女，更别说想象中英雄救美的场景——用一支 CP99 仿真道具枪从反派手中，救下楚楚可怜的裸身少女，再让她披上我一早准备好的大衣，带离魔窟……但起码，我拿到了偶像见面会的门票。

没错，神秘邻居就是我的偶像。“偶像”这个词，本来指的就是神。神秘邻居作为一个高维生物意志的体现，全知全能，可以预知未来，隔空洞穿人心，而且种种迹象表明，他具有匪夷所思的财力跟社会关系——这样的一个人，当然就是最接近神的存在。搞不好，我们人类历史上所有宗教里的神，实际上跟神秘邻居一样，都是高维生物在地球上的投影。所以，此刻我的心情，就跟脑残粉一样雀跃。

我轻轻哼着歌，按下了电子锁。开了灯之后，我却在自己家的鞋柜上面，发现了不属于自己的东西。

一个扁扁的、公文包大小的金属手提箱静静地躺在木地板上。我皱着眉头，神秘邻居又玩这套调虎离山的把戏，趁我去 D 栋的时候，就往我家里送礼物。上一次是红色木马，这一次又是个手提箱。里面装的会是什么呢?

我关好房门，放下手里的东西，过去弯腰捡起地上的手提箱。这箱子不是普通的箱子，而是日默瓦的镁铝合金手提箱，很符合邻居低调奢华的风格。箱子提起来不重，不知道里面装的会是什么。

我走到沙发上坐下，把手提箱放在沙发上，啪嗒一声打开。首先映入眼帘的是一个信封，放在黑色天鹅绒上面。跟刚才在 D 栋 1015 捡到，现在放我背包里的那个是一样的纸质，一样的火漆蜡封，一样的写着 To Uncle Gui。蜡封上面的图案，是一样的男人和巨石。

我没有多想，直接拆开信封。里面是跟刚才一样质地很好的信纸，一样遒劲有力的字体，一样简短的话:“凌晨 01 : 15，1015 房。我把礼物带来了，你不在家，只好带走。可惜。”

前面这一段，我好像看见过类似的表述……我倒吸了一口冷气，意识到自己犯了一个巨大的错误。

在那株珊瑚气泡里找到的 Micro SD，文本文档上面写的是“明天凌晨 01 : 15，1015 房间”。但是，并没有写明 1015 是哪一栋楼的 1015。我自作聪明地以为，指的是 D 栋的 1015。实际上，神秘邻居说的是 C 栋的 1015，也就是我现在所身处的，自己住的房间。如果我没有猜错的话，邻居留言说他带来了又带走了的礼物，就是我朝思暮想的——眼罩少女。

我猜中了出场人物，但是没有猜对出场地点。我双手抱头，心中无比懊恼。如果不是我自作聪明地跑到 D 栋 1015 去，而是留在自己家用无人机去观测的话，那么，神秘邻居就会顺利地把眼罩少女送过来，我就愉快地签收了。

或者，如果我更聪明一点儿，能够确定——至少怀疑到——Micro SD 卡上的指令里，1015 指的是 C 栋 1015，那么，我也不会离开这个房间，而会选择留在家里守株待兔，静观其变。

我简直要被自己蠢哭了。

眼罩少女本来完全用不着我暴力解救，神秘邻居会主动把她送给我的。那么，接下来怎么对待她，就是我个人的事了。就因为我自作聪明的举动，个人英雄主义的愚蠢表达，搞砸了这一切。

还有一个能证明他们来过我家的证据，阳台上放着的木马，身体仍然被固定在那里，但是头却不翼而飞了。

我气得从沙发上跳了起来，伸出右手想要狠狠扇自己一巴掌！当然，手还没碰到脸，就在半空停了下来。毕竟脸是叔用来吃饭的家当，破坏劳动生产工具，那是极为严重的犯罪。

我深深吸了一口气，坐回沙发上，冷静下来，视线落到了那个日默瓦的手提箱上。这个箱子里不可能只有一封信，在黑色的天鹅绒下面肯定还放着什么东西。

我伸出手去，掀开天鹅绒，下面露出来的东西，确实我早就见过的——远远地见过，是一套紫色的，呃，个人用品。就是那天晚上，在 D 栋 1015 房间里，眼罩少女身上穿的用的那一套，包括紫色的眼罩、项圈、把手（也是紫色的钢链）……所有的这些东西都装在黑色的细密海绵里，感觉非常名贵。

我拿起那个紫色的项圈，沉甸甸的，镀金的扣件闪闪发光——慢着，未必是镀金，有可能是真金的。项圈主体用的皮革很厚实，有许多小方块的凸起，正是鳄鱼皮无疑。在鳄鱼皮跟扣件的衔接处，有一块处理成不同手感的皮革，上面刻着一个图案，又是那个男人和巨石的图案。

我皱起眉头，拿起套装的其他配件。果不其然，上面都有这个怪异的图案。看来这个以前没有露面的图案，就是神秘邻居的标志了。男人想要砸开巨石，是要进行艺术创作吗？反正，这一定是代表了什么意义，只不过现在的我无法猜测出来。还有，这个图案背后代表着什么呢？是某个组织的标志？公司商标？家徽？还是神秘邻居个人的身份标志？这一切都要等日后慢慢揭秘了。

从星期四的凌晨到星期五下午，有 36 个小时。

漫长的 36 个小时。

星期四下午，何小天过来帮忙整理水族箱，发现那株橙色的气泡珊瑚消失了。我跟他说那珊瑚死了，我就捞了出来。说这番话时，我认真地看着他的脸，他的表情非常复杂，吃惊、生气都有，但又非常自然，不像是演出来的。我倾向于认为，在整个事件里，何小天都是不知情的。

就算某些事情，神秘邻居是通过何小天来实现的，他也只是被利用而已，但他自己并没有察觉到。比如那个 Micro SD 卡，应该是在何小天两次打理水族箱的间隙里，被植入气泡珊瑚中的。不然，以何小天对珊瑚真诚的爱，是不会允许别人做这样残酷的事情的。

总之，我的判断是，何小天是无辜的，就跟他的眼神一样。我也无法接受这种全世界都是阴谋，接触的所有人都是同谋，合伙起来骗自己——这样的阴谋论。

基于这种判断，我也没有收回何小天手里的电子门卡。毕竟等我的腿伤痊愈之后，我就会跟以前一样经常出去浪，三五天都不着家。如果没有何小天定时来打理水族箱，那些鱼和珊瑚一个月就能死光。

更何况，退一万步说，就算我的判断是错的，何小天真的是神秘邻居的同伙，那“邻居”都牛到可以在我完全不知情的情况下，把D栋1015的门锁设置成一样的密码跟指纹，那么破解我这个电子锁，简直是太小儿科了。

因为橙色气泡珊瑚死了的这件事，何小天整个下午都闷闷不乐，打理完水族箱，连招呼都没跟我打，直接就要走。真是个单纯的小伙子。

何小天走后，我无事可做，百无聊赖地在网上搜索资料。网上的信息体量巨大，但也非常零散，我在电脑前坐了半个下午加一整个晚上，并没有找到多少有用的信息。

第二天，我比约定时间早了很多出门。

因为路程短，我觉得右脚应该能支持，就尝试自己开车过去。车速慢点儿，如果真有问题，大不了把车停在路边，叫个代驾过来就行。结果证明，我的顾虑都是多余的，一路顺风顺水，不到20分钟就开到了深圳大学。

在我还是个能正常行走的大叔时，也曾经开着车到深大校园里，所以我知道这里面有个湖边的咖啡厅，离体育场也不远。我就把车停好，然后走到那个咖啡厅，挑了个靠窗能看见湖的位置。可惜现在是秋天，如果再过两个月，从咖啡厅的窗户望向湖里，就能看见从北方飞来的白色大鸟，在湖边的阳光下踱步。

我拿出随身带着的Kindle（电子阅读器），看一本刚下载的关于异次元空间的科幻小说。在经历了地库、雪山，还有现在关于高维生物的离奇事件后，我对于科幻的兴趣变得越来越浓厚了。不过，我觉得国内的科幻小说相对比较缺乏想象力，所以一般都只看国外的，不得不说这些外国人的脑洞开得要大很多。

约的是18：30，我提前到了半小时，这个时间，已经有不少学生党在跑步了，一些下班早的上班党也在场边热身。快到年底的马拉松赛扎堆期，所以跑道上也能见到一两个方阵，在跑着全马400或者330的配速，看上去就很厉害的样子。

我爬到入口附近的看台，这样既能看着场内，也可以留意入口的人流。在椅子上坐稳，我拿出一早准备好的望远镜，“检阅”看台下跑过的人们。看了一圈，神秘邻居似乎还没有来。于是，望远镜的焦点自然落到了场中的年轻妹子身上。

看了一会儿学生妹们的细腰跟长腿后，天色渐暗，而且用望远镜追逐快速移动的目标，其实很累人。于是，我放下望远镜，伸了个懒腰，再低头看一眼时间，已经是18：25，神秘邻居还是没有出现。

我抬起头来的时候，一眼就看到了他。

夕阳已经隐没在西边的一幢幢大厦间，天上尽是赤色的云霞。体育场里的高杆灯还没有亮起，400米的标准橡胶跑道上，这些热爱健康的人都顺着一个方向不断循环地跑着，跑进了越来越浓的黑暗。

所有人都按照惯例，以逆时针的方向在跑，只有一个男人与之相反。他跑的是顺时针的方向。这人穿着全套专业的运动装备，就算只是远远看去，也知道身材高大，肌肉结实，是那种人群里1%的最完美体型。

我眼角的余光其实一直看着右边的入口，却没有发现这个人进场。这个人似乎是突然出现在跑道上的，就好像那个神秘邻居突然出现在我的生活里一样。

这个人，跑在八条跑道的最外围，绕着最大的圈子。他跟所有人正面相遇，然后背道而驰，等待在下一个循环碰面。他跑得很孤独。在金字塔顶端的人，一定有别于芸芸众生，散发着自己独特的光芒。

我毫不犹豫，这个人，就是他——我的神秘邻居，操纵一切的高维生物。

我深深吸了一口气，再次拿起望远镜，追随神秘邻居。只能说，他身上的每个特征，都是我想象中的样子。

四十到四十五岁的年纪，是那种会被当成帅大叔，而不是师傅的老男人。身高大概在一米八上下，穿着 2XU（澳洲高品质功能性服装品牌）的压缩裤，SKINS（思金斯）的紫色紧身衣，同样紫色的跑鞋，太远了看不到牌子，但目测也是顶级的装备。这些东西在他身上，没有一点炫富的意思，平平常常，服服帖帖，跟本人的气质十分相配。

被紧身衣紧紧包裹的，是块状分明的肌肉，在他这个年纪来说非常难得，连我都自愧不如。他的头发向后梳起，下巴宽厚有力，眼神平视前方，呼吸跟步姿一样稳定。他独一无二的跑圈方向，还有明星一样的脸孔跟身材，吸引了不少妹子和汉子。但他却视若无物，一直看着前面的跑道，一副睥睨苍生的王者气概。

没错，就是他！

我松了一口气，还以为找到神秘邻居会是一项艰巨的任务，结果完全没有挑战性嘛！因为他来的时候是悄无声息的，我担心他也悄无声息地就消失了，所以一直用望远镜紧紧关注着他的动向。结果，这一关注，就关注了整整一个小时。

我两只手轮流拿着望远镜，都跟脖子一样酸透了。400 米的标准跑道，他一共跑了 37 圈，也就是 15000 米。这个配速相当快！怎么说呢？我每小时跑 10000 米，已经让一些不运动的宅男们无法相信了，而邻居的速度比我还要快一半。

没有长跑过的人，可能无法休验跑一小时，配速 6 和配速 4 的区别，这是一种质的区别，就像读书时的班级上游跟全区前十名的差别一样大。

总之，这哥们儿是个运动达人。

在跑完 15000 米之后，他终于停了下来，顺着跑道又走了两圈。

在这两圈的时间里，我开始紧张起来。要怎么下去跟他搭话呢？

开场白应该怎么讲？总不能说：“邻居你好，我是鬼叔”吧？在这样一个食物链顶端的男子面前，不要说“叔”这个字眼，我觉得提起“鬼叔”这个外号，都是对他的一种不敬。那么，只好说：“邻居你好，我是蔡必贵”了吗？感觉也不太对的样子。

我坐在看台的座椅上，吞了一口口水，感觉到自己手掌心被汗湿透了。小学生时代第一次上台表演节目，高中生时代第一次跟女同学表白，好像都没有这么紧张。不过，这也正常，跟神秘邻居比起来，人生中经历过的那些，又算个什么？

毕竟他是一个全知全能的类似神一样的存在，一个疑似的高维生物。要说起来，他身上的出色之处，比起美国总统也不逊色。全世界六七十亿人口，多少人有机会跟这样的人物交流？

我多么想上百度贴吧发个帖——第一次见食物链顶端的男人，要怎么装作经常见的样子？在线等，挺急的。可是，还没等我完全准备好，就发生了一个特别的状况。

神秘邻居走到看台下面，正对着我的位置，然后停了下来，转过身，抬起头来，目光直视着我。他明明是在仰视，却让我有一种被90度倾覆的感觉，像是他正在俯视我。这时候已经是晚上七点半，运动场的高杆灯早已亮起，他脸上的表情在灯光下无比清晰。我差点儿从椅子上掉下来，心里蹦出的第一个问题是：“他怎么能认出我？”

下一秒，我就意识到了这个问题的愚蠢。之前我自己也想过，神秘邻居对于我的了解，只怕比我自己还要多。认出我什么的，简直是太简单了。

他站在看台下，就这么看着我，嘴角似笑非笑。我并没感觉到什么压力，但是不由自主就站了起来，像是被催眠了一般。而且，这一切的发生都是自然而然的，没有一点被强迫、不舒服的感觉。所谓精神催眠，也不过如此吧。在不知不觉之间，我就已经走下了十级台阶，站到了这个男人面前。

按理说，他只比我高五六厘米，但是站在他面前，那种威严的气场让我不得不矮下了身子，抬头仰视他。在三十年的人生里，我也见过一些了不得的大人物，但是这种矮了一头的感觉，却是我从来没有过的体验。说得难听一点，在他面前，我不由自主地就卑躬屈膝了。心里有个声音在抗争:“高维生物算个什么，地球人也有地球人的尊严！”然而，心里的呐喊并没有什么用。

第十一章

Stephen（斯蒂芬）

2014 年 11 月 14 日星期五晚上七点半，我作为地球人的代表，对这个高维生物说的第一句话是：“‘邻居’你好，我是蔡必贵。”

高维生物沉稳地一笑：“别叫我‘邻居’了，我是 S。”他的嗓音低沉而有力，就像是世界顶级的男低音歌手，简直自带低音炮的效果。

我抹了下额头上的汗，大脑像是停在车库太久、蓄电池已经没电了的车，打了好几次才打着火，反应过来：“S，是什么的简写？”我记起在希腊裸男跟巨石的图案里，也有一个 S 的字样，看来那图案是他个人的独特标志了。

高维生物微微一笑：“不，不是那样的，S for Stephen，以后你就叫我 Stephen。”

实际上，直到半个月以后，我才知道了 S 这个字母真正的含义。当时的我不可能猜得出来的单词。

不过，在 2014 年 11 月 14 日的那个我，只是点了点头，然后把右手掌心的汗在裤子上抹干，再朝他伸了出去：“Stephen，初次见面。”神秘邻居，高维生物，Stephen，在这一刻终于三位一体，成为一个可以被描述的、可以被一个名字指代的、特定的人。

Stephen 握住了我的右手。他的手掌宽厚有力，干燥温暖，力度不大不小。给我的感觉是，即使在握手这样的一个细节上，他都做到了——完美。Stephen 声音低沉地说：“我们见过很多次了，鬼叔。”他稍微用了一点力气，“在不同的时空里。”

我皱起了眉头，高维生物果然是高维生物，简简单单的一句话都让人难以猜透。我心里犹豫着，该怎么把这个自己都无法理解的话题接下去，Stephen 提起一个我刚才根本没注意到的运动桶包，掏出一条毛巾，擦着好像根本不存在的汗。

双方沉默了有一分钟。他不紧不慢地说：“鬼叔，我们先去吃饭吧。”

我瞪大了眼睛——高维生物也要吃饭？

Stephen 马上洞穿了我心里的想法，用醇厚的男低音说：“吃喝拉撒，一样不少。把我当成跟你们一样的就好。”

我诚惶诚恐地点了点头。

Stephen 笑了一下，提议道：“你也没吃晚饭吧？那现在我们去吃……汉堡王，你看如何？”

虽然无法将汉堡王跟眼前这个帝王之气的男子联系起来，但是，所谓非常人行非常之事，Stephen 要去吃汉堡王，倒也不奇怪。

神秘邻居并没有开车，而是搭我的便车。他自然而然地打开后座的车门，弯腰钻了进去。如果是别的什么人，我心里都会感觉不爽，这是把我当司机啊？但是 Stephen 这么做，我却觉得非常自然，因为这符合两者间的身份定位。甚至说，Stephen 坐过我的车子，想想我都觉得荣幸，可以吹一年的牛了。

有一个高维生物坐在车上，我紧张得倒车出库都差点儿蹭了别人的车。不过，幸好右腿这会儿倒是没什么问题，可以继续开下去。作为一个凡人就是这样，来之前，我以为自己已经把可能遇到的情况全都考虑周全了；但是，在我预想中，却没有他会坐我车的这一出，而且去的还是汉堡王。

我轻轻踩下油门，以确保后座乘客的舒适感，心里在想——如果是 Stephen 的话，今天所发生的一切，都在他掌握中了吧。

开到深南大道上，周末晚上的八点，路上仍然堵成狗。我心里有点焦急，如果不能把 Stephen 安全快速地送到目的地，那我就不是一个合格称职的司机。Stephen 一句话都没说，我却觉得似乎拥堵的路况也是我的责任。但是，去汉堡王所在的商场就只有这条路。不，应该说还有别的选择，但是其他的路都更远、更堵。导航地图的实时路况也验证了我的猜测。我设计的这条路线已经是最优选择。

像我们这样普通的人类，以为可以通过自由选择来决定自己的人生。实际上，在这堵车的周末里，你无论怎么走都是堵；在自己的人生里，无论怎么精打细算，道路就那么几条。

前面的车磨磨蹭蹭的，害我过不了红绿灯。虽然他已经走远，我还是愤怒地闪了几下远光灯。

“鬼叔，不用急。”Stephen 的声音从后座传来。简单的一句话却让我顿时放松下来。他又说，“听听歌吧，曲库里第三首，*Wonderful Tonight*（美好的夜晚）。”

Stephen 在我根本没打开音响的情况下，准确说出了第三首曲目。不过因为有了之前的经验，我倒没有大惊小怪了。

Stephen 给我的印象跟歌里面男主角的形象随着音乐声融合在了一起。绅士，优雅，老派，掌控一切，黑色燕尾服跟礼帽，硬邦邦洁白的衬衣袖子，鳄鱼表带、玫瑰金表壳、白色盘面的名表。是的，尽管后座的那个男人穿着一身运动服，依然给了我这样一个上流社会、温文尔雅的印象。

快九点的时候，我们终于坐在汉堡王灯火明亮的大堂狭窄的座位上。在这样明亮的光线下，近距离地看着他的脸，我总有点眼熟的感觉，似乎是电视上某个专业演大叔的明星，师奶杀手什么的。我点了一个汉堡，Stephen 要了三个。

我是第一次看见有人吃洋快餐，吃得那么有条不紊，优雅自若，像是在吃法国大餐。汉堡这种那么容易掉渣的东西，他竟吃得一点儿碎屑都没落下，而且速度还很快。我刚吃完一个没多久，他就把三个汉堡都解决了。

“好了，鬼叔，我们来聊聊。”Stephen 说话的语气从容不迫。

我有那么一点紧张：“聊……聊什么？”

难道说，他开门见山就要把眼罩少女送给我？所谓无功不受禄，我应该怎么样推辞才会显得比较有诚意，但是最终又不影响他真的把眼罩少女送给我呢？

Stephen 似乎再次看穿了我心里的想法，他摇了摇头：“不，还不到这个。鬼叔，我们来聊一下……”他饶有兴致地看着我，“你跟梁超伟的那个问题，关于你所说的生物繁殖的定义。”

我吃惊得嘴巴都合不拢：上一次我跟梁警官在“斯达巴克斯”里有过一番关于空间维度的讨论。那个下午，我把自己的理论说了出来，但是又自行推翻了。

让我质疑自己的有两点：

第一，如果把一本漫画书当作三维空间，里面活着的生物——漫画书里的角色——所有命运都是被安排好的，并没有自由意志。

关于这一点，梁警官回答了我的问题，而且某种程度上还让我颇为信服。他说，他跟我，还有地球上的所有人类，可能也不过是自以为有“自由意志”而已，我们的命运也是一早被规划好的。

让我质疑自己的第二点，当时还没讨论完，梁警官就离开去执行任务了。

这第二点是，我认为，作为生物，必须以繁衍生命为目的，但是漫画书里的角色却不会也不能这么做。

Stephen 当时当然没有在场，但是他准确地知道了我们讨论的话题，并且现在要跟我继续下去。这个时候，我突然冒出来的念头却是——如果我有 Stephen 这样的能力，以后就再也不会插不上话了。

Stephen 看我没说话，笑了一下继续说："首先，我很喜欢你整个理论，非常有趣。不过，在这一点上，你犯了跟他们——他环顾店里四周，看着那些普通人——一样的错误，把自己局限在一个呆板的框架里。实际上，生物的形态是多种多样的，比如说……"他朝我伸出长而有力的右手，"给我你的 Kindle。"

我愣了几秒，才反应过来他说的是我放在包里，下午拿来看科幻小说的那个黑色玩意儿。我急急忙忙地翻放在旁边座位的背包，把 Kindle 交到了他手上。

他把 Kindle 放在空荡荡的餐盘上，打开了我正在看的小说，鼻子里"嗯"了一声："《黄药片》，佛郎奈特 · 贝尔金，我也喜欢他的科幻故事，亦真亦幻。对了，鬼叔……"Stephen 抬起头来看着我。

我连忙摆手："Stephen，你还是不要叫我鬼叔了，不敢当，叫我小蔡或者阿贵都可以。"

Stephen 大度地一笑："不要介意，鬼叔，我说过，名字只是一个代号。"

我还想说什么，他伸出右手，掌心往下压，示意我不要再说话。我只好闭上了嘴，他满意地点头，继续他的论述："鬼叔，这篇小说你是从哪里获得的？"

我不好意思地挠头："淘宝上买的 txt（文本格式）大全，我把它放到了 Kindle 里。不过，Stephen，不是我喜欢盗版，其实我最恨盗版了，只是亚马逊并没有这本书……"

Stephen 安慰我说："别紧张，我们不是要讨论这个。好了，淘宝的店主把 txt 大全发给你，对吗？但是，他发给你的时候，他自己电脑里的这个文件并没有消失。”

我疑惑地点点头：“没错，是这样。”

Stephen 低头看着 Kindle，手指在触摸屏上随意滑动：“等于贝尔金的这篇小说，跟其他别的小说一起，都被复制了一次。我所指的是包括这些小说里所有的人物……”

我倒吸了一口冷气，隐约猜到他要说的是什么——对啊，我之前怎么从来就没想到呢?

Stephen 抬起头来，笑着说：“所以，我们也可以说，当你从淘宝店主那里接收了这个文件，以及把文件从电脑传输到 Kindle 上时，一个空间被复制了，变成了两个空间；而空间里的所有这些生物,. 都实现了一次繁衍。”

我瞪大了眼睛看着 Stephen。

他继续道：“这种数字化的复制是在人类发明了电脑后才产生的，但其实你所说的三维空间的生物的繁衍，早在几千年前就出现了。在你们人类最原始的阶段，是竹简，后来有了活字印刷的图书，在工业革命之后，渐渐就变成了书报这样的纸质出版物。”

Stephen 又指着餐牌上垫着的宣传单张：“所以说，低维生物的起源，是在高维生物的文明到达一定阶段后随之发生的。而你们人类，就是这些低维生物们的造物主。你们人类制造出来的低维生物，以他们所谓的自由意志、自己的方式在复制、繁衍，一代代地生活着。”

我已经把大脑转速提到最高档，但是还没能完全跟上 Stephen 的节奏，他对我的这些理论轰炸，简直摧毁了我原有的世界观。

还没等我消化完，他又提出了一个问题：“那么，鬼叔，你觉得怎么样的小说才会产生这样的复制？”

我挠了挠头，先把他刚才说的抛到一边，直接回答最后一个问题：“呃，应该是要写得好吧？”

Stephen 赞许地说："没错，一定要写得足够好，才能被复制粘贴，被印成书报，甚至被改编成电视、电影、游戏，等等，以另一种次元的方式繁衍自己。那么，问题来了，假设你现在是个小说家，要怎样才能把一本小说写好？"

我右手卷成筒，放在嘴巴上，仔细思考这个问题。站在小说家的角度，换个说法，也就是站在创造一个低维空间的造物主的角度……我想起前一阵子看的一个大部头奇幻小说——马丁大神的《冰与火之歌》，突然就有了答案。

我深呼吸了一下，肯定地说："写好一本小说，最重要的是让笔下的人物都具有自己的性格，有独特的行为、谈话风格，就像现实世界里一样。最差劲的小说就是那种无论哪个角色说出来的话，做出来的事，都是作者自己本人的映射，让人根本就看不下去。"

Stephen 鼓掌（即使是在汉堡王这样的地方，他做鼓掌这样夸张的动作，也丝毫不显得造作）道："你说得太棒了，鬼叔。写小说最难的就是写群像，就好像创造一个世界，最难的是赋予所有智慧生物不同的生活经历、不同的个性。相信我，这是会让你最头疼的一环……"

他突然身子前倾，一张充满魅力的帅气大叔脸停在餐盘上的半空："所以，我们的方法是，让你们这些智慧生物自己活起来，自己从独特的生活经历里养成独特的个性。换句话说，让你们自己成为自己。"

Stephen 坐直了身子："鬼叔，你知道吗，我也认识一些有名气的作者，比如说上个月改编电影正上映的那位。有一次，我们喝酒，我问他笔下那些栩栩如生的角色那么精妙，都是怎么写出来的。你知道他怎么回答的吗？"

我诚实而木然地摇摇头："不知道。"

Stephen 脸上露出神秘莫测的微笑："他说，'写小说的时候，感觉得到并不是我在写他们，而是他们，那些小说里的人，要求我这么写的。’”

我突然感到浑身汗毛倒竖。

Stephen 继续道：“那个作家说呀，小说里的那些人物，就像是有自己的生命力，并且能跟作家本人沟通。作家呢，只是顺着他们的意思，把他们的故事写出来。”他两手十指交叉握着，放在餐盘之上，“就这样。”

我目瞪口呆，脑子里一片空白，嘴巴却不由自主地说出这样的台词：“你是说，低维空间的生物，是为了配合高位空间的造物主，才每天努力地出演，等待这个空间被复制，这样自己才能够繁衍？”

说完这句话，我的内心陷入了从来没有过的迷惑，感受到整个世界观都被颠覆了——刚才我说的这串台词本身，到底是我自己的“努力出演”，还是造物主写好的剧本？

Stephen 饶有兴致地看了我一会儿，上下摩擦手掌，像是要擦落那些不存在的碎屑：“好了，今天就先到这里，我们回去吧。”

我虽然还被刚才的一番谈话弄得脑子里混乱不堪，但身体却机械地站了起来：“我送你。”

Stephen 摆了摆手，眼睛斜向下盯着墙壁，就像他能看穿建筑物一样：“不用了，司机正在楼下等。不过，你可以跟我一起下去。”我木然起身，跟在他后面，出了汉堡王，往扶手梯走。

一路上，我跟在 Stephen 身后，诚惶诚恐，亦步亦趋，活像个小跟班、小粉丝，或者说得好听点儿，是他的信徒。最糟糕的地方在于，我根本不介意当他的信徒，甚至应该说——我以此为荣。

要知道，三十年来，我一向是标榜自己有独立人格，并引以为傲的。即使在每个同班同学都把歌星海报贴在床头的那个年纪，我也从来没有过偶像；成年后，虽然我很羡慕有信仰的人，但无论如何，我也无法相信任何的宗教。

但是，通过跟 Stephen 那么多次的交锋，尤其今晚的这一番谈话，他基本已经摧毁了我的自尊心。现在，我作为他的信徒的骄傲，已经取代了我独立的人格的骄傲。

商场外面，停着一辆紫色的宾利。Stephen 站在车旁，跟我握手道别，并说他这两天会主动联系我。就像所有豪门电视剧里演的那样，穿着一身黑色西装的司机，帮他打开了车门，并用手挡着边框以防他撞到了头。Stephen 钻进了车里，豪车的好处就是容纳他这样的大个子而丝毫不显得局促，然后他跟我挥手，车窗慢慢升起……

梦幻般的一天马上结束了，按照正常的剧情，我应该去开地库下自己平凡无奇的卡宴，然后回家好好回味今天见面的整个过程，但是突然间我想起了什么。我对着 Stephen 大喊一声："梁警官在哪里？"

我的预测是，坐在宾利里的这个神一样的男人，将会给我一个地址，然后我跟梁警官联系，将验证 Stephen 的无所不知，然后我就能确认，我遇上的确是一个高维生物。让我万万没有想到的是，那个男人的脸上却流露出了一丝慌乱。这样的表情在他脸上停留了不到一秒，但我敏锐地捕捉到了。

Stephen 很快掩盖住了他的慌乱，那种"世界都在我掌握中"的自信笑容又重新回到脸上。在车窗完全关上之前，他说的一句话是："下次告诉你。"然后，宾利就像黑夜海洋中一条优雅的大鱼从我身边游离，在一个转弯路口游出了我的视线。他那一丝慌乱的表情却定格在我脑海里。

"梁警官在哪里"这个问题，是那天我跟梁警官在"斯达巴克斯"里临分别时商量好的，鉴定面对的人是否高维生物的终极问题。就像梁警官说的，全世界知道他这次去哪里执行任务的，不超过三个人——三个人里，包括他自己在内。

如果我面对的是一个全知全能的高维生物，那么他可以随意翻看我们这个低维空间的时间轴，来得知这个问题的答案；如果对方是个人类，无论多么牛的人类，他都无法回答这个问题。然而，刚才这个神一样的高维生物，仅凭笑容就可以让我献上膝盖的 Stephen，听到这个问题的时候，第一反应却是慌张。这太不对头了。

其实，刚才在汉堡王里，我也曾经想过这个问题，但是被我轻易地否定了。毕竟面对着 Stephen，我已经被他强大的个人魅力折服，甚至处于被洗脑的状态。我先入为主地认定了他就是高维生物，因为我非常想要接触高维生物，我自己也在给自己洗脑，认为他一定就是高维生物，是无所不能的、神一样的存在。

整个晚上，我的心理是，即使只是在心里怀疑 Stephen，也是对他的严重亵渎。所以，在他上车之后，其实我是脑抽了，才问出“梁警官在哪里”这样一个问题。现在——我深深吸了一口气——我非常感激自己的脑抽。

他脸上慌乱的表情又在我眼前重播了一次。一丝笑容浮现在我嘴角，嘿嘿——“有趣”。这个男人，这个神秘邻居，高维生物，金字塔顶端，这个 Stephen，到底是何方神圣？

对自己的信心又重新回到了身体里，这种感觉让我充满了力量。我还是喜欢自己是个独立自主的人，不是什么高维生物创造出来的傀儡，更不是谁的信徒。我是鬼叔，我是我自己。我最大的兴趣就是世界上各种离奇事件和神秘人物。Stephen……这一次，我要和你斗智斗勇，彻底搞清楚你。

原以为 Stephon 过几天就会再联系我，可是这一等就是漫长的两个多星期。在这一段时间里，我每次发短信给那个长长的号码，得到的回复都是——时间还没到，鬼叔，耐心，等等。

我想过了无数的可能性，是不是 Stephen 回到了他的高维空间，还是说他被我识破了骗局，不想再进行下去，或者说，他只是单纯地想要吊我的胃口。可是，无论我这边自己怎么猜，都没有用，最终结果只有等跟他再次交锋后，才能清楚确认。

我的右腿开始慢慢恢复。趁着这无所事事的半个月，我在户外进行了一些恢复性的运动，到了 11 月底的时候，终于摆脱了行动不便，重新成为正常人，变回玉树临风、能跑能跳的那个鬼叔。

在我差点儿要把关于高维生物，关于木马头少年，关于眼罩少女，还有什么希腊裸男的蜡封都统统忘记的时候，我收到了 Stephen 见面的邀约。那是在 11 月 29 日星期六的下午。

这两天里，我仔细回忆了 11 月以来，我跟 Stephen 交锋——不对，应该是他吊打我——的过程，以及所有细节。实际上，我的脑子还是很好使的，所以也找到了一系列疑点。其中，最具有代表性的，是那个火漆蜡封上的图案：一个拿着锤子跟楔子，身材健美如古希腊雕像的裸男，还有半颗写着 S 的巨石。

我有一个大胆的假设，S 并不是如那男人亲口所说，是 Stephen 的首写字母。S 代表的是另一个单词。不过，这只是一个不靠谱的推理，我没有找到任何的证据来证明，并且这个推理也存在着无法解释的硬伤。所以，目前，我只能把它藏在心里。

在这两天里，我非常沉得住气，并没有发短信联系 Stephen，也没有用无人机去探测对面公寓。我确实对他，对整件事情，都很感兴趣，但是暴露出自己想知道究竟——这个欲望本身——会让我在交手中处于被动。比起这个，我更需要隐瞒的是我对眼罩少女的感情，怜悯、爱慕交织的复杂感情。

其实，换个角度来想，既然一开始是他找的我，那么对他来讲，也有非找我不可的理由，虽然我并不知道是什么鬼理由。毕竟我没有子宫，也无法储存一个记载了实验数据的受精卵。但是，我就敢打这个赌，Stephen 一定会主动来联系我的。而且，两天后的这条短信，验证了我推测的正确。

短信内容，仍然是一条指令，一条会面的指令。

“星河丽思卡尔顿，2808，星期天全天恭候。”

全天恭候？我眉头一挑，琢磨着这个词。以前他可从没这么客气过，都是颐指气使，理所当然的语气。

全天恭候……这样的变化，到底代表着什么呢？不，应该说，那我明天什么时候去才更合适呢？

第十二章

第二次亲密接触

2014年11月30日，星期天，下午3点。

这个11月，上半月多姿多彩，下半月无所事事，如今终于到了最后一天。

我坐在丽思卡尔顿的大堂，等Stephen下来接。现在稍微好一点的酒店，坐电梯到客房楼层都需要刷房卡，这样能更好地屏蔽闲杂人等，保证住客的私密需求。叔住过最复杂的是南京的××酒店，刷了房卡要在电梯门口的机器上按楼层数字，电梯里是没有任何按钮的。

10分钟前，Stephen就回短信说“好，知道了”，但到现在都还没下来。可是，我倒并不心急。这样的吊胃口的伎俩已经见识过了，我自顾自坐在大堂的沙发上，低头看着Kindle里的小说。

贝尔金的《黄药片》是个短篇，早就看完了，现在我看的是菲利普·迪克的《高城堡里的人》，这算是架空小说的祖师爷了吧，写的是一个平行空间，在这个空间里，二战中的轴心国战胜了盟军，日本和德国统治了全世界。

照Stephen的理论，迪克其实是创造了一个低维度空间，而他笔下的角色正在这空间里面尽情努力出演。这部小说里还大量引用了《易经》，大概对美国的读者来讲，是一个东方文化的猎奇元素吧……

“您好，请问是鬼叔吗？”一个悦耳的女性声音和一双紧致修长的腿同时出现。

看来是 Stephen 的女秘书了，素质很高的样子嘛。我不动声色地抬起头来，却好像遇到了晴天霹雳，整个人都呆住了。跟下巴齐平的短发，白皙的皮肤，精致的五官，一身黑色的职业套装，白色衬衫，胸口缀着紫色的胸针，虽然看不清楚，但能猜到图案还是那个裸男和巨石。

她看着我的眼睛，我看着她的眼睛，不知道为什么，她的瞳孔里竟然有一点紫色的光芒。我之所以感到震惊，并不是因为她的美貌，而是因为——她就是那个眼罩少女。

二十几天前，她出现在 D 栋 1015 房间里。当时的她全身赤裸，做出了让所有男人都会面红心跳的动作。我无比确定，她们是同一个人。

如今，眼罩少女穿着正经的职业装，正微微弯腰，从扣得不算太严实的领口里，露出了一抹雪白。从她的五官跟皮肤来看，年龄不会超过 19 岁——这也印证了我从无人机镜头第一次看见她时，就称之为眼罩少女的判断——但是，举止却透着一股超乎年龄的成熟，起码像受过高等教育，而且在职场上打拼了三四年的样子。这种自相矛盾的气质更增添了她身上的神秘感，显得更加具有吸引力。要知道，叔本来就是个追求神秘的男子。

看着我目瞪口呆的失礼样子，她微微一笑，重复了一句：“请问是鬼叔吗？”

我慌忙站起身来，膝盖上的 Kindle“啪”的一声掉到地板上。她比我先反应过来，蹲下去帮我捡起 Kindle。

眼罩少女双手捧着 Kindle，交回到我手上：“您一定就是鬼叔了吧。”

我接过 Kindle，手指不小心碰到了她的手，皮肤就像视频中看到的一样细滑。我心里像被大风吹动的丝绸，又荡漾开来。我深吸了一口气，镇定道：“对，我是。”

眼罩少女落落大方地自我介绍：“我是 Stephen 的助理，您叫我 Marilyn 就可以了。”

眼罩少女，不，Marilyn，伸出右手，给我指明方向：“鬼叔，我们走这边。”然后，她步履轻快、仪态端庄地向电梯间走去。

我跟在她身后，在心里不断感叹——这真是一个完美的女人。我终于把眼光收回，正视前方，却看见有两个外国小伙子正目不转睛地盯着 Marilyn 看，一脸惊艳的样子。

走进电梯，Marilyn 熟练地刷了卡，按下 28 层的按钮。电梯门关上后，小小的空间里只剩下我们两人。没人说话，气氛有点尴尬。我抬头看着电梯层数的变化，突然开口问：“你为什……”Marilyn 似乎早猜到我会这么问，用一句话带过：“鬼叔，Stephen 正在房里等您。”

她话音刚落，电梯门便打开了。Marilyn 迈出长长的腿跨了出去，我跟在她身后，走上酒店铺着地毯的安静走廊。脚步声被厚厚的地毯吸收，就像我之前英雄救美的可笑想法，也被无情的现实吸收了一般。

Marilyn 带着我，走到一间房门口停下。门上写着的房间号果然是 2808。虽然她手上有房卡，却并没有直接刷卡进去，也没有按门铃，而是用修长好看的手指在门上轻轻敲了三下。房间里传来 Stephen 的声音：“进来吧。”Marilyn 这才刷了房卡，推开门，侧身站着说：“鬼叔，请。”

我克制住内心的波澜，脸上尽量不动声色，对她点了点头，然后走进房里。这是一个最大的套房，采光很好，房间里比走廊亮多了，眼睛一下子适应不过来。

等终于能看清房间里的情况，我却发现里面的布置不同于普通的酒店房间。房内放置着很多私人用品，而且都是 Stephen 专用的紫色。办公桌上放着两台一体机，照我推测，这应该是 Stephen 在酒店里的长包房，他在深圳的话，一直就住在酒店里。我走过一个书架，上面放着上百本书，有各种专业书籍，还有一些的书脊上写着英语、法语、日语甚至阿拉伯语。看起来，Stephen 精通多国语言。

Stephen 正坐在客厅的沙发上，隔在我跟明亮的窗户之前，黑成了一道剪影。他面对着打开的电视机，但是却没有声音。他看见我进来，也没有站起身子，只是对我招了招手："坐。"他的意思是让我坐在他旁边空着的另一张沙发上。

跟那天一样，他的声线跟肢体语言，都非常具有宗教领袖的气质，让人一秒间就成为他的信徒，不由自主地就想按照他说的话去做。我深吸了一口气，强迫自己想起他在车上的那个慌张表情，防止自己再次被催眠。

我向着沙发走过去的时候，房门被轻轻地关上了，却没再听见脚步声。我忍不住回头望去，Marilyn 正站在门口玄关处，双手下垂交叉在裙子前，半低着头，姿态就像旧社会的丫鬟。我心里酸酸的。

从 Stephen 用的紫色蜡封，跑步时穿的紫色压缩衣跟跑鞋，紫色宾利，紫色的家具，能看出紫色是他最爱的颜色。也难怪，眼罩少女身上那一套装备，也是全套紫色的。说实在的，Stephen 的审美能力确实不低。略带神秘、妖气的紫色，衬托着眼罩少女粉红色的肌肤，还有脸上无辜的表情，那个画面极端富有冲击力，又诡异，又美好。这世界上有许多美好的事物，可惜，都不是美好给你看的。

我深深吸了一口气，努力稳定自己的情绪，把这些消极的想法排出脑外。毕竟，跟 Stephen 斗智斗勇才是正经事，我要弄明白，他一直以来对我做的这些事情，到底是出于什么目的。如果他对我感兴趣的话，又是因为我身上有什么样的特质？

我走了过去，刚要在沙发上坐下，却发现坐垫下面放着两张白色长条形的卡片，长得像登机牌。我怕把它们坐皱了，就拿起来，准备放到两张沙发间的小桌子上。

“登机牌”拿在手上的时候，我留神一看，却是两张写着英文的某种门票。单词我认不全，只看出了是交响乐演奏会，地址在纽约，时间是 12 月 1 日。梁朝伟可以坐飞机去伦敦，在广场上喂完鸽子再回香港；像 Stephen 这样的超级土豪，特意飞去纽约听一场交响乐，也是相当合理的事情。

想起我在 12 月也有场演唱会要看，不过是在 20 日深圳湾体育场的陈奕迅演唱会。

我扭头看着 Stephen，我们的物理距离不超过 70 厘米，但是，在他和我之间，却是隔着好多块无法攀爬的砖。

金字塔的砖。

Stephen 转过头来看着我，露出帅气的大叔笑容：“喝点什么？”

阳光从窗外照了进来，把他整个轮廓映得金光闪闪，感觉真的像天神下凡。这一刻，我又开始动摇，是不是对他的怀疑都是错的，他确实就是高维生物？我下意识地摇摇头，否定了自己内心的想法。

Stephen 却问：“不喝吗？”

我尴尬一笑，说：“呃，给我来杯咖啡吧。”

Stephen 轻轻地拍了一下手掌，Marilyn 从门口的位置轻轻走到电视机旁边。原本是酒店放杯子啊、免费赠饮的矿泉水啊、电水壶啊什么的柜子，如今，里面安置着一个看上去就非常专业的咖啡机，不是用那种胶囊咖啡的，而是真正用咖啡豆煮的机器。

不过，我看的却是 Marilyn 的背影，完美的腰臀比，修长而不会过瘦的双腿，还有举手投足透露出来的优雅。百看不厌。

Stephen 顺着我的眼神，看向 Marilyn，然后笑了一下说：“你也感兴趣？”

我吃了一惊，做贼心虚地掩饰道：“没……没有啊，我看的是咖啡机，是……是什么牌子的？”

Stephen 宽厚地笑了，像是洞穿了我所有的心事，手上却指着桌子上刚才那两张门票：“我说的是这个，鬼叔。纽约爱乐乐团，很棒，有没有兴趣跟我一起去看？”

我心里把自己骂了一遍，太不淡定了，不打自招，脸上尽量装作没事似的说：“啊，不用了，现在办签证也来不及了吧？”

Stephen 摇摇头：“鬼叔，只要你想去，这点倒不是问题，交给我就行。”

我还是谢绝了他的好意。这么高尚的艺术形式，现在来说，确实还超出我的欣赏范围——就像那瓶 1949 年的麦卡伦。我这才想起，之前都忘了这个茬儿，赶紧对 Stephen 表示：“对了，谢谢你送我的酒，简直太赞了，32 个赞。”

Stephen 轻轻笑了一下：“区区一瓶酒，不足挂齿，你喜欢就好了。”Marilyn 操纵的咖啡机正发出磨豆子的声音。Stephen 又说：“我下午没有喝酒的习惯，不过柜子里倒有一瓶日本威士忌——轻井泽，也是比较珍稀的年份，鬼叔要试试吗？”

我连忙摆手：“不，不，我也不喜欢白天喝酒。”我不喜欢白天喝酒个鬼，我只是不想跟你一起喝酒。没喝都被你迷得晕头转向，要是三杯酒下肚，你告诉我从天台往下跳就能成仙，说不好我也会信的。

Stephen 盯着我的脸看了一下，似乎又读懂了我内心的想法，不置可否地摇了摇头。

周围一下就安静下来，只剩下咖啡机煮豆子的声音。我坐在沙发里，有一千个问题想问，却不知道从哪一个开始。可能是太紧张了，我突然感觉到了强烈的便意。

便意来得如此凶猛，又毫无预兆，膀胱仿佛下一秒就要爆掉，我甚至怀疑是不是高维生物做了什么手脚，就像我在幽助的额头上画的那个小乌龟那样。不过，当务之急是——我用尿急得都变尖了的声音说："对不起，我去下洗手间。"

让我更感到疑惑的是，我站起身来的时候，Stephen 也跟着站了起来。正常来说，他只要给我指一下方向就行，但是现在他脸上带着一种惊喜的表情，殷切地说："来，我带你去。"

我实在是尿急得不行，没办法再分析这里面是不是有鬼，夹着双腿说："谢谢，那我们……"

Stephen 看出了我的焦躁，移动着他山一样的身躯，把我带到了一扇推拉门前。

按照正常酒店套间的格局，拉开这道门，里面应该是一个开阔的浴室，面积比小户型的客厅还大。正对着推拉门的是一面宽大的镜子，结实宽厚的梳妆台。浴室窗边有一个四脚浴缸，放脚的那一边对着个电视机。而淋浴房跟厕所都是用半透明玻璃隔开的，布置在大浴室的一角。

一缕阳光从门缝里透了出来，只要我拉开这扇推拉门，就可以狂奔到厕所，得到畅快淋漓的释放。可是，我的膀胱已经到了爆炸的临界点，如果这时候用力去拉那门，手上绷紧，膀胱放松，说不定就尿在裤子里了。

这时候，我终于明白了 Stephen 护送我到厕所的意义，原来是帮我开门来的，真是个热情周到的好主人。我夹紧双腿，弯着腰，感激地看着他。然后，他也默默地看着我，站在那里一动不动，完全没有帮我拉开门的意思。

我实在是憋不住了，毫无自尊心地说："Stephen，麻烦帮我开一下门。"他的反应大大出乎我的意料，竟然是站在那里，脸上挂着绅士的笑容，说了句莫名其妙的话："你要打开自己的浴室。"

我心里一片绝望，Stephen 是指望不上了，Marilyn 正在专心致志地煮咖啡，而且就算我放下自尊喊她帮忙，等她走过来时，我恐怕已经尿到裤子里了。事到如今，只好靠自己了。

我深深吸了一口气，用两倍的力气夹紧双腿，企图用物理的外力封闭尿道，然后双手使出蛙泳时一下能划出 10 米的力气，猛地把两扇门往两边一拉！灿烂的阳光倾泻进来，就好像来到了天堂。浴室里的布置果然跟我想象中的一样：对着门的大镜子，放满了水的浴缸，淋浴间，还有……厕所！

我刚要进去，Stephen 又向前走了一步，跟我并肩一起看向浴室。我被他奇怪的举动弄糊涂了，转过头去看，却看到了他脸上淡淡的失落。这个表情停留的时间，比上次宾利上的那一丝惊慌要长久得多。而且，这一次，Stephen 没有想要掩饰内心的真实想法。

我的膀胱不允许我站在这里分析那么多，对现在的我而言，马桶才是地球上最具吸引力的角落。我急着要过去，但是还不敢拔腿狂奔，只能以一个非常可笑、非常别扭的动作，慢慢挪向了厕所。

瞬间，一股热流从膀胱里喷射而出，发出震天动地的巨响。等我洗好手，从浴室走出来的时候，整个人都筋疲力尽，快要虚脱了。

Stephen 没有站在浴室门口，已经坐回了客厅里的沙发上。我皱眉走了过去，坐在沙发上。

Stephen 转过头来，露出帅气大叔的招牌笑容："喝点咖啡。"阳光穿过他蓬松头发的边缘，显得浑身金光闪闪，有如神佛下凡。他的表情如此放松，如此自然，就好像刚才不愿意帮我开浴室门，还有脸上那莫名其妙的失望，这些诡异的事情从来都没有发生过。

刹那间，我觉得自己是穿越了，回到了 10 分钟前，第一次踏进这个房间，坐到沙发上的那个时间段。我深深吸了一口气，摒除这种错觉，然后端起小桌子上紫色的咖啡杯。我注意到，刚才放在桌子上的交响乐门票，已经不见了踪影，估计是被 Marilyn 收走了吧。

说起 Marilyn，我一边小口啜饮着滚烫而香气四溢的咖啡，一边偷偷看向房门。果然，她又垂手站在门后，像一件素描里的静物。

咖啡果然很香，尤其这是 Marilyn 亲手煮的。我喝完一半，把杯子放回到托盘上，心情已经完全平复下来，早已经准备好的问题，现在一条条整理完，安排好了顺序。我清了清嗓子，坐直了身子问："Stephen，你介意我问你几个问题吗？"

Stephen 温厚地说："鬼叔，你说。"

我深吸了一口气："我想知道，你送给我的东西，还有让我看的东西，D1505 的木马头男孩，D1015 的……"

我不由自主地扭头，想要看 Marilyn 一眼，但硬生生止住了。目前为止，无论是 Stephen 还是 Marilyn，都没有公布那个眼罩少女的真实身份，更没有承认 Marilyn 就是那晚的眼罩少女。我擅自把她们当成一个人，似乎也不太妥当，更不应该公开表露。

我还是看着 Stephen 的帅气大叔脸，接下去说："D1015 的眼罩少女，还有蓝色手牌，装了一套情趣用品的手提箱，Stephen，你给我这些东西是为了什么？"

听完我那么复杂的问题，Stephen 却是像早有准备，不假思索，反而像念台词一般说了出来："为了引起你的注意啊！"他这么轻松地说着，就好像他之前所做的，并不是一系列那么昂贵、那么诡异的事情，而只是在课间把一朵花放到暗恋的女孩桌子上而已。

我一时竟哑口无言，过了一会儿才说："好，我不得不承认，你成功地吸引了我所有的注意力。那么，Stephen，下一个问题，为什么是我？"

他仍然是一副不以为然的样子，笑着说："那是因为，你很特别。"

我只知道自己特别帅，其他特别在什么地方，却没什么认知。

我拿起咖啡杯又喝了一口，然后说："愿闻其详。"

Stephen 也喝了一口咖啡，缓缓地说："梁警官应该跟你说过，你和高维生物有一种共鸣，对吗？"

我点了点头："是这样，没错，可是……"

Stephen 把咖啡一饮而尽："鬼叔，在地球这个小小的行星上，能意识到高维生物存在，并产生共鸣的人类，非常稀少。普通人类在遇上自己无法理解的事情之后，不是尽量逃避，就是吓破了胆子，能像你一样冷静面对的，不多。而且……"

他放下杯子，发出"锵"的一声："在你身上，我发现了一些共同点，你我之间的共同点……"

我疑惑地重复："共同点？"

Stephen 看了我一眼，却没有解释我们的共同点是什么，而是直接过渡到了另一个话题："你跟我的共同点，是解脱我自己困境的关键。"

我完全被迷惑了，他说的那个词，是困境？一个站在金字塔顶端，拥有无穷的财力，社会地位高高在上，全知全能得接近神一样的存在，竟然也会有困境？那又会是什么样的困境？

我疑惑地看着他，Stephen 也看着的我眼睛，叹了口气，说出了下面一番话。不知道为什么，是他说话的语速，偶尔回避我的眼神，还是别的什么原因，我不太信任他所说的话。这个 Stephen，起码是对我隐瞒了什么。

"鬼叔，如同你猜测的那样，我并不是你们这个维度的生物。如今你看见的，只是我在你们这个维度的投影。"说完这句话后，Stephen 停了下来，观察我的表情。

正如他所说，他描述的这件事情我之前就想过了，所以没有表现出震惊。虽然我在心里对他的说法打了个大大的问号，但是脸上并没有表露出来。他自称是高维生物在低维空间的投影，但是在我这个低维空间生物看来，他跟我并没有什么不同。一样的人类外形，一样要吃喝拉撒，脸确实很帅，凑近了看也一样有毛孔。高维生物投影什么的，我持怀疑态度，还要用“梁警官在哪里”这个问题来验证。不过，这张牌我准备留到最后才打。

大概是对我的镇定表示赞赏，他点点头，又继续往下说：“不过，你身处的这个空间并不是我创造的，我只是一个观察者。经过长期的观察，我发现你在这个空间里出现的频率特别高。”

他这个说法，我尝试类比一下：“就好像这是一本漫画，你不是漫画作家，而是一个读者，然后在所有漫画里，主角占的篇幅总是最多的。你的意思是说，我是自己所在的低维空间的主角吗？”如此说来，叔在低维空间是作为颜值担当这样的存在，想想还挺不好意思的。

Stephen 点了点头，又摇了摇头：“并不能说你是你所在的低维空间的主角。你知道，从高维空间俯视低维空间，会发现存在无数的平行空间……”

我用自己的角度补充道：“就好像一本漫画的单行本，可以印刷成同样的几十万册。”

Stephen 赞许道：“没错，而且从高维度俯视下来，即使是同一个低维空间，也存在着无数的观测角度，而从我的这个角度去看，你出现的频率非常高。更重要的是，我发现在某些时候，你作为一个低维空间的生物，却拥有高维生物的部分意识……”

这个我就想不明白了，疑惑道：“啥？是什么意思？”

Stephen 想了一下，拿起咖啡杯，用搅拌勺在托盘上洒了七八个小点。他指着这些小点说：“比如，这每一个小点都是一个平行空间。当然了，真实的平行空间数量不止这几个，而是多到无法计算。从我们现在的角度，可以观测到每一个平行空间，但是身处于单一平行空间的生物，没有办法跳出来看自己所处的空间，更无法看到别的平行空间。”

我点了点头："这个我能理解，可是你说我有高维生物的部分意识，这个高维意识又是几个意思？"

Stephen 指着其中一个咖啡水滴："比如说，你是住在这个空间里的，我说你有高维意识，并不是说你能够跳出这个空间，以高维生物的角度来观测所有平行空间，而是说你可以……"他用手指把全部咖啡水滴抹平，"某种程度上，模糊每个平行空间的界限，用你的意识在这些平行空间里穿行。"

我皱着眉头，突然有了一个想法，而且自然地说了出来："你是说，在每个平行空间里都会有一个我，而我的高维意识的功能……就像看电视调频道一样，能看见每个空间的我看见的图像？"

Stephen 惊讶于我的领悟力，鼓掌道："你比我想象的还要厉害。不过，你刚才说的这番话未必是你自己想的，而恰恰就是你拥有高维生物意识的证明。"

确实，刚才那一番话，似乎并不是我自己想出来的，而像是某个人发送了给我，我复制粘贴了一下而已。

我眉头皱得更紧了："你是说……"

Stephen 用手帕擦干净手指，解释道："鬼叔，我曾经旅行到别的平行空间，也找到了那些空间里的你。一方面，这个空间的你具备的高维生物意识是独一无二的，别的空间里的蔡必贵只是普通人类；另一方面，他们又拥有各自的职业，不像这个空间的你一样，怎么说呢，一无所长。"

他抬起头来，认真地看着我："而你的意识在穿越到另一个空间后，就会慢慢看见蔡必贵们看见的世界，体验他们的经历，理解他们的想法，然后……掌握他们的知识和技能。"

我呆呆地想了十几秒，才领会出这个设定的逆天之处。按照 Stephen 的说法，我的所谓高维意识，简直就是开挂了！别的平行空间里的蔡必贵，假设都拥有一些专业的知识和技能，比如格斗、音乐、考古、法律、金融、做煎饼果子……而我可以得到他们的所有知识，掌握他们的所有技能，那我不就变成神了！

虽然从目前三十年来的人生经验，我并没有感受到这种开挂的能力。以前遇见过一些离奇的事件，看过一些诡异的画面，也无法确认就跟我的高维意识有关。不过，就好像小说里写的那样，主人公的能力总是逐渐成长的，一开始无法控制，修炼后才会逐渐变牛，变成逆天的大神。这么想想，还真的有点小激动呢！

当然，这一刻的我，还不知道“高维生物意识”这个设定，给自己带来的首先不是什么超能力，而是无止境的惊吓和麻烦。

这个时候，我突然想到了一个问题。

在我跟 Stephen 的接触里，就感觉到他是这样一个人了，我想象中开了挂的男人会不会，其实他也跟我一样，只是一个有着“高维生物意识”的人类？

比如说，他拥有巨量的财富 —— 平行空间里，金融家 Stephen 可以提供给他挣钱的才能。

比如说，Stephen 身体健壮，能以很快的配速跑 15 公里，而且一看就是懂一两门格斗术的 —— 平行空间里有格斗家、运动员什么的，就可以学到正确的锻炼方式，懂得各种格斗技巧。

再比如，他书架上有各语种的原版书 —— 这个更简单了，平行空间里有学这些语言的 Stephen 就行。

最后，或者他那隐秘爱好，也是从某个平行空间里的 Stephen 复制而来。

能证明我论点的是，Stephen 刚才提到了“共同点”三个字，然后马上转换了话题。同样拥有“高维生物的部分意识”，绝对是一个特别稀缺的共同点；或者更确切地说，在那么多正常人里面，只有我跟他是“同类”—— 同样的异类。

如果真是这样，他所说的“困境”又是什么呢？

难道说……

因为拥有了高维意识，所以不再是四维生物，又还没有到五维生物，而是变成了夹在中间的 4.5 维生物。而无论什么维度的生物，都需要繁衍，Stephen 的困境就是——他没办法跟四维生物繁衍，也没办法跟五维生物繁衍，所以，找到了同是 4.5 维生物的我。如果是这样的话，之前送我这个，送我那个，都可以看作是求偶的举动了……

"鬼叔？"

Stephen 的声音把我飘到了平行空间的思维又拉回了当下。我扭头看他，依然是帅气大叔的笑容，但现在却有点异样的感觉，让我浑身都不自在。

Stephen 认真地看着我的眼睛："鬼叔，我知道你在想什么，不过并不是你想的那样。"

我吓了一跳，都差点儿忘了 Stephen 是可以看穿人心的，心虚地掩饰道："啊，没有啊，我没有在想什么。"

Stephen 也不计较，高深莫测地一笑："鬼叔，关于我是不是高维生物这件事情，你不需要怀疑。"他真诚地看着我的眼睛，"以后你就会知道，我所言非虚。"

我皱着眉头，把问题抛了出来："那……我就没办法理解了，作为一个神一样的高维生物，你会有什么困境？"

Stephen 循循善诱道："鬼叔，如果是漫画里的角色看你，会不会也觉得你是神？但是你自己，也并不会把自己当成神。"

他说的如此有道理，我一时竟无言以对。

Stephen 继续说："所以，对于我，还有跟我同维度的生物来讲，也都认为自己是普通的生物。就像在你们这个维度里，人类会怀疑自己存在的意义，哲学家们毕生探讨的问题，就是人类是从哪里来，到哪里去。我所在的维度里也存在着同样的问题。"

我眉头皱得更深了:“你是说，你就是你们维度里的哲学家？你也想知道自己是哪里来的，是不是由更高维度的生物创造的？”

Stephen 宽厚地笑了一下:“差不多吧。总之，宇宙如此复杂，即使在你看来如同神一样存在的我们，也同样迷惑于自身的来龙去脉，这就是我刚才所提到的困境。你在地球所处的维度里，是一个特别的存在，做一个不恰当的比喻，你可以说是本维度跟高维度的连接点。”

我若有所思地点点头。

他的声音有种让人信服的魔力，就像你在大学里最信任的一个大学教授，正在给你讲解人生真理:“我想从你身上总结出低维空间与高维空间是如何连接的。如果能够掌握这个规律，应用在我所在的空间和更高维的空间上，这样，或许就能跟我们的造物神联系上了。”

我大概知道了 Stephen 的意思，他跟我说的这番理论，从逻辑上来讲也是能够自圆其说的，可以让人信服。

总之，他所说的各个维度空间，按照最简陋的理解，就是个俄罗斯套娃，我们人类所在的是第四层，他是第五层。他之所以跟我接触，是想要找出层与层之间联系的方法，用这种方法尝试去联系第六层的空间生物，然后来解决自身迷惑的困境。

不过，如果真如他所说，那这个套娃一层层地下去，到底有多少层呢？这个问题大概跟宇宙有多大，是同样的人类无法想通、无解的问题。

“还需要咖啡吗？”不知道什么时候，Marilyn 站到了我们面前。

我再次被她的美貌惊艳到，勉强定下心来:“不用了，谢谢。”

Marilyn 微微一笑，摇曳着腰肢走开了。

窗外的阳光变得艳红起来，就好像火快燃尽时的鲜艳。我偷偷瞄了眼手机，才发现时间已经到了下午的五点多。刚才我跟 Stephen

的对话，竟然进行了两个多小时。到晚饭时间了，可是我今天接受的信息量太大，脑子超载了，肠胃也不觉得饿。还有，我其实并不想跟 Stephen 和 Marilyn 吃饭，感觉自己像一盏大号的电灯泡。

Stephen 深陷在沙发里，像是筋疲力尽的样子。跑完 15 公里若无其事的他，跟我聊完天之后却是这个样子，看来把心里的想法倾诉给一个低维生物，是一件挺伤精神的事。比如，你要假想着跟漫画里的角色交流，说上两小时，也会累得够呛吧？

我在心里斟酌，该怎么告别才好，以及如果 Stephen 邀请我吃饭，又该怎么谢绝。

Stephen 却转过头来，像是洞悉一切，善解人意地一笑："鬼叔，占用了你一下午宝贵的时间，实在抱歉，今晚就不留你吃饭了，你肯定也有别的事情要做。"

我松了一口气，脸上却装作若有所失："好，那我也不打扰了，我们下次再聊。"

我站起身来，Stephen 也站了起来，跟我握手道别："要不要司机送一送你？"

我笑着说："不用了，我开了车。"

他刚要松开手："那好……"

我趁他没有防备，突然抛出了准备已久的那个问题，也是我验证他是不是高维生物的最后王牌："梁警官在哪里？"

跟上次那明显的慌乱不同，这次的 Stephen 脸上是胸有成竹的表情，像是对我的问题早有准备。但是，他在说话之前，做了一个多余的动作——他看向我的肩膀后面。

Stephen 的眼神非常复杂，但是我从里面至少看出了探询的意味，像是在征求对方的同意，或者是在邀功。这个房间里只有三个人，除了 Stephen 跟我，就是一直站在门后的 Marilyn。而老板对于助理不可能会有这种探询的眼神。

还没等我回过头去确认，Stephen 收回了视线，脸上表情也调整回了帅气大叔的笑容："鬼叔，我知道你这个问题的意义，我也知道这个问题的答案。等一下，你马上可以跟梁警官求证。"

我心里吃了一惊，还以为自己要打出的是一张王牌，没想到自己的底牌早被他摸清了。

Stephen 再次宽厚地笑道："我很理解你的想法，有怀疑是正常的。而且在这一次之后，我们双方一定会更加信任，更加坦诚。好了，问题的答案是，此时此刻……"

Stephen 抬腕看了眼手上的江诗丹顿："11 月 30 日，差一刻 18 : 00，梁超伟正在印尼的爪哇岛默拉皮火山上。"

我有点愣住了，这个火山的名字听起来好熟悉。再回想了一下，那天梁警官先是告诉我"正在火山上"，后来在喝咖啡时，又跟我说"已经去过了"的该死的火山不就是这个名字吗？原来，相对于梁警官当时的状态，这个什么爪哇岛默拉皮火山，是他"即将要去的地方"。

我一脸恍然大悟的表情，这时候的我，感觉已经不需要跟梁警官再求证了。这一套花招就是梁警官会玩的那一种啊，故弄玄虚，我是没办法看穿的，但在 Stephen 这样的高维生物看来，那就太简单啦。

Stephen 还是一脸温和的笑："你的想法没错，对于人类来讲，过去、现在、将来，是一套复杂的因果关系。但是，对于我这个维度的生物来说，你们所谓的过去、现在、将来，只是画在一张纸上的三个点。"

我嗫嚅着不知道该说什么，既为之前怀疑他感到内疚，又不知道该怎么表达遇见了高维生物的欣喜。

他伸出手来，在我的肩膀上拍了一下："鬼叔，代我向梁超伟问好。快六点了，我也不耽误你时间了。"

我心里松了一口气，从尴尬的状态里解脱开来，更为他的宽厚大度所折服。

我再次跟他道别，然后转身走向门口。Marilyn 也正站在那里，向我颔首示意。身后却突然传来 Stephen 的声音："稍等一下，鬼叔，我还有两件礼物要送给你。"

第十三章

两件礼物

我停了下来。Stephen 看了 Marilyn 一眼。助理点点头，然后走到办公桌前，从抽屉里拿出一个信封。Marilyn 双手把信封递给我，我接过来一看，却是跟之前在 D 栋 1015，还有我自己家里一样的信封。质地很好的纸，背后是裸男跟巨石的蜡封。这算什么礼物，而且还是“两件礼物”？

Stephen 走了过来，跟我讲解这个信封的使用说明：“鬼叔，这是其中一件礼物。你把它放在贴身的地方收藏好，到今晚九点半之后再打开来看。”

诸葛亮的锦囊妙计？我心里虽然很疑惑，但还是点了点头，然后把信封折了一下，放进裤子后面的口袋里。

Stephen 又笑了一下，神秘莫测地说：“另一份礼物，其实早就给你准备好了，而且把钥匙也给了你。只不过……”

我认真地看着他的脸，洗耳恭听。

他却卖了个关子：“等下让 Marilyn 告诉你。”

我还没反应过来：“为什么……”

Stephen 却伸出右手，做了个送客的姿势：“Marilyn，你送一下鬼叔。”

我虽然意犹未尽，也只好再次跟他道别，然后跟着 Marilyn 朝门外走去。我们出了客房门，一起走进电梯。

在 Stephen 把红色木马送给我之后，我还一度充满期盼，以为他会把眼前的 Marilyn 也送给我。现在看来，完全是我的痴心妄想而已。

即使对于 Stephen 来说，像 Marilyn 这样能干的助理，无论如何，也不可能会送人的吧？他们之间的关系如此紧密，而且能看出双方都是心甘情愿，所以我之前想象的英雄救美的剧情，也同样是没有什么用。

总而言之，是我想太多了。

就在我演着丰富的内心戏时，电梯门开了，到了负二层的停车场。

"鬼叔？我们到了。"

我"啊"了一声，这才反应过来，跟 Marilyn 握手道别。她的手像看起来那么纤细，又比看起来更加有肉，捏在手里的感觉实在是赞。然后，她又公事公办、非常职业地对我笑了一下："鬼叔，第二件礼物是一句话，你听好了……"她像新闻女主播一样，字正腔圆、一字一顿地说，"不是 30，是 1，就在第一处。"

说完这句话，Marilyn 转身就走进了电梯，电梯门徐徐关上，把她分隔到另一个空间里，只留下在门口发愣的我。

"不是 30，是 1，就在第一处"，这是什么怪话？这对主仆是在逗我玩儿吗？Stephen 给我一个不到时间不能打开的锦囊，Marilyn 送我的是一句野生禅师的充满玄机的话。我一边挠着头，一边朝记忆中的车位走去，然后掏出钥匙来找车。

钥匙……

突然之间，脑子里灵光一闪。

"不是 30，是 1，就在第一处"，我知道这句话是什么意思了！

之前在 D 栋 1015 里，Stephen 给我留下了一个蓝色的储物柜手牌，上面的号码是30。我让堂弟帮忙开车，去找了几个健身房跟会所。结果，没有一个储物柜是能用这个蓝色手牌打开的。

其中，在第一个南山的健身房里，用的手牌跟Stephen留给我的完全一样，我当时大为兴奋，以为那么顺利就找到了，结果没有。30号的手牌打不开30号储物柜。但是，当时只想着赶往下一个地点去试。机智如我，竟然也忘了用30号的手牌，去试一试别的号码的储物柜！看来自己还是太幼稚啊！

我恨不得现在就跑去那天下午跟堂弟去的第一间南山区的健身房，看看那01号的储物柜里到底放着什么样的东西。但是，再仔细一想，那个手牌并不在我身上。幸好我也没有一气之下扔掉，而是好好收在抽屉里了。反正现在也不饿，就不吃晚饭了，直接回家拿手牌，然后再赶去那个健身房。

在熊熊燃烧的好奇心的驱使下，我一找到车，便火速钻了进去，发动了引擎。冲出停车场的一刹那，我狠狠踩下油门。对不起啦，1号储物柜里的神秘礼物，久等了！我现在就来接收你！

回来的路上遇上晚高峰，又得先回家拿手牌，一个多小时后，我才到了南山区的这家健身房。站在更衣室有点残破的01号储物柜前，我还是有点忐忑的。

晚上的时间，来健身的人还挺多的，我一边等着没人的间歇，一边胡乱猜测着储物柜里的内容。到底里面会是什么呢？

之前偶数号码的储物柜是在地面上的，所以我还幻想过，储物柜里藏的会不会是赤身裸体的眼罩少女。这个奇数01号的储物柜是放在第二层的，里面放的根本不可能是人这样的重物。我的猜测又回到了原来的地方。毒品？钞票？金条？该不会又是一封写着线索的信吧？这样的话，可就太没劲了。

等了快10分钟，终于抓住了一个没有人的间歇，事不宜迟，我“唰”地起身，把30号蓝色手牌放在01号储物柜的感应器上。

嘀嘀。

感应器亮起了蓝灯，愉快地开了锁。

我像做贼一样，左右张望了一下，确定没有人，就迅速打开了柜门。

下一秒，我整个人愣住了。柜子里面是一样不可能存在的东西。我曾经想过，以成人的躯体是不可能被塞进这个储物柜里的，尤其是眼罩少女——Marilyn——那样拥有大长腿的生物。但是，我忘了一个条件，就是如果这个人身体的柔软程度达到了不可思议的程度的话。

现在，我面对的就是这样一个手抱着膝盖，以不可能的角度被侧面放置于储物柜里，短发漆黑如墨，肤色洁白如雪，全身赤裸的——女体。在她把头抬起来之前，我已经认出来了，这个就是我曾经幻想过，然后又否定过，Stephen 最不可能送给我的礼物——D 栋 1015 的眼罩少女，我下午刚见过的女助理——Marilyn。

下一秒，她从狭小的储物柜里，以一个优雅的姿势转过头来，脸上是那晚无辜的表情，眼睛带着紫色的光泽。她朱唇轻启，轻轻说出两个字，在我听来却如同宇宙大爆炸的第一个声响。那两个字是——“主人”！

面临这样的突发情况，在最初的震惊之后，我的大脑高速运转，激发了人类面对危机状况的潜能。

第一次来的时候，我心怀妄想，有备而来，准备了一件外套和一条裤子；但这一次，我什么都没带，没办法带走赤身裸体的 Marilyn。我当机立断，首先把她从储物柜里抱了出来，让她站在地上。她眼神呆滞，唯命是从，跟下午在酒店里见到的那种职业、聪明的样子判若两人。

我心里充满了疑惑，眼前的 Marilyn，虽然从外表上看，还是下午见到的那个样子，只是穿了衣服跟没穿衣服的差别，但是她的所有作为人的想法、反应，似乎都被剥夺了。现在与其说她是人类，不如说她是个新生儿、刚出厂的电脑，或者说，一头温顺的人形宠物。当务之急，是赶紧把她带回家，我没有时间去考虑那么多。

我迅速脱下自己穿的宽松卫衣，套到她身上，然后让她双手用力拉衣服下摆，遮挡住她傲人长腿上的圆润臀部。幸好，今天在卫衣里面，我还穿了一件白色的背心。然后，我带着她快速走出男更衣室，把她推进了女更衣室。运气还算不错，这几秒的时间里，一个人都没有碰到。我嘱咐她在女更衣室里面等我，她温顺地点了点头："是，主人。"

第二次听她叫我主人，我心里有一种说不出的复杂感觉，勉强压抑下去，转身到前台。我花了三分钟，充分使用我的人格魅力跟沟通技巧——当然，还有两千块现金——说服了前台的接待妹子，让她把上班前替换的那套日常衣服从员工室里拿出来。

我先是让前台小妹帮我把衣服拿进女更衣室，自己站在门口，听她在劝说 Marilyn 穿衣服的声音。

几分钟后，前台小妹又带着衣服出来了，看我的眼神就像在看神经病："蔡先生，她不肯穿。"我皱紧了眉头，只好在门口喊："Marilyn。"

几秒钟之后，她果然走到了门口。这时候，两个健身的男人站在男更衣室门口，好奇地盯着她，尤其是她那双加长的白腿。我回头狠狠盯了那两个人，然后把前台妹子的衣服交到她手上，叮嘱道："进去把衣服穿上，然后再出来找我。"

Marilyn 低着头，说出那一句似乎她唯一会说的话："是的，主人。"然后，她就乖乖走进女更衣室去了。那两个男人也一边往男更衣室里走，一边低声交谈。我隐约听见了一个词——变态。

15 分钟后，我终于顺利把 Marilyn 带上了车。

我一边发动车子，一边扭头看着副驾驶上的 Marilyn。她穿着前台妹子的衣服，显得有些滑稽。那妹子比 Marilyn 要矮个 10 厘米，所以衣服裤子都短了一截，脚踝上露出了一截。不合理的地方在于，上衣的肩宽、裤子的腰围、甚至鞋子的尺码，都是合适的。也就是说，Marilyn 虽然长得高，但是骨架实际上很小，这是很多女人梦寐以求的身材。当然了，也是很多男人梦寐以求的身材。

到了我所住的小区后，停好车，我赶紧把 Marilyn 带上了我所住的 C1015。关好门之后，房间里就只剩下我跟 Marilyn。我把她牵到水族箱前，放开手。她就这样静静站着，穿着不适合她的衣服，但并不减弱她的美好，颜色绚烂的珊瑚跟鱼成了衬托她的黯淡背景。

不过，这样一个脱俗绝艳的女子脸上带着一抹温顺的笑，正傻站着，像个智障。我甚至有种感觉，如果我不给她下指令的话，她会就这样站到海枯石烂。

我站在她面前，皱着眉头打量她。没有错，这就是我下午在丽思卡尔顿酒店里见到的那个身穿职业装的美貌女助理。但是，两个人的气质却差了天地之远。难道是一对双胞胎？她耳垂上的一颗痣，告诉我事实并非如此，我面前站着的女人，就是 Marilyn 本人无疑。

我试探着叫了一声："Marilyn？"她用紫色光泽的眼睛看着我，脸上还是那样的笑容，表情没有丝毫的变化。

我领悟到，现在身前的 Marilyn 又变成了 11 月 6 日我在 D 栋 1015 房间里看到的那个状态。

我不禁有些挠头，难道说这是什么催眠术?这么想着，我在她眼前打了个响指，同时喊道："解除！"然而，这并没有什么用。Marilyn 还是一样的表情，婴儿般无辜地看着我。饶是叔这么见多识广的男人，现在也像是老鼠拉龟——无从下手。我想了一会儿，把她牵到沙发上，按着肩膀让她坐下，然后去洗手间洗把脸冷静下。

自从那天晚上无人机录下了 D1015 里的惊艳一幕后，我日思夜想的就是那个眼罩少女。曾经幻想过神秘邻居会像送木马一样，把眼罩少女送给我，直到今天下午，这个希望完全破灭了。结果，两个小时过后，破碎的梦想竟然实现了。

当梦想成真的时候，我感受到的并不是欣喜若狂，而是——不知所措。我要面对的问题太多了。首先，刚才已经确认过，被我从储物柜里抱出来，如今在我家客厅里坐着的那个少女，就是下午高级酒店里的女助理 Marilyn。

那么问题来了，我跟她在酒店告别之后，我回家拿了一趟手牌，马上就赶去健身房，一点时间都没耽搁。这个 Marilyn 是怎么样在那么短的时间内脱光了爬进储物柜里藏好，没有被任何人发现?

而且，在短短的两个小时内，她的整个气质就发生了极大的变化。据我几次的仔细观察，这种转变，并不像是一个人依靠自己的演技就可以做到的程度。如果是外力的话，又是一种怎么样的方式呢?催眠?药物?还是 Stephen 运用他高维生物的能力，直接修改了现实?

虽然我很爱慕 Marilyn 的身体，但是精神交流对我来讲也是很重要的。所以，我希望能够解除她目前这种痴呆的状态，以正常的两个人类的身份交流。那么，我到底该怎么做呢?

把脸洗完，我突然想到了两件事。

第一件事，虽然已经确认了 Stephen 就是传说中的高维生物，他也说出了梁警官所在的地点，就是之前故布疑云的印尼爪哇岛的活火山上。但是，既然跟梁警官约定好了，还是要走一下流程，发个短信验证下。

顺便让他知道，我的奇遇就是这么传奇，绝对的武侠小说男主角，连高维生物这种稀有的事件，都让我碰上了。所以，梁警官，你丫的，赶紧回来，我引荐高维生物 Stephen，让你跪拜下。这么想着，我就把上面这些话，整理了一下，发了短信给梁警官留给我的号码。

第二件事，下午的时候，Stephen 说要送我两件礼物，一件是储物柜里的 Marilyn，另一件是一个到了九点半才能打开的信封，就在我裤兜里。

我看了一下时间，现在快要到九点了，离约定的时间还差半个多小时。手往屁股后面摸了一下，感觉到那信封还在里面。呃……犹豫了一下，还是决定等到九点半再拆。在高维生物面前，还是不要造次吧。

出了洗手间，Marilyn 还好端端地坐在沙发上，跟我进洗手间前的状态一模一样。看着她身上又难看又难受的衣服，我突然想到在楼上的衣柜里可能还有前女友留下的一套宽松睡衣，两个人身高倒是差不多，总比 Marilyn 现在身上这套好。

于是，我走到沙发前，像嘱咐小孩子一样对她说："Marilyn，你在这里等我，我上楼给你拿套衣服换，懂吗？"

Marilyn 眼中闪过一丝光芒："换衣服，好的，主人。"

我摸了摸她的头，就爬上楼找睡衣去了。

在衣柜里面翻腾了十来分钟，终于找到了那套睡衣，睡衣上粉红色的小熊图案倒是挺适合 Marilyn 的。这套衣服在家里放了有一年多，我拿起来闻了一下，幸好没有什么味道。

刚要下楼的时候，再次想到了屁股后面的信封。抬腕再看一次手表，晚上九点一刻。好奇心突然燃烧了起来，这该死的信封里到底是什么东西，是不是一个新的指令？比如让我把 Marilyn 推倒什么的？如果真是这样……

我皱眉一想，也就差个 15 分钟，不如拆开来看了吧，Stephen 应该不至于跟我计较的。

这么想着，我心急火燎地从兜里摸出信封，坐在小复式的楼梯上拆了起来。里面是一张质地很好的信纸，上面还是 Stephen 有力的字体，写的却不是什么指令，而是简单的一句话，简单的几个数字。但是，这短短的二十几个字符，信息量却非常大。

"2014 年 11 月 30 日，福利彩票双色球中奖号码：01、14、15、20、25、29、11。"

我愣了一下，然后才反应过来。

双色球开奖时间是九点半，所以现在还并没有开奖。如果这个号码是对的，那么只能证明一个事实，那就是 Stephen 确实可以预知未来。看来，他是要上双保险，给我吃一颗定心丸，让我在 100% 确认他是高维生物之后，铁了心跟他走。

没问题，Stephen，我相信啊！可是你也太狠了，我也太傻了，竟然真的等到快九点半了才打开锦囊。要知道，双色球在开奖前一个半小时左右，就不能再买彩票了吧。不知道这一期彩池里有多少钱，少则几千万，多则几个亿，从傍晚到今晚八点，一直就装在我屁股后面的兜里，现在却活生生飞走了！

我心里一万匹“马”奔腾而过，不禁把脸埋进了双手里。

曾经，有一个一夜暴富、实现财务自由的机会就装在我的口袋里，我却没有珍惜，直到失去了才后悔莫及。如果 Stephen 愿意再给我下一期的中奖号码，我想说的是 :“我蔡必贵这辈子给您做牛做马，在所不惜。”

我深深吸了一口气，妄图镇定下来。不，现在彩票还没开奖呢，万一这个号码是错的呢？那我不是白激动了？离开奖不到十分钟，反正楼下 Marilyn 也会乖乖坐在沙发上，我索性就在楼上的电视先看完开奖直播，然后再下楼吧，主要是我也不希望把自己这么不淡定、这么爱钱的丑恶嘴脸展示在她面前。

这么想着，我找了好一会儿的遥控器，然后坐到床上，打开了床头天花板悬挂着的投影仪，把电视画面放到了床对面的墙壁上，用遥控器手忙脚乱地调到了播双色球开奖的那个台。做完这一切，开奖直播马上就开始了。我拿着手中的信纸，脸上的表情大概就像电视剧里常演的那种沉迷于彩票的赌徒们，紧张而扭曲。

随着主持人一成不变的声音落下，装着一个个红色珠子的开奖机器转动起来。

01。

14。

15。

每掉出一个球，我就低头看一眼手中的信纸。前三个号码都对得上，这时我已经完全确定了，手中的这串号码就是本期双色球的准确预告。

20，25，29，最后一个蓝色的特别号码是——11。

完全一致。

我从床上跳了起来，心里充满了巨大的失落跟巨大的欣喜，这两种互相矛盾的情感在这一刻交融得如此紧密。失落的是，这一次，我没有提前去买彩票；狂喜的是，Stephen 的用意很明显，简直是昭然若揭——只要我乖乖听他的话，跟他走，下一次彩票中奖号码，当然可以告诉我。到时候，要买 50 注还是 100 注，就全凭我的心意了。

有了过亿的本钱之后，再让 Stephen 告诉我 10 天内石油或者股指期货的走势，在短期内身家百亿，并不是一件难事。到时候我是买游轮还是私人飞机好？陪游的女明星又要找哪个？想起来，还有点小激动呢！

我表情严肃地把那张信笺折好放到床头柜里，然后关了投影仪，准备下楼。下到一半楼梯的时候，口袋里的手机响了。我左手拿着睡衣，右手掏出手机一看，却是梁警官给我回电话了。我停了下来，得意扬扬地接起了电话："梁超伟探员，在拉什么皮火山过得还好吗？"

"鬼叔……"梁警官的声音很严肃。确实，在确认了我是一个跟高维生物有联系的人类之后，要适当地对我表示尊重。

我嘿嘿一笑："怎么样，被吓尿了吧？高维生物耶，多么牛的事情，你赶紧回来，我带你去见识下。"

梁警官没有接我的茬儿，下一句却是："鬼叔，你是一个人吗？"

他说话的口气特别吓人，像是有什么可怕的事情要宣布一样。

一个多月前在雪山上面时，面对更加严峻的场景，都没见他这么严肃。说实在话，他把我吓住了。

我站在楼梯上，转身俯视客厅的沙发，视线却被高高的水族箱挡住了。Marilyn 现在的状态，应该不完全算一个“人”吧，我犹豫了一下，回答道：“嗯，我一个人在，你有话就说，别这么故弄玄虚。”我打趣道，“怎么样，你是不服气我真的遇见了高维生物，想吓唬一下我，是吧？”

梁警官的声音没有一点开玩笑的意思：“鬼叔，你认真听着，我不在爪哇岛的默拉皮火山。”

我愣了一下，按照我们之前的约定，确认梁警官所在的位置，是判断 Stephen 是否是高维生物的一个最终试题。梁警官说他不在默拉皮火山，等于说 Stephen 并没有通过检测。也就是说……他是假的。

梁警官的声音继续从手机里传来：“鬼叔，我有理由相信，你正处于被监听状态，而且你的人身安全也受到了威胁。无论对方跟你说了什么，你都不要相信……”

我的大脑处于宕机状态，无法接受新的信息，梁警官还在电话里巴拉巴拉地说着，但一个字都没有进到我耳朵里。

这到底是怎么一回事？

刚才那一串预告了双色球中奖号码的数字，传达了一个很明确的信息——Stephen 可以预知未来。这样的话，很容易就可以推出一个结论：Stephen 就是那个神一样的存在，活在更高维度的生物。要不然的话，他怎么可能在双色球开奖前的几小时，就预知了中奖号码呢？

但是，梁警官又明确地告诉我，Stephen 没有猜中他所在的位置，所以按照这个逻辑，Stephen 并不是全知全能的高维生物。而且，按照梁警官的意思，我不但上了 Stephen 的当，还面临着生命危险。

我现在的处境，就像这走了一半的楼梯，不知道该往上还是往下。

Stephen 跟梁警官，我该相信哪一个？

“鬼叔，你还在听吗？”电话那一边传来的梁警官的声音竟然有一些焦急。

我回过神来，赶紧答道：“我在。”

梁警官松了一口气，又重复问了一遍：“你一个人在家，对吗？”

我刚才都骗了他一次，这次也只好再次回答：“是的。”

梁警官交代道：“好，你就在家等着，我让两个同事过去支援你。记住，无论遇到什么情况，千万不要离开你的房间。”

他的声音是如此严肃，反而让我感到有一些滑稽。孙悟空出去化缘之前，用金箍棒在地上画了一个圈，也是这么交代唐僧的。

梁警官继续在电话里解释：“我现在高度怀疑，你所遇到的不是高维生物，而是极端危险的时间囚……”

他还没说完，楼下突然传来一声尖叫：“啊！”我猛然一惊，全身汗毛竖了起来——楼下的 Marilyn！

梁警官在电话里紧张地问：“鬼叔怎么了？你身边还有谁？”

我却来不及回答他，慌忙把电话塞进口袋，就往楼下跑。Marilyn 遇到了什么危险？是木马头男孩，还是 Stephen 派来把她捉回去的坏人？无论是什么都好，这一次我一定要拯救她。对了，我那把 CP99 呢？放在阳台，还是放到了茶几下面？我顾不得没好全的右腿肌肉隐隐作痛，连跑带跳冲到了楼下的客厅里。

这里并没有什么木马头男孩，或者戴墨镜穿风衣的杀手，但是，眼前看到的这一幕，依然足够让我震惊。是 Marilyn，她脱掉了前台妹子的套装，穿上了一套更具特色的服饰，之前被留在我房间里，用日默瓦手提箱装着的紫色套装。

现在我眼前的场景，就是那天晚上无人机拍摄的 D1015 里的再现，不同之处只有两个：第一，那天晚上是远观，现在是大特写；第二，那天晚上她还戴着紫色眼罩，今晚虽没有，但是眼睛里依然闪烁着紫色的光芒。

这到底是怎么回事？

稍微冷静下来之后，我环顾四周，并没有发现什么危险的事物。那么，刚才是因为什么，Marilyn 才大声尖叫的？

“鬼叔？你怎么了？”梁警官的声音从我的口袋里传出来。

与此同时，我从 Marilyn 的脸上看到了无比惊慌的表情：“斯……斯……”

看来，刚才她之所以大喊，也是因为听到了电话里的声音。为什么她会害怕梁警官？我从口袋里掏出手机，还没来得及回答。本来趴在地上的 Marilyn，却像突然发作的小狗一样，扑过来抢下我手里的电话，然后顺手就往外面扔。我还没来得及反应，就看见手机在空中飞出一道漂亮的抛物线，然后掉进了水族箱里。

Marilyn 跪坐在地板上，害怕得浑身发抖，嘴里不断地重复念着三个字：“斯……斯蒂芬，斯蒂芬，斯蒂芬！”

我皱起了眉头，要说起来，梁警官跟 Stephen 的声音还颇有点像，难道说，Marilyn 害怕的是 Stephen？这个不知道通过什么手段控制了她的肉体跟精神，把她变成这样的男人？同时，也是梁警官刚才在电话里警告我的极端危险的“时间球”？

时间球？

一个疑似高维生物，已经让人搞不懂了，现在又出来个时间球。

时间球，到底是个什么球？

手机沉到了水族箱底，再没有什么声音，估计彻底报废了。被惊扰的小鱼乱转了一阵子，也恢复了安静。整个房间里只有抱着我大腿的 Marilyn 牙齿咯咯发抖的声音。

深圳 11 月底的晚上多少已经有些凉意。不知道她是冷的，还是被刚才那个电话吓的，总之，我拿起刚才扔在茶几上的睡衣，给她披到身上。她双手按着肩膀上的睡衣，身体抖得没那么厉害了。我索性蹲了下来，抓起她的手帮她把袖子套好，再把扣子一个个扣上。

做完这一切，我蹲在地上，笑着对她说："好点了吧？不要怕了，有我在呢。"

她闪烁着紫色光芒的眼睛，一直看着我，似乎有些动容。难道说，Stephen 给她的催眠开始失效了？

Marilyn 动了动嘴巴，说出来的话却仍然是："谢谢主人。"

第十四章

时间囚徒

现在是 2014 年 11 月 30 日晚上 10 点，再有两个小时，就要进入下一个月了。我正抱着一个睡得很轻的女人，像抱着一只担惊受怕的小白兔。她穿着我前女友留下的粉红色小熊图案的睡衣，躺在我大腿上，而我正坐在客厅的沙发里。

客厅里灯火通明，我一边抱着那女人，一边看着房门，门后用鞋柜跟餐桌挡了起来。十几分钟前，有一个国际刑警打电话给我，还没讲完，手机就被扔到水族箱里，“沉尸”水底了。国际刑警在电话里警告我，我遇上了高度危险的“时间球”，让我无论如何都不能离开，要在家里等他的同事赶来支援。所以，我现在才这么严阵以待。

不知道为什么，我总觉得这一幕有点滑稽。这应该是警匪片里才有的场景，而只要有叔的存在，必然只能是青春偶像剧。而且，从之前的接触中可以看出，Stephen 对我的情况了如指掌，他又仿佛拥有无穷的财力，还能够预知双色球的开奖号码。如果他真的有心害我，无论是亲自下手还是买凶杀人，早就得手了。Stephen 并没有这样做，反而是送了我很多东西，其中最贵重的一件，就是我怀里的这一个女人——Marilyn。

今天下午在酒店见到她时，我迷惑于她的肢体跟容貌都是十七八岁的少女，但神态和眼睛里透露的信息，却又偶尔会有点经历过很多事情的感觉。当时不理解是为什么，现在看来，应该是 Stephen 对她做的那些催眠、药物什么的，又把她当成宠物来养，这些遭遇让她变得跟正常人不一样。不过，现在她闭着眼睛，躺在我痊愈了八九成的大腿上，看上去倒跟十七八岁的少女没有两样了。

我也已经趁她睡着，把她身上那套紫色的装束取了下来。她温顺地摆动身体配合，并没有反抗。在取下这些东西的时候，要说我没有动邪念，那一定是骗鬼。不过乘人之危并不是叔会做的事情。

我心里对刚才梁警官说的“时间球”耿耿于怀，于是决定上网搜下资料。

Surface 就放在茶几下面，我尽量不惊扰躺在我大腿上的 Marilyn，弯腰拿起了 Surface。茶几上不够高，我就把那个装着紫色套装的日默瓦手提箱垫在茶几上，再把 Surface 架在上面。打开电脑，我在搜索引擎里键入“时间球”三个字，按下回车，坐等结果。

跳出来的第一个结果，是这样的：

“时间球，又叫计时球，港译名叫时间球，日文名：タイマーボール、英文名：Timer Ball，既是《口袋妖怪》系列游戏中的一种精灵球道具，也是日本动画片《神奇宝贝》里边众多神奇宝贝球中的一种。”

……

我差点儿就把 Surface 摔到了地上，口袋妖怪！宠物小精灵！

梁警官这是在逗我吗？

我遇见的是高度危险的——宠物小精灵？比卡丘？所以，时间球里面的是一个黄澄澄的大仓鼠，不小心碰到了它，就会被十万伏特电出骨骼？这也太扯了。我强压住心里的各种念头，继续往下翻，查看别的搜索结果。但是，无一例外，都是些跟宠物小精灵有关的信息。

总而言之，搜索引擎告诉我，梁警官警告我的高度危险的“时间球”，就是宠物小精灵里面，一种圆溜溜的装小精灵的道具。

我挠头想了想，在“时间球”后面又加上了“危险”“科学”“高维”等关键词，搜出来的结果不光是宠物小精灵了，还有关于足球、高尔夫等球类运动，却根本没有我想要的内容。

我双手离开键盘，深吸了一口气，开始深深地思考起来。回想起刚才跟梁警官通话时，他的原话应该是这样的：“……不是高维生物，而是极端危险的时间球……”然后，电话就被 Marilyn 的尖叫打断了。我用手指挠着太阳穴，试想另外的可能性，会不会……梁警官要说的，不是三个字的“时间球”，而是四个字的词组，“时间”加“球 ×”？

嗯，很有可能。不过，这样一来，“Qiu”的这一个发音，指代的可能就不是“球”字了，而是别的什么。“时间 Qiu……”会是 Qiu 什么呢？

可惜，手机被 Marilyn 扔到水族箱里了，而我背不出梁警官的手机号，也就没办法再打电话向他去问。这样一来，就只能靠自己了。

我双手重新放回到键盘上，利用拼音输入法的联想功能，尝试去破解这个词组。幸好，Qiu 这个发音的常用字不多，无非就是球、秋、求、囚、酋这些，所以引申出来的词也不算太多。

我新建了一个 word 文档，把可能的词都写到里面去。备选的词包括以下这些：酋长、球手、球星、蚯蚓、求婚、秋裤、囚徒……一共十几个词。跟前面的“时间”组合起来，就是时间酋长、时间球手、时间秋裤、时间蚯蚓、时间求婚，等等，然后再把这些词组一个个放到搜索引擎里去检索。

嗯，我果然是个长得又帅、脑子又好使的男子。

像时间酋长、时间蚯蚓、时间球星什么的，都没有搜索出有价值的信息，所以很快跳过了。六七次失败的尝试后，按下回车键，一个词组唰的一下，吸引了我全部的注意力。

时间囚徒！

搜索结果里有很多跟这个词组强关联的内容，比如说“时空囚徒”“时间的囚徒”，等等，内容有关于电影、小说、歌曲的讨论，还有认认真真的科学理论探讨。时间囚徒——这是一个已经成型的概念，引起了一些讨论，甚至都改编成了电影。我整个人马上就精神起来。没错，不是什么“时间球”，而是“时间囚徒”——就是这个。

我继续往下翻，打开其中一些网页，读了里面的资料。然后，我大概能了解到，时间囚徒应该算是一个科幻概念，指的是某人因为某种原因，被人为或者超自然的力量囚禁在同一段时间里，重复着无限循环的苦役。比如说——我继续往下翻——有一篇国内的科幻小说，写的就是关于一个罪犯被囚禁在同一天里的故事。

我低头看了一眼枕着我大腿的 Marilyn，再抬头看了被鞋柜挡住的房门，两样东西都很安稳。再看一下屏幕右下角的时间，现在是晚上 10 点多一些……嗯，应该有时间，让我来看一下这篇小说。

这么想着，我快速地浏览起来。不要看叔脸那么帅，肌肉又如此发达，就认定叔是一个不爱看小说的人。并不是这样的，虽然叔大学读的是理科，其实也很有人文情怀，喜欢阅读，喜欢在黄昏下读诗……嗯，起码跟文学院的女朋友谈恋爱时，是这个样子的。总而言之，这篇小说也不长，十几分钟就看完了。

我一边看，一边眉头皱得越来越紧。之所以会有这种反应，并不是因为这篇小说提到的时间囚徒概念，让我联想到了现实中自己面临的问题，而是因为……这篇小说写得有点糟糕。简单来说，槽点太多了，Bug（漏洞）满满。

我从正文下面的评论里，除了那些为情怀点赞的没营养评论之外，也看到了许多对小说的理性分析，其中一些观点跟我不谋而合。总之，作为一篇科幻小说来讲，它的硬伤太多。不过，最起码，这篇小说让我对“时间囚徒”这个概念有了更直观的认识。

在小说中，主人公 B 先生是被囚禁在同一天之内，每到零点，就会循环到前一天的零点。这个 B 先生很痛苦，因为在短短的一天里面，什么事情都做不了，想去个远点的地方都不行。

我摸着下巴沉思起来，如果说，被囚禁的时间不止一天，而是更长的一段时间呢？比如说，三天？一个星期？或者更长一点，一个月？突然之间，我被自己的想法吓到了。

梁警官在电话里告诉我，我遇到的是一个高度危险的时间囚徒。而现在我的腿上枕着一个正在熟睡的少女，是我从健身房里的储物柜领回来的。Stephen 给我留下的手牌是 30 号，但是那个储物柜的号码却是 01。

用 30 号的手牌打开 01 号储物柜，11 月刚好有 30 天……回想起来，我是在 11 月 1 日那天第一次收到神秘的快递，里面放着一把 CP99 仿真道具枪。从那一天起，我才跟署名“你的邻居”的神秘人，曾经的疑似高维生物，如今又变成了疑似时间囚徒的 Stephen 建立了联系。

我的呼吸变得急促起来，01 跟 30，这一定不是巧合。我闭上眼睛，脑子极速地转动，试图把这一个月以来接收的信息都拎出来，打碎后再重新整合。突然间，一个大胆的假设在一片混乱中蹦了出来。

在这个小说里，B 先生是被囚禁在同一天里，他试图逃脱这种囚禁，但是失败了。而我遇见的这个 Stephen，会不会是被囚禁在一个月，也就是从 11 月 1 日到 11 月 30 日的这 30 天里。也就是说，相对于 B 先生的“一日囚”，Stephen 就是“一月囚”。现在的时间，正是 2014 年 11 月的最后一天 30 日的晚上 10 : 30。离 12 月 1 日的零点，还差一个半小时。

我的心脏跳得很快，比曾经用 47 分钟跑完 10 公里的那一次，跳得还快。在这最后的一个半小时里，我不知道会有什么事情发生，但我知道一定会有事情发生。按照梁警官的说法，即将发生的事情是会威胁到我的人身安全的。

那么，问题就来了：之前，我认为Stephen是个高维生物，他之所以对我感兴趣，是因为我跟高维生物之间存在着某种共鸣。按照Stephen对我说的，我是我身处的四维空间跟他所处的五维空间的连接点，所以，他想通过接触跟研究我，来了解高低维度两个空间之间连接的规律，从而去探索比他所处更高一个维度的——六维空间，以此解决Stephen代表的那一个维度生物“从哪里来，到哪里去”的哲学命题。

好了，现在Stephen并不是高维生物，而是一个时间囚徒，那么，他对我感兴趣又是因为什么呢？

一个念头逐渐清晰了起来。

“时间囚徒”这一个词组里面，“时间”是指囚禁的方式或地点，用来修饰“囚徒”。所以，时间囚徒虽然比别的囚徒神秘、高能，但是本质上，他还是一个“囚徒”，一个承受着无限循环的苦役的——囚徒。而作为一个囚徒，他的困境就是被囚禁了，那么他的动机，或者说目的，当然就是要越狱，要逃脱囚禁。也就是说，要逃脱不断循环的时间。虽然不知道是为什么，但是从结果反推，Stephen是否能逃脱时间囚笼，我应该是关键所在。

脑子里飞快地想完了这些，我深深吸了口气，闭上眼睛再睁开。然后，我看见了枕在我腿上、正在沉睡的这个女人。刚才陷入沉思的时候，完全忽略了她的存在，现在才发现，曾经朝思暮想的那个眼罩少女，现在是跟我在一起的，物理性地在一起。孤男寡女，共处一室。

她被睡衣遮挡住的丰满胸部，正在随着呼吸有规律地起伏。

别说她正在熟睡，就算她醒过来，她那样的半催眠状态，也肯定会听命于我，任我摆布的。我勉强止住了蠢蠢欲动的念头。这个时刻，不能这样做。我没有忘记，Marilyn 在本质上是 Stephen 送给我的礼物，就跟阳台上那个原来有头、现在没头的红色木马一样。

如果说我是 Stephen 这个时间囚徒越狱的关键所在，那么他送给我的东西必定有着深刻的含义。自古以来就有美人计的说法，说不好，Marilyn 是 Stephen 派来的间谍什么的，是整个陷阱的一部分。说不定推倒了 Marilyn 之后，就会启动某个机关，时间跟空间发生了混乱，然后就会……好吧，编不下去了。

总而言之，我不该把手伸进去，也不会把手伸进去的。叔是一个有节操的人，一个脱离了低级趣味的人，一个……然后，我发现自己的右手已经在粉红色小熊图案的睡衣里面了。

对天发誓，真的不是我趁着 Marilyn 睡觉，然后伸手进去的。因为，首先，她现在已经醒过来了，还枕在我大腿上，但睁开眼睛看着我；其次，是她趁我刚才对抗心魔的时候，抓住我的右手把它拉到了睡衣里面。

我现在的表情一定是非常狰狞，一副比便秘还纠结的表情，充分进行着激烈的内心交战。

Marilyn 观察着我的表情，一脸担心地说："怎么了，您不喜欢我吗……主人？"

我深深吸了一口气，试图抽回右手："不，不是这样的，你听我说……"

没想到，Marilyn 的两手紧紧扣住我的手腕，我没能成功收回右手。她的力气比看上去的要大。男人真是种无可救药的动物，我一边在想着要怎么才能让她松手，一边却又觉得她不松手也是极好的。

我深深吸了一口气，决定从这种原始的肉欲里挣脱，又不愿意太用力伤害到她，于是嘴上说："Marilyn，这样不好，你先放手。"她却似乎没有听见，双手反而更用力往下拉，看样子是要越过腹部，往更底下去。

我想了一下，又换了另一种说法：“Marilyn，不管什么都好，主人命令你放手！”

她的眼神为之一滞，然后回答道：“是的，主人。”

紧接着，她放开了自己的双手。

Marilyn 对我温柔地一笑，然后扶着我的大腿，坐了起来。她先是对着我躹了个躬，然后转过身去看着茶几上的 Surface 屏幕，上面是我刚才的搜索结果。看了一会儿之后，她满脸无辜地问道：“主人，时间囚徒是什么？”看来，即使在处于这种半催眠的状态，她还是能阅读文字的。

我挠了一下头，作为 Stephen 的贴身助理，Marilyn 对他的了解肯定比我多。虽然现在她不是一个好交流的状态，但如果掌握了技巧的话，说不定能从她嘴里问出些什么来。

既然她提了“时间囚徒”这个问题，那我就顺势往下说：“时间囚徒，就是被关在一段时间里面永远出不来的人。其实，我也不太懂，所以才上网查资料的。你听说过时间囚徒吗？”

“时间囚徒……”Marilyn 侧着脑袋，手指屈起，用指关节挠着太阳穴，“没有听说过呢。”

我皱眉想了想，确实，“时间囚徒”只是在科幻爱好者们之间流通的一个概念，用来描绘相关的情况。如果 Stephen 自己是个时间囚徒，他或许并不是用这个词来形容自己的。假设 Stephen 是个时间囚徒，而且像我推理的那样，12 月 1 日的零点就是一个界限的话，那么他是无法到达 12 月的。这样一来，他应该多少会对 Marilyn 表达过这方面的烦恼。

于是，我换了个问法：“那 Stephen 有没有跟你说过……”

“Stephen……”Marilyn 脸上露出了惊恐的神色，跪在沙发上的身体向后退缩，看起来光是听到这个名字，已经让她感受到了恐惧。不知道这个该死的 Stephen，到底对她做过些什么。

看来，虽然我想要得到的是关于 Stephen 的信息，但是在问问题的时候，却要避免这个名字。这样一来，就非常考验我提问的技巧了。我决定迂回一下，旁敲侧击，从别的问题开始。

我深吸了一口气："主人想要多点了解你，接下来会问你一些问题，你会愿意好好回答主人吗？"

Marilyn 脸上露出了欣喜的神色："谢谢主人愿意了解我。我一定会把知道的都告诉主人。"

我不禁露出了得意的笑容，看来这个策略是成功的。好，那就从基本的开始："你今年多少岁？"

从她的身体跟五官来判断，应该是在十七八岁的样子，成年的临界线上；可是，我一直无法忘怀她下午在酒店里，穿着职业套装的成熟感觉，还有那时候眉眼里显露的奇异的沧桑感。所以，还是听她亲口说自己的年龄，会比较准。

Marilyn 仰视着我的表情，一脸无辜地说："主人，我不知道自己今年多少岁。"

我瞪大了眼睛，这个 Marilyn……刚才还配合得很好，说要好好回答问题的，现在是在装糊涂吗？但是，看着她注视我的眼睛，透露出来的却是 100% 的真诚。要不就是她演技太好，要不就是她真的不知道自己的年龄。但是，有谁会连自己多少岁都不知道？或许这是被深度催眠后的一种表现？

我皱着眉头，再次确认："你不知道自己多少岁？"

Marilyn 可能是从我的表情里看出了责怪，她低头拜倒在沙发上："对不起。"

我又好气又好笑："我只是觉得奇怪，会有人不知道自己是哪一年出生的吗？"

Marilyn 却直起身子，认真地回答："我知道，我的生日是 1996 年 7 月 21 日，巨蟹座。"

我一下子愣了:“1996 年出生，那今年刚好是 18 岁，你这不是知道自己年纪吗……”

就在说完这句话后，我意识到了“哪一年出生”跟“今年多少岁”这两个问题的不同。看来，以 Marilyn 现在被催眠的状态，她只能回答最直观的问题，比如出生的年月日。但稍微要思考的问题，比如说 1996 年出生，到现在 2014 年是多少岁，她就只能说不知道了。这样的话，Stephen 对 Marilyn 所做的催眠或者药物处理，应该是把她的智商限制在 5 岁左右。

我认真地点了点头，很佩服自己的推断。当时的我根本没有想到，我的推论只对了一半，会发生这种“说不出自己年龄”的状况，还有一种复杂很多的可能性。

得知了 Marilyn 的年纪后，我逐渐掌握了对她问话的方法，不断尝试之后，得到了一些非常重要的信息。比如她的身高是 1 米 68，体重 98 斤，腰围是……慢着，知道这些对于解开时间囚徒的谜题，有什么用处?

我挠了挠头发，收一下心，准备问些真正有用的问题。比如说，她第一次遇见 Stephen，是在什么时候？但是，我不能够提到 Stephen 这个名字，那就要换个问法……这个时候，我突然想到了屁股下面的日默瓦手提箱。嗯，就是这个了。

我站起身来，拿出手提箱并打开，把里面那套紫色的装束展现在 Marilyn 面前。

她依然跪坐在沙发上，脸上露出了开心的笑容:“主人，你是要我穿上这个吗？”

我连忙摆手:“不，不，我不是这个意思，我……主人想问的是，你还记得第一次穿上这些东西，是在什么时候吗？”

Marilyn 把两手放在膝盖上，认真地想了一想:“嗯……11 月 2 日吧。”

我心里咯噔了一下，追问道:“是今年的 11 月 2 日吗？”

Marilyn 点了点头:“是的，主人。”

我的心里凝重了起来，关于 Stephen 是被囚禁在 11 月 1 日到 11 月 30 日的时间囚徒的设想，只是我脑海中灵光一闪，突然想出来的，不过是万千可能性中的一个。但是，我第一次收到 Stephen 快递是在 11 月 1 日，Marilyn 第一次变成现在这个样子，是在第二天，也就是 11 月 2 日。从这些证据来看，情况是符合我之前的推断的。

如果 Stephen 是永远循环在 11 月里的时间囚徒，他不存在于 10 月——或者说 11 月之前的 Stephen，只是一个普通的还没成为时间囚徒的 Stephen——也不存在于 12 月，那么无论是他对我做的事情，还是对 Marilyn 做的事情，当然也只能发生在 11 月份了。

现在回想起来，关于 Stephen 是 11 月的时间囚徒这个想法，或许并不是我胡思乱想得来的。下午在酒店里，他曾经说过，我具有的跟高维生物共鸣的能力，就是可以得知别的平行空间里，另外的蔡必贵们的想法。所以，或许这个推断，是某个平行空间里特别聪明的蔡必贵，通过平行空间中的虫洞，或者我的所谓“高维生物意识”，同步到我脑子里的。

我闭上眼睛，尝试感应另一个平行空间的蔡必贵。然而，什么用都没有。

好吧，我现在的“高维生物意识”不像微信，也不像电话，什么时候想用就用，所以并不能找那个特别聪明的蔡必贵聊一聊，水落石出，真相大白。甚至连“高维生物意识”跟平行空间的蔡必贵，到底是不是真的存在，都是没办法弄清的事实。所以，在下次有明确的感应之前，一切都还要靠自己。

假设 Stephen 是个被囚禁在 11 月的囚徒，他在 1 日或者 2 日的时候，通过某种手段认识了 Marilyn，并且应用可怕的催眠、药物什么手段，把神智正常的 Marilyn 变成了现在这样。

然后，在四天之后的 11 月 6 日，Stephen 把她带到了 D 栋公寓的 1015，这里面一定也隐藏着什么寓意——然后，指示我用无人机，拍下了 Marilyn 完美的躯体，以及屈辱的姿态。

之后的大半个月内，Stephen 就把 Marilyn 藏了起来，再也没让我看见。直到今天，11 月的最后一天，Stephen 让 Marilyn 把两个姿态都展示给我看。不得不说，无论哪一个形态，对我来说——不，应该是对所有男人来说——都有致命的吸引力。

我深吸了一口气，拿起茶几上放着的 Surface，打开 Fresh Paint，在上面画了个三角形。这个三角形象征着我跟 Stephen、Marilyn 三人间的关系。

三角形的顶端，自然是 Stephen。无论他是高维生物还是时间囚徒，不可否认的是，他有着惊人的财力、高超的智慧和正常人花几辈子时间都掌握不了的各种知识、技能。无限循环的苦役，假如加以利用，也可以变成无限时间的修炼场。

在三角形左边的位置，是我家沙发上的 Marilyn。我在她跟 Stephen 之间划了条线，注明关系是——主仆？似乎不太恰当，我想了一想，随手写下两个字：“雇佣”。他们之间的另一种模式，霸道总裁跟女助理之间，存在的就是雇佣关系嘛。

只剩下最后一个角，当然就是我自己，鬼叔，Uncle Gui。我跟 Marilyn 之间的关系线，用“贿赂”两个字来描述。抛去感情的因素，本质上，Marilyn 跟 CP99、麦卡伦 1949、无人机，甚至是那匹红色木马一样，都是 Stephen 送给我的礼物。出于他要逃脱时间囚徒困境的目的，因此送给我的礼物，当然就要归到贿赂里面了。

接下来，到了整个三角形里面最纠结的一部分，那就是我跟 Stephen 之间的关系。我在两者之间的线条旁边，写下了不少的词，但感觉都不是那么满意。

同类？划掉。

邻居？划掉。

跟贿赂、雇佣相匹配的，应该是“商业伙伴”，但是这个词也不太对劲，还是划掉。

突然之间，一个词从我的笔下自然流淌而出。我发觉自己握笔的右手，根本没有在用力，就好像有一个看不见的力量，正在同时抓住电容笔，写出了这三个字。

替死鬼。

我吃了一惊，差点儿想把 Surface 扔到地上。但就在这个时候，右手像是由另一个大脑指挥，有条不紊地把“替死鬼”三个字，换成了红色。这样一来，在这个三角关系图里，三个大红色的“替死鬼”变成了整个图形的重点。

我深深吸了一口气。替死鬼——难道这就是另一个平行空间里，那个特别聪明的蔡必贵告诉我的？

脑海里的画面突然清晰起来，之前那些零散的线索，都被整合到了一起。

在怀疑 Stephen 是高维生物的阶段时，我就百思不得其解，他对我感兴趣，在我身上花了那么多精力，到底是为了什么？

下午在酒店里，Stephen 亲口解释说，他作为一个高维生物，想从我身上总结出高低维度空间连接的规律。当时，我就没有彻底相信，到现在知道他其实不是高维生物，而更可能是一个时间囚徒时，这一套理论更是彻底破产，完全不值得相信了。

那么，问题就变成了：作为一个时间囚徒，他对我感兴趣，在我身上花了那么多精力，又到底是为了什么？

现在答案来了：替死鬼——是因为他想要找我当替死鬼。

现任的时间囚徒 Stephen 要让我来当替死鬼，成为新一任的时间囚徒，他才能从被囚禁的困境里面解脱出来。

没错，就是这样。

我不禁佩服起自己，呃，或者说是刚才控制住我的右手，写下“替死鬼”这个答案的那个人——另一个平行空间里特别聪明的那个蔡必贵。

解决了这个长久以来的问题，知道了 Stephen 找我的动机，是为了找一个替死鬼，但是，问题到这里还没完。下一个要解决的问题是，Stephen 找的替死鬼为什么会是我？

我的意思是，地球上几十亿的人口，Stephen 是怎么挑中的我？合理的解释是，我身上有成为时间囚徒需要的特质。那么，我跟现任的时间囚徒，也就是跟 Stephen 之间，有什么样的共同点呢？

我挠着自己的头发，努力总结我们两人的相同之处。

同为男性，这是最明显的一点。

紧接下来的，当然就是——我们都很帅。

热爱运动。

他也爱喝单麦威士忌吗？也许吧……

除此之外，好像没有更多的信息了。

刚才在我整个帅气的推理过程中，Marilyn 都太安静了，一直跪坐在沙发上，好像连呼吸声都没有发出。我沉浸在自己的想法里，也就把她当成了室内环境的一部分，直到现在，才察觉屋子不光是我自己。我感觉头皮都开始发痒，挠了挠头：“嗯，应该洗个澡……”

Marilyn 显得很开心，像是终于找到了可以服务我的项目：“我去给主人放洗澡水，再伺候主人洗澡。主人的肩膀酸痛吗？我可以帮主人按摩……”

虽然现在我没有心思享受，但是让她到楼上放水，倒是一个不错的选择。

首先，从她身上已经问不出什么有用的信息了，我要继续推理下去，没有她这个干扰源的话会更好。

其次，梁警官刚才警告过我，时间囚徒 Stephen 将要对我不利，甚至会威胁到我生命安全。设想在这最后的一小时里，Stephen 破门而入的话，虽然打不过他……起码在楼下的我能形成一个缓冲，打发 Marilyn 上楼，她的安全系数会高一些。

这么想着，我朝 Marilyn 点了点头："那就麻烦你了，浴室在楼上，你自己先上去洗澡，洗完把浴缸放满水，然后再叫我。"

我看了一眼墙上的挂钟，现在离 12 月 1 日的零点，剩下刚好 1 个小时，预计 Marilyn 做完我上面交代的事情，肯定要超过 1 个小时。这样一来，她就避开了最危险的时间段。

我甚至已经开始幻想，如果我跟 Stephen 同归于尽的话，Marilyn 的催眠状态就会被解除，恢复了自由意志的她，应该会记得我坐怀不乱的伟大节操，还有为了拯救她显出生命的高尚情怀了吧。嗯，这样一来，她肯定会记住我一辈子的。

"是的，主人，我这就去。"Marilyn 然后走下沙发，上了楼梯。

我刚想告诉她灯的开关在哪儿，她却已经轻车熟路地按下开关，就像是曾经来过我家一样。

好吧，她应该真的来过。半个月前，我中了 Stephen 设下的调虎离山计，半夜跑到 D 栋的 1015 去探险。那天晚上，Marilyn 是被 Stephen 带到我家来的，然后还留下了那个日默瓦的手提箱。

看着她上了楼，过了一会儿，楼上传来哗啦啦的水声。

这一个月的种种混乱，在最后的 1 小时里，总应该有个了结了吧？刚才梁警官在电话里说，他有两个同事会过来保护我。时间囚徒 Stephen，为了让我当他的替死鬼，肯定也会在这最后 1 小时出现。但是，现在两拨人都还没到。暴风雨之前，总是会有片刻的宁静。而在风暴眼之中的我，有那么一点……无聊。

第十五章

替死鬼

我顺手拿过日默瓦手提箱，打开来欣赏里面的猎奇装扮。随手拿起紫色的眼罩，用手指抚过皮革的凸起。做工确实没得说，应该是国外非常贵的私人定制。指尖停在那一个希腊裸男跟巨石的印记上，脑海中突然灵光一闪。这不是普通的裸男，而是有象征意义的。

Stephen 是时间囚徒，而这个裸男是西西弗斯。

我皱着眉头，在脑海里搜索资料。在古希腊神话里，有一个做错了什么而被惩罚的家伙，叫作西西弗斯，英文名是 Sisyphus，刚好应了巨石上的那个大写字母 S。

神对于西西弗斯的惩罚，是让他推一块巨石上山顶，因为巨石太沉重了，所以推到一半就会滚到山脚下，西西弗斯只好从山脚再次往山上推。而西西弗斯本人应该是半人半神，永远也不会老，只好在无穷尽的时间里，一次又一次地重复着苦役。也就是说，这是一个没有终点、永恒的惩罚。

对于 Stephen 来说，被囚禁在同一段时间里，跟西西弗斯推石头上山，是一样性质的惩罚。Stephen 想要逃脱这个被时间囚禁的状态，所以，他个人的徽记是西西弗斯拿起锤子，要砸烂那块永远推不上山的大石头。我点了点头，心里豁然开朗——大写字母 S，不是

Stephen 的首字母，而应该是 Sisyphus 的。

我把眼罩放回黑色海绵的凹槽里，刚准备盖上箱子，却发现箱盖内侧还有一条拉链，扣子拉开了一点，里面露出一些白色的什么东西。好像是一些纸片。我皱着眉头，打开拉链，手往里面摸去，掏出来的是一大沓软硬各异、大小不同的上百张……门票。

我拿起几张看了下，票面有中文的，也有英语的，还有一些是法文或者别的什么。跟下午在酒店房间沙发上那张一样，都是各种交响乐、歌剧、独奏、音乐剧，各种“高大上”的演出门票，估计这上百张票，加起来能卖个十几万。

这些门票的演出地点囊括了亚洲、欧洲、北美洲，不过，仔细查看日期的话，可以发现一个共同点——演出时间都是在 12 月 1 日之后，我看到的最晚一张已经到了 2015 年的 2 月。我手里拿着门票，眼前浮现起下午在酒店里，Stephen 说起纽约爱乐乐团时，脸上憧憬的神色。

对于一个被囚禁在 11 月的时间囚徒而言，他无论多么有钱，都无法看到 12 月的演出。除了演出这种的需求，Stephen 也永远无法知道，在 12 月 1 日的地球上会发生什么样的新闻；一部播到第二季第七集的美剧，他永远、永远无法知道结局。如果有个心仪已久的妹子，苦追了一个月，终于在 11 月 30 日晚上，答应明天跟他约会……他却永远等不到明天。

突然之间，我就对“被时间囚禁”这个惩罚的残忍之处，有了一些直观了解。

一个人逃离困境的决心，往往跟困境给他带来的痛苦是成正比的。只要这个人的意志，还没有被困境摧毁。

想起 Stephen 跑步时稳健的步姿、坚定的表情，他可不像是会被摧毁意志的人。不，他的意志要比正常人坚定百倍。换句话说，他为了逃脱困境，任何事都能干得出来。任何事里，包括把我这个替死鬼大卸八块。难怪刚才梁警官在电话里说，时间囚徒是个高度危险的存在，并且很可能对我的人身安全造成威胁。

这个时候，我才开始担心起来。

不过，梁警官也说了，他会召唤两个同事过来增援。一个多月前，梁警官在卡瓦格博上，凭借一支手枪，隔着帐篷干掉了几个日本人，建立了国际刑警在我心目中的光辉形象。作为他的同事，肯定也差不到哪里去。虽然Stephen是个高深莫测的对手，但梁警官的两个同事一起上的话，起码打个平手没问题吧？就算打不赢，总能争取时间让我逃跑的。嗯，要记得带上Marilyn。

我看了一眼时间，快到晚上11:10。奇怪了，梁警官的那两个同事怎么还不来？差50分钟就要到零点，如果他们再不来的话，就……该不会是像以前的港产片那样，需要男主角突然爆发、逆袭、耍帅、独自搞定反派之后，警察才姗姗来迟，过来收个场吧？

上天可鉴，我现在一点都不想耍帅。梁警官的同事，赶紧来保护弱小的我吧！正这么想着，通往楼上的复式楼梯，突然传来了脚步声。才10分钟而已，Marilyn那么快就洗完澡了，倒是比一般女人手脚要快多了。但是，两秒钟之后，我开始觉得不对劲。

Marilyn作为一个又不矮，又有胸，但是体重仍然没有过百的女性，在实木楼梯上踩出来的声音，应该很轻巧，像一只走路没有声音的小猫。而我现在听到的脚步声，咚，咚，沉稳有力，让实木的楼梯都有些颤抖。在第一时间，我就想到了那个人。

我紧张地吞了口口水，朝复式楼梯那边看去。在水族箱顶部跟天花板之间的空隙，楼梯的几块木板之间，露出一双穿着黑色西裤的、男人的腿。那一双腿，还在向下移动。只能是他——时间囚徒，Stephen。

那楼上的Marilyn……

这个时候，我反而冷静了下来，赶紧站起来跑到了阳台，然后又回到客厅里，来得及把东西藏在沙发垫下，再一屁股坐在上面。做完这一切之后，一个魁梧的男性身躯正绕过水族箱，走到了我的面前。我猜得没错，除了 Stephen 之外，不可能有别人。

他穿着一身合身的黑色西服，用料上乘，裁剪出色，应该是高级定制的衣服。紫色的领结、袖扣一丝不苟，衬托出一个高大魁梧、社会精英的形象。他随身携带的气场让他的身量看上去比实际上还高大，让我产生了一种错觉——他只比天花板矮了一小截。

在客厅的灯光下，Stephen 脸上露出招牌式的帅气大叔的笑容："鬼叔，晚上好。"

我的第一个问题是："Marilyn 怎么了？"

刚才我让 Marilyn 到楼上洗澡，是想着 Stephen 破门而入之后，起码我可以保护下她。谁也想不到，Stephen 出现在我眼前时，竟然是从楼上走下来的。

Stephen 很有绅士风度地一笑："Marilyn？放心吧。她是我送给你的礼物，那就是你的东西了。我当然不会对她无礼。"

我皱着眉头，判断他说的话的可信程度。确实，起码在过去的一个月里，Marilyn 都是他手里的玩物，他要对她怎么样的话，不用等到现在。所以，Stephen 应该不会为难她的，大不了把她控制起来，不让她下楼而已。

那么，第二个问题："你是怎么进来的？"

我转头看了一眼被鞋柜堵住的房门，完全没有被移动过的痕迹，这就是说，他刚才不是推门进来的。不过，这也是废话，我一直就坐在楼下客厅，如果他真的是从门口进入，我不可能会没有察觉，毕竟我只是有点瘸，并不瞎。

其实，刚才我就想过，像 Stephen 这样的非正常人类，肯定也是不走寻常路，不会从正门进来的。我甚至设想过，他从楼上阳台跳到我家阳台，或者背着一个光启马丁飞行喷射包，直接飞进客厅里来。

但是，就没有想到过他是会从复式的楼上下来，毕竟那里只有浴室里有透气的窗户，除此之外，四面都是水泥墙。Stephen 那么宽的肩膀，是怎么从小小的窗户里爬进来的……

慢着，我想到了。

Stephen 仿佛又看穿了我的想法，对我一笑："没错，我一直在你家楼上。"

我点了点头，果然是这样。在我回家取了手牌，再次出门之后，Stephen 就偷偷进了门，然后一直躲在楼上。刚才我上楼看双色球开奖时，也并没有留意浴室里的情况，他估计一直就躲在里面吧。

刚才梁警官在电话里反复询问我是不是一个人在家，在得到我的肯定答复后，才让我一定不要离开家门，在家里等待救援。我不但有意隐瞒了 Marilyn 在我身边，而且更没发觉他所说的高度危险的时间囚徒，其实也在同一间房里潜伏着。也就是说，梁警官以为安全的地方，其实是最危险的地方。

不但如此，我还自作聪明地用鞋柜跟餐桌把房门挡了起来。现在的状况就跟和老虎关在同一个铁笼里，没有什么两样。而且，这是一只在笼子里被关了不知道多久，为了逃出笼子，什么事情都做得出的老虎。

我深深吸了一口气，再次打量 Stephen 魁梧的身形。打是肯定打不过了，斗勇的路行不通，想跟他斗智……估计更够呛。当下之计，只有尽量拖延时间了。我打定主意，马上想到了一个话题："你没有我家的电子门卡，是怎么进门的？"

Stephen 像是早知道我会这么问，耸耸肩膀，从上衣口袋里掏出一个东西。这玩意儿的外形像个塑料打火机，黑不溜秋的，平淡无奇。他举起手上的东西，展示给我看："可以开任何品牌、型号电子门锁，万能的电子门卡。不用去淘宝上搜，市面上找不到，这是我自己发明的。"

我瞪大了眼睛："那么厉害的道具？原来你还是个科学家？"

他漫不经心地把那东西往地上一扔："不值一提的小东西，记得是我在，嗯，第 754 个循环时，第一次做出来的，之后再复制就容易了。"

我皱着眉头，第 754 个循环？这是什么鬼？

Stephen 似乎看出了我的疑惑，他抬腕看了下手表，然后说："还有时间，鬼叔，我知道你有很多没想通的地方，你不介意的话，让我慢慢讲给你听。"

我简直不敢相信自己的耳朵，刚才还想着要怎么才能拖时间，没想到 Stephen 主动满足了这个需求。按照下午的经验，以他说话的节奏，要把时间囚徒这件事讲明白，没有个把小时肯定不够。再加上，我还可以当好奇宝宝，随时插入提问，简直是秉烛夜谈，一直到太阳出来都没问题。

Stephen 径直朝我走了过来，我感觉受到了威胁，下意识地往后退了一步。

他只是拍了拍我的肩膀，然后朝沙发走了过去，坐下之后，还拍了拍坐垫，像是在招呼来家里玩的客人："鬼叔，过来坐。"

Stephen 对我家里的布置表现出的那种熟悉感，像是曾经在这里住过很长一段时间。不过，幸好，他没有坐到刚才我藏东西的那块坐垫上。

我慢慢走了过去，在他身边坐下，顺便抬头看了一下正对面墙上的挂钟。晚上 11：10，还差最后的 50 分钟。坚持一下，马上就过去了。嗯，其实都不用坚持 50 分钟，过一会儿梁警官的两个同事就会到了吧，他们一定有办法让我脱险的。

Stephen 笑了一下，不带任何感情的，慢慢说了四个字："不用等了。"

我大惊失色之下，试图掩饰心里的震惊："啊？等……等什么？我没有在等什么啊。"

Stephen 宽厚地一笑："那两个国际刑警不会上来的。"

我心里又暗骂了几句，难道是 Marilyn 把这一切告诉他的吗？但是无论如何，要骗是骗不过去了，我深吸了一口气问："你怎么知道他们不会来？"

Stephen 稍稍仰起头，像是在半空中看到了一幅画面，然后他把那个画面描绘了出来："一男一女，都在 30 岁左右，上了地下停车场的一辆商旅车。刚刚发动，一辆三菱吉普突然从暗处开出来，拦在商旅车的车头。从旁边车位的几辆车里，冲下来一群人，手里拿着枪，喊的是……别动，警察。"

我瞪大了眼睛："警察？"

Stephen 点点头："没错，中国警察。他们会在商旅车上搜出 3 千克高纯度的冰毒。两个国际刑警连掏出证件的机会都没有，就被制伏了，拼命解释也没有用，审讯起码要三个小时。"他对我诡异地一笑，"鬼叔，你知道，我们的人民警察可不是那么好糊弄的。"

我倒吸了一口冷气，这个 Stephen 太可怕了。

他提前知道了梁警官会让这两个同事来增援，所以布下了一系列的陷阱来栽赃陷害，包括在商旅车里藏 3 千克冰毒，还有通知国内警察在停车场里埋伏。这样一来，那两个同事脱身都很困难，更别说来救我了。所以，我在等的其实是一班永远不会到的救兵，就像 Stephen 在等永远不会到的 12 月 1 日。

我认认真真地观察 Stephen 的表情和眼神，得出的结论是，他并不是在虚张声势。我吞了口口水，冷静了一会儿，说出了一句电视剧经典台词："你到底想怎样？"

Stephen 闭上眼睛，像是在回想往事。然后，他深深地叹了一口气。再次睁开眼睛时，他诚恳地看着我说："鬼叔，我只想你多了解我。"

我脸上故意做出周星驰式的夸张表情："对不起，我不想了解你。"

Stephen 摇了摇头，脸上流露的深情，竟然带着一股惋惜："鬼叔，在我面前，你不需要这样装疯卖傻，掩盖你内心真实的想法。我知道，你因为能看见别人看不见的东西，懂得太多，想得太多，所以在这个庸俗浅薄的世界里，活得很累。"

他双手有力地握在一起："但是，在我面前，你没有必要这样。因为，我们是同一类人。"

被一个无所不能，又无所不用其极的时间囚徒，认可为"同一类人"，不知道是该开心还是难过。我牙疼似的咧了咧嘴，挑战他的说法："同一类人……好吧，可是我从来不喜欢骗人。"

我指的是下午在酒店里，他睁着眼睛说瞎话，告诉我他是来自更高维度空间的高维生物，并且推销了一整套关于高维生物的理论，来解释他为什么对我感兴趣，为什么要接近我。现在，他虽然没有明说自己是时间囚徒，但实际上也默认了。所以，他说了一下午关于高维生物的话题，都是假的，是彻头彻尾的谎言。无论再怎么说，Stephen 也是一个骗子。

Stephen 并没有被我的话激怒，他不为所动，慢条斯理地说："下午跟你说的关于高维生物内容，只是为了让整个交接流程进行得更顺畅些。不过，你比我想象得更聪明，自己判断出了我并不是一个高维生物在低维空间的投影，我也是一个普通人类……"

他自嘲地一笑："好吧，也曾经是一个普通人类。如你所猜测的，我是一个……" Stephen 对着我郑重地点了下头，"没错，时间囚徒。"

我倒吸了一口冷气，虽然自己之前也猜了出来，但是听他亲口承认，还是有一种震撼力。

"时间囚徒"原来不光是个科幻概念，而是真实存在的。更厉害的是，这个超乎常识的存在现在就坐在我对面。这种感受如此真切，我和一个时间囚徒的距离，还没有我的臂展那么长，如果我现在一拳挥过去，可以轻松打中他的脸。当然了，前提是他不挡住我的手，并回过头来把我打成狗的话。

我皱着眉头："Stephen，不，应该是叫你 Sisyphus，西西弗斯吧？"

Stephen 宽厚地笑了一下："我之前说过的，Stephen 也好，Sisyphus 也好，都只是一个代号而已。不过，我更喜欢你叫我 Stephen，跟我帅大叔的形象比较搭配。Sisyphus，怎么说呢，有点太……古典了。"

我深深吸了一口气，摆出洗耳恭听、愿闻其详的架势："那好吧，Stephen，不，你倒是跟我说说，时间囚徒到底是个什么鬼东西。"

Stephen 点了点头："鬼叔，不要心急，既然我已经承认了自己的身份，就会把所有的一切仔细地讲给你听。不过，你要相信我，这并不是经典警匪片里面，反派在被打败之前，要把自己所做的坏事先交代一遍，绝对不是。现在我告诉你真相，跟下午我隐瞒真相的目的一样，都是希望，我刚才说过的，希望让交接流程进行得顺利一点。"

我皱起了眉头，心里很有些抵触："什么交接流程，你就是想让我当你的替死鬼，对吧？你又凭什么认为我会同意？我不同意的话，流程都根本开始不了吧，又怎么会顺利？"

Stephen 伸出右手往下压，示意我少安毋躁："鬼叔，你不要急，听我慢慢跟你说完，然后你再做决定。你要记住第一点，也是至关重要的一点。"

他伸出右手食指："交接流程进行的前提是双方都一定要自愿，这是站在我们维度之外的超智慧体，真正的高维生物定下来的规矩。要不是这样，鬼叔，我有一百万种方法让你同意。"

他脸上的笑意还是这样宽厚温暖，我却不由得打了个寒战。Stephen 说得云淡风轻，但是认真想一想，却让人细思极恐、不寒而栗。对于我这种浑身都是软肋的普通人，无论是肉体的折磨，还是以亲人朋友为人质来要挟，就像 Stephen 所说的，要我就范是分分钟的事情。

说起来，确实要感谢那个真正的高维生物，不然的话，我都不知道要遭受什么样的酷刑，根本别提之前 Stephen 给我的好酒、好戏的贿赂了。

Stephen 随手拿起了我放在茶几上的 Surface，我刚想着要帮他输入密码，他却轻车熟路地自己解决了。好吧，这对于他来说，确实是小菜一碟。

Stephen 打开了 11 月的日历，放在我们两个人中间。他深深吸了一口气，看起来即使是对于他，要完整阐述“时间囚徒”这个概念，也是一件挺严肃的事情。

他指着日历上的 11 月 1 日，开始演讲：“鬼叔，你之前的分析没错。我作为一个时间囚徒，是被囚禁在从 2014 年的 11 月 1 日”，他把手指移动到日历上月份的最后一天，“到 2014 年的 11 月 30 日，也就是今天，整整一个月的时间”。

Stephen 轻轻叹了一口气：“自从我成为时间囚徒以来，确实就跟徽记上的 Sisyphus 一样，是在不断地推石头上山，不断地循环。没有记错的话，当然其实我也不可能记错，我跟你一同度过的这一个 11 月……”

他抬起头来，看着我的眼神里竟然有几分忧伤：“这个 11 月，是我循环经历的第 1236 个 11 月。”

我瞪大了眼睛，下巴都快要掉到地上。

循环经历的第 1236 个 11 月？乍一听好像也没什么大不了的，但仔细一算的话，就很可怕了。一年里有 12 个月，1236 次的 11 月，就等于大概 100 年。如果说 Stephen 第一次经历时间循环是在 40 岁，那么他现在的心理年龄，其实是在 140 岁。100 年，而且是在年富力强的阶段……

Stephen 似乎又看穿了我的想法:“没错，成为时间囚徒的这 100 年，对于我来说，是一笔非常宝贵的财富。鬼叔，我知道你很喜欢看《七龙珠》，里面有个时间与精神的房子，记得吗？”

我点了点头:“记得，打魔人布欧之前，悟天跑到那个房子里去修炼，里面一年等于外面的一天，所以给了他更多备战的时间。”

Stephen 轻轻拍掌，表示赞同:“没错，其实换个角度看，我被囚禁的 2014 年 11 月，也相当于时间与精神的房子，给了我无限多的时间，去学习我任意想学的知识，掌握地球上我感兴趣的所有技能。所以，正如你看到的，在你面前的这个我，是一个无所不知、无所不能的超人。”

我凝重地点了点头，他说的确实没错，无论哪一个普通人，都不可能拥有一段超出 100 年的时间，不需要考虑疾病、衰老等影响，稳定地去学习、去进行发明创造。不过，不间断地学习个 100 年……听起来绝对是银河历史上最残酷的惩罚啊，不要说 100 年，连续学习 100 天，不，100 小时，也足够要了叔的老命了。

Stephen 洞若观火地一笑:“鬼叔，我知道你在想什么。没错，我是一个热爱新知识的人，但我所热爱的可不光是新知识。在这 100 年里，我还干了许多别的事情。”

我皱着眉头:“比如说？”

Stephen 脸上展露出他迷人的帅气大叔的笑容，给我细数他在这 100 年里达成的成就:“鬼叔，这个清单有点长，我就挑你感兴趣的说一下吧。比如说，前面提到了你爱的《七龙珠》，在第 321 次循环里，我到日本跟鸟山明大师见了次面，一起喝了他最喜欢的纯米大吟酿。”

我眉头渐渐舒展开来:“哇，好厉害的样子。”

Stephen 继续如数家珍:“比如说，我跟国内外的很多女星，一起吃饭，喝酒，共度良宵。当然了，一些女性对颜值还是有要求的，不过这对于你跟我来说，都不成问题。”

虽然知道他居心叵测，但我还是很愉快地接受了他的认可。没办法，叔长得帅，这是个不争的事实。

Stephen 继续说道：“至于要怎么知道她们想要什么，别忘了，我有无限的时间去调查，这个循环里没搞定，下个循环再继续就行。另外关于钱的问题……”

我想起了他给我的那张双色球预告，点了点头，抢着说：“这个我知道，你可以预测 11 月里每一次双色球的开奖号码。不对，都不说是预测，因为对你来说是已经发生过的事实，只不过再发生一遍而已。所以，你可以得到巨额的财富，钱对你来说根本不是问题。”

Stephen 赞赏地点头：“没错，双色球，不仅如此，我还知道国内外所有金融市场、股票、期货、债券的走势，精细到每一分钟。所以，我在每一次循环的开头，先通过福彩得到一笔资金，一两千万就够，然后再把钱投入到金融市场。在每个 11 月最初的三天内，我依照自己这次循环的规划，可以赚到足够的钱，少则几千万，最多的一次应该是在……第 568 次循环吧，我用一星期挣了 300 个亿。”

他摆了摆手：“不过也没什么用，纸上财富而已。”

我听得瞪大了眼睛，心里的想法也慢慢发生了变化。

在 11 月初的时候，Stephen，不，当时还是神秘邻居，就展示出了他无所不知、无所不能的一面，他拥有极高的社会地位，以及看起来根本花不完的财富，总之，一切社会资源。所以，当时我的推断是，神秘邻居是高维生物在低维空间的投影，他本来就具备预知未来甚至是随意涂抹现实的能力，所以才拥有那么多的社会资源。

但是，换一个角度，即便不是高维生物，实际上，一个听起来不太舒服的时间囚徒，也可以做到这个程度，占据社会资源，高居金字塔顶端，想玩什么玩什么。

除了一些满足原始欲望的，还有更高级的项目。比如说，可以喝遍世界上所有的单麦威士忌，可以去学个飞机驾照，可以把世界上所有安缦的酒店都住一遍，成为最牛的 Aman Junkies（安缦痴）。

凡人皆有一死，名利都带不走，剩下的其实就是人生历程里的体验。而时间囚徒这个惩罚，换个角度看，其实是给了一个进行无限次体验的机会。

至于要怎么利用这个机会，就跟刚才 Stephen 说的一样，其实并不难。像我跟他这么聪明的话，可以把这个能力发挥到极致，成为世界的王；即使是普通人的智力，也能够过得很好了，世界的王说不上，当个县城一霸还是妥妥的。

我挠了挠头，不知道怎么回事，我开始觉得——成为 Stephen 的替死鬼，不，用“继任者”这个词更合适些，也并不是什么不可以考虑的事情。

到了零点之后，Stephen 就要循环回到 11 月 1 日去了，所以如果我接受他的建议，就要赶快开始他所说的“交接流程”才行。

第十六章
浴室

我几乎就要开口问他交接流程是怎么回事了，不过，话说出口之前，我还是忍住了。嗯，不能冲动，我要了解多些，然后再做决定。比如说，从 11 月 30 日循环回 11 月 1 日，是怎样的一个体验，会不会是万分痛苦？比如说，人被撕裂成一个个原子，通过时间黑洞传输，然后再一个个拼装起来？

我可不是一个意志力坚定的人，如果每次要经历这样的酷刑，我没循环几次就会精神崩溃，变成一个疯子的。那么之前说的那些好处全部连一毛钱的意义都没有了。幸好，幸好，叔是那么聪明、那么缜密的一个人。

我深深吸了一口气，提问道："Stephen，我想知道，每一次的循环，我指的是从 11 月 30 日又回到 11 月 1 日，这个过程具体是怎么样的？你本人的体验又是怎么样的？"

虽然我问得很直接，但 Stephen 一点都不介意，诚恳地解释说："鬼叔，我理解你这方面的担心。不过，担心是多余的。从 11 月 30 日回到 11 月 1 日，对于我来讲，就是在 12 月 1 日零点之前，无论我正在从事什么活动，跳伞、潜水、睡女明星，只要秒针一到，我就又回到了 11 月 1 日凌晨我泡着的那个浴缸里。"

他抬腕看了下手表："比如说，如果你不接受我的建议，再过个40分钟，我就又回到了浴缸里，赤身裸体，而不是这阿玛尼高级定制的黑色西服。所有物理上的改变都会完全消失，但是精神上的将会保留下来。也就是说，我会记得这次循环，第1236次循环里所发生的事情，包括现在跟你的这一场谈话。"

我唯一的问题是："跳伞……那你正在空中高速下坠，突然变到了一个浴缸里，不会把浴缸砸穿吗？"

Stephen耐心解释道："不会的。一切物理性的状况都不会进入下一个循环，回到11月1日的只有我的意识。就拿跳伞来说，我正在跳伞，现在是零点前的倒数，3、2、1，我就算睁着眼睛，看到的景象也只是从快速接近的陆地，一瞬间，突然切换成酒店浴室的天花板。包括身边的风、高速下坠的动力势能、我背着的伞包，统统消失不见。"

他眼珠子向上翻，回忆道："具体来说，那是第120次循环时，我在美国体验的。跳伞的时候高速下坠，所以身体下意识地会往后挪，突然变到了浴缸里，其实就是用力往底部靠了一下而已，连水都没有溢出来一点。"

我点了点头，原来是这样，就像是躺在浴缸里，做了一个梦——长达一个月的梦——然后一觉醒来而已。还有，这个梦是一个套一个，无限循环的，而Stephen已经做了1200多个这样的梦。

但是，这跟做梦又不太一样，因为在每一次循环里，都可以对现实情况做出改变。比如说在1236次的循环里，Stephen就对我做了那么多的事情，都是真真切切地发生，被我真真切切感受到的。怎么说呢？就是在现实里，拥有梦中一样无所不能的力量。听起来，还是挺好玩儿的。

不过，得到了这个问题的答案后，相关的问题又冒了出来。反正Stephen也没有催促我，看起来走完流程用时应该不多。况且，我也不想表现得很急切要继任时间囚徒的样子。所以，我准备一个个把问题全部问完。

我深吸了一口气，提问道："听起来还行，不过，我又有一个新的问题。"

Stephen 双手手心相对，平行放置，摆出了一个欢迎咨询的手势："鬼叔，你说。"

我深深吸了一口气，皱着眉头问："比如说，我没有接受你的建议，继任时间囚徒，我只是打个比方，如果这样的话，再过半个多小时，你就会循环回 11 月 1 日，对吧？"

Stephen 优雅一笑，点了点头："没错，是这样。"

我继续问道："你循环回去了，那对于我来说，会看到的是怎么样的情形呢？是你凭空就消失了吗？"

Stephen 摇了摇头："不是。"接着又点了点头，"但也可能是。"

我心想，你这是在逗我吗？

当然了，我嘴上只是问："为什么这么说？要继任你的时间囚徒，我需要更详细的信息，才能说服自己。"

Stephen 耸了耸肩膀："鬼叔，不是我故作神秘，而是真的不知道。因为，12 月 1 日零点之后发生的所有事情，我都无法得到任何的信息，也包括我到底是以什么形式消失的。"

他调整了一下坐姿："不过，你问的问题，也是我自己关心过的。所以，在七八个循环里，我认真学了一下量子物理、相对论相关的知识。关于这个问题，我自己也有几个推测。"

我摆出认真听讲的姿势："愿闻其详。"

Stephen 接下去说："第一个，比较戏剧性。就像电影里演的那样，我的整个身体砰的一声，在你面前消失不见，留下来的只有这身行头。这样的话，因为我身体占据的这个空间体积，突然变成了真空状态，你会听到像飞机超过音障时发出的巨大声响。"

我身临其境，不由自主地捂上了耳朵，确实像 Stephen 说的那样，这个表现形式比较戏剧化。

不过，我咬着下唇想了一下，提出了自己的看法："我觉得这个可能性不大，因为你之前说了，循环回到 11 月 1 日的，只有你的意识。而且，像人类躯体那么庞大的东西，如果突然消失，在另一个空间里又突然出现，原来存在于那个空间的空气也好、水也好，都会被以极快的速度挤开，说不定会发生爆炸吧？而且，浴缸里本来就有一具你的身体，对吧，如果再变过去一具，两个重叠在一起……"

我说不下去了，只觉得画面太美。

Stephen 赞许地点了点头："鬼叔，你分析得没错，我的判断跟你是一样的。每次回到 11 月 1 日，浴缸里的水都没有波动，所以，回去的应该只有我的意识而已。既然在 11 月 1 日没有增加我的身体，那么 11 月 30 日这里也不会消失。好，接下来就是第二个可能性……"

他换了口气，继续说："我的意识回到了 11 月 1 日，所以，留在 12 月 1 日零点的只是一具身体，大脑停止了运转，也就没办法指挥身体各个器官的运转，所以，在你面前的这个我，很快就死去了。"

我倒吸了一口冷气，一个好好的人在你面前挂了，先不要提受到的惊吓，就是警察找上门来，你也不好交代。如果真是这个情况，那在 1200 多次循环里，在 Stephen 最后的时刻跟他一起的人，都是倒了大霉了。然后，不管别人怎么倒霉，跟 Stephen 可一点关系都没有，因为他的意识又拍拍屁股回到了 11 月 1 日，跟 12 月 1 日的世界没有一分钱的关系，也不用负一分钱的责任了。

Stephen 笑了一下："鬼叔，我知道你在担心什么。不过，下一种可能性，会让你放心些。"

我很感兴趣地哦了一下："说来听听。"

Stephen 继续分析："跟第二种可能一样，也是意识突然回到了 11 月 1 日，但是，留在 12 月 1 日的，也仍然有一个意识。也就是说，我的意识在这个时间跟空间的分叉口，突然之间被复制了，一分为二，一个被某种超自然的力量拎回了11月1日，一个顺着时间的潮流仍然留在12月1日。如果是这样的话，即使你不同意成为下一任的时间囚徒，没有问题，因为你仍然会跟留在12月1日的那个我，坐在这里聊天。”

我挠了挠头，这个结局貌似很不错啊，我跟留在这个世界的Stephen愉快地做朋友，反正他身家丰厚，又什么都懂，指点我一些挣钱的门路，很快我就能升职、加薪、出任CEO（首席执行官）、迎娶白富美，登上人生巅峰了。想想还真有点小激动呢！

我在畅想的时候，脸上不由自主流露出的喜悦，估计Stephen都看在眼里。他高深莫测地一笑：“时间限制，还有一些别的可能性，我们就不深入讨论了。鬼叔，你还有其他想要了解的吗？”

我看了一眼挂钟，离零点还有半个小时。

说来Stephen再聪明，对心理学了解得还是不够。本来他把时间囚徒的好处描述了那么多，我已经跃跃欲试，想着要怎么接受他所谓的交接流程了。没想到，他最后又提供给我另外的可能性，让我看到了即使不接受他的建议，也可以得到不错的回报。

要面对的风险，无非就是Stephen所说的第二种情况，意识回去了11月1日，在我面前坐着的这个高大男人，突然就挂掉了而已。虽然不好解释，但法官也不会无缘无故给我判刑的。最差无非是这样，最好的收益是我什么都不用干，白白认识了一个超级强有力的朋友，那么关于是不是继任时间囚徒的选择……我现在，还是倾向于不。

既然做了这样的决定，那么我现在的策略又回到了之前那个——拖延时间。只要拖到零点，不，拖到不够时间来完成交接流程，那就万事大吉了。这样想着，我在脑海里搜索了一下，有了。

我装作非常感兴趣，又对Stephen提出一个问题：“对了，我想知道，如果在某一次循环里，你死掉了，又会发生什么样的情况呢？”

我的想法是，如果死亡是可以实现的话，在受够了被时间囚禁后，起码还能以自杀来解脱。

Stephen 对于我有点冒犯的问题毫不介意："鬼叔，你提的这个问题很好。其实，在这 1236 次循环里，我死了有大概……"他认真数了一下，"18 次吧，大部分都是玩得太过分了，意外死亡。"

我皱着眉头，如 Stephen 所说，他已经死过了 18 次，但他现在还活生生地跟我坐在同一张沙发上，也就是说……

Stephen 点点头："没错，成为时间囚徒，就像西西弗斯推石头上山，是永恒的循环，无法终止的苦役，不能靠自杀来解脱。濒临死亡是很可怕的体验，相信我，作为一个死过 18 次的人，可以很负责任地告诉你，千万不要去尝试自杀，非常痛苦。"

我紧张地"嗯"了一声。

他继续往下说："但是，在经历了临死前的痛苦和无助，意识完全离开了身体之后，下一秒，我又躺在了酒店的浴缸里。也就是说，死亡对我的影响，不过是缩短了这一次循环的时间，然后再开始新的一次循环。"

我的眉头皱得更深了。

按照 Stephen 所说，作为一个时间囚徒，是想死也死不了的。这样带来的影响有两个方面。

一方面，就算自杀，也无法摆脱永恒的时间囚禁。乍一想好像没什么，但想深一点，这确实是个让人发疯的诅咒。无论如何尝试，就算有了死的觉悟，你都永远被困在一个相同的 11 月里，不断重复，永远没有终点。现在 Stephen 经历了 1200 多次循环，如果没有找到继任者，那他将会循环到 12000 次，120000 次，1200000 次……永无止境。

另一方面，这个诅咒也有乐观，不，应该说更恐怖的一面。按照 Stephen 所说，死了也只是回到 11 月 1 日，那么他可以在任何一个循环里为所欲为。举个简单的例子。他可以跑到市中心，大开杀戒，随便砍死几十个人，只要在警察来之前自杀，就可以回到下一个循环的起点。

不，换个角度想，就算他不自杀，也没有关系。如果被警察枪杀了他，或者抓住了之后审判死刑，都只是回到了 11 月 1 日。所以，Stephen 要面对的最大风险，无非就是被抓住了，又没那么快判死刑，要在看守所待个最多一个月的时间，让这一次的循环变得比较无聊而已。

想到这里，我突然紧张起来。

Stephen 却洞若观火，笑了一下说："鬼叔，就像你想的，这是一个诅咒，但也是让我无论怎么做都不用考虑后果的双重保险。"

我更加确认了心里的想法，知道自己为什么会紧张，因为我意识到，他就算现在把我杀了，就像杀死一只蟑螂，不用顾虑任何后果。心里有了这个想法，我不敢抬头看他的眼睛，怕暴露出我的恐惧。

我深吸了一口气，转移话题道："Stephen，我想知道，你为什么会选择我来继任时间囚徒，这个挑选是出于什么规则？"

幸好，Stephen 也顺着我的话题走了："鬼叔，不是我选中了你，而是真正的高维生物选中了你。"他的声音里竟然带着一点忧伤，"就像是当初他选中了我一样。"

我抬起头来，疑惑地问："你怎么知道高维生物选中我了？难道是他跟你说的吗？"

Stephen 突然笑了起来，真正的那种笑，大笑，哈哈哈的笑。我第一次看他这么显露情绪，就好像我说的是一件特别可笑的事情。笑了足足有十几秒，他勉强止住笑，对我说："鬼叔，不是你想象的那样，高维生物不会跟你直接沟通，而是给你一些暗示，让你自己去领会。这些，以后你自然会懂。"

我还是不理解："那你到底是怎么选中我的？"

Stephen 看向阳台外面："鬼叔，你知道吗，在成为时间囚徒之前，我也在这个小区住过。"

我惊讶道："原来如此，难怪你一开始会说是我的邻居。"

他点了点头："没错，我认识上一任时间囚徒，也是在这个小区，虽然交接流程是在酒店里……"

我脑子飞速转了起来，原来他作为时间囚徒的身份，也是从别人那里继承来的！难怪他会知道这个东西可以传递，也知道要怎么操作所谓的交接流程。那么，把时间囚徒的身份传给 Stephen 的，又会是一个怎么样的人？这里面似乎是一个很复杂的故事。

他却没有多提他的上一任，而是继续道："但是，在那么多次的循环里，我也偶尔会回这个小区里住几次。然后，我发现了一个秘密，鬼叔，一个关于你的秘密。"

我紧张了起来："什……什么秘密？"

Stephen 诡异地一笑："秘密就是，我发现在整个 11 月里，C 栋 1015，也就是你住的这个房间，有时候灯会亮，有时候不会亮。"

我有点摸不着头脑："什么灯会亮，灯不会亮，是什么意思？这个很重要吗？"

Stephen 解释道："特别重要，你听我慢慢说。在成为时间囚徒之后，最初的几次循环里，我就观察得出结论，就是每一个循环里，如果不施加我自己的影响，那么在每一个人身上的每一件事情，都是必现的、相同的、重复的。"

我皱着眉头："你的意思是说……"

Stephen 点点头："没错，比如我在 11 月 2 日早上，到酒店楼下吃自助餐，永远会遇到一个 27 岁的瑜伽老师，她一定在 09：32 那一刻，站在餐台前，用右手拿起一个全麦面包。"

他顽童似的一笑："除非在 1 日晚上我跟她发生了关系，或者把她杀了。"

我愣了一下："杀了……你是开玩笑的吧？"

他却跳过了这个问题："我所指的是，任何一件事，任何一个细节，都是必然会发生的。但是，除了C栋1015，除了你。我也是偶然发现，在11月1日的这天晚上，C栋1015的灯有时候亮，有时候不亮。如果没有亮的话，之后的整整一个11月，C栋1015的灯都不会亮。"

我想到了什么，突然觉得不寒而栗。

Stephen善解人意地说："我试过在灯不会亮的时候，在你这里住了几次。所以，没错，我对你的这个房间的任何细节都特别熟悉。在那些次的循环里，整整一个11月，你都不会踏进这个房门，也就是说……"

他对着我同情地一笑："你死在雪山上了。"

我手臂上都是鸡皮疙瘩，因为我听懂了他的意思。

这次能从卡瓦格博回来，从雪崩中幸存，都是靠水哥身体里的那只貔貅。那是一只传说中的上古神兽，在水哥的某次奇遇里，他打开了从地下车库通往秦始皇陵的青铜门，并被貔貅寄生在体内。在极其偶然、极其危险的情况下，水哥召唤出貔貅，制造出一个连接异度空间的通道，吞噬他面前的一切事物。

也多亏了这只红色的虫子，不然的话，我们所有人必死无疑。Stephen的意思就是说，在他经历的那么多次循环中，我有时候回来了，有时候死在山上了。也可以这么理解，雪山之行后，我处在从雪山回来和死在雪山上两种叠加状态中，被不同循环里的Stephen观测后，这种叠加状态坍塌成了其中一种固定的状态。

Stephen看出来我在后怕，火上浇油地说："而且，鬼叔，不瞒你说，你能回来是一个小概率事件。"

我倒吸了一口凉气，他的意思就是说，在他经历的大多数循环里，我，鬼叔，跟水哥、梁警官，还有那帮日本人，全部被卡瓦格博的雪崩埋掉了。

Stephen 完全没有照顾我的情绪，继续往下说："所以，你就是在一成不变的 11 月里面唯一的变数。我马上就意识到，你是我能逃出时间循环的关键所在。上一任的时间囚徒并没有告诉我这个挑选继任者的窍门，你很幸运，我是一个乐于分享的人。"

我闭上眼睛，仔细去想他所说的话。

综合起来，Stephen 的意思就是说，他是因为我是 11 月里唯一的变数才选中的我。而我为什么大多数时间都死在雪山上了，只有少数几次能回来，背后是因为高维生物的干预。

真是复杂得让人头疼。

Stephen 抬腕看了一下手表，终于催促道："鬼叔，你考虑得怎么样了？如果没问题的话，我们就开始……"

我的心脏怦怦直跳，说实在的，我对于成为下一任时间囚徒这件事情，更加抗拒了。万一我找不到我的继任者呢？这种无限的循环，那就连自杀都无法解脱啊！情急之下，我脱口而出："等等，Stephen，我还有最后一个问题。"

Stephen 抬起头来，脸上的神色有一丝的不耐烦："你说吧。"

我支支吾吾道："呃，我想问，就是那个，啊……对了！就是在你 1200 多次的循环里，最好玩的事情是什么？"

问题一出口，我就觉得自己傻了。幸好，幸好，Stephen 竟然愿意回答这个弱爆了的问题。

他语气轻松，就像是在讲别人的故事："你知道吗，在 1200 多次的循环里，我发现世界上好玩的事情不多，有一样是我特别喜欢的，那就是……"

我抬起头来看着他，他的眼神里满是喜悦："杀人。"

我吸了一口凉气。

Stephen 像是在描述一件普通的爱好，语气轻松而愉快："没错，就是杀人。当把世界上所有东西都玩过了之后，你会发现，只有人类，才是最好玩的玩具。而把这个玩具毁掉，在过程中，观察他们的反应，更是一件好玩到不得了的事情。”

我的呼吸开始急促起来，脑子里渐渐意识到，跟我坐在同一张沙发上的，并不是什么长腿叔叔，而是一个汉尼拔式的人物。更可怕的是，这是一个不会受到法律制裁，或者说根本不畏惧法律制裁的——汉尼拔。

Stephen 像真正的变态杀人狂一样，把右手举在眼前，爱惜地看着自己长而有力的手指：“鬼叔，你知道吗，杀人的方法有无数种，人类面对死亡的态度，也有无数种。不过，恐惧是其中的共同点。男的，女的，8 岁的，80 岁的，我还没有遇见过不怕死的。”

他把左右手紧紧握住，像掐住了谁的脖子：“看着他们先是不解，然后是渴求，或者有反抗，但最后都一定是绝望。哈哈哈，没错，绝望的表情是最好看的，我建议你一定要看。看着他们，这些物种上的同类，看着他们的生命之火在眼睛里消失，在你脚下抽搐死去，你会知道，自己正站在食物链的顶端，你会知道……”

他的眼睛里发出了异样的光彩，像是一个纯粹的神经病：“你就是神。”

我被他这神态吓尿了，身体下意识地往后挪，全身肌肉紧张，准备随时跳起来逃命。

Stephen 却并没有出手，他左右手握在一起，反复摩挲着：“在 1236 次循环里，这双手一共杀了超过一万人。当然了，亲手杀死的只有一百多个，剩下的那些是我在第 999 次循环里，为了庆祝第 1000 次即将到来，做了 10 个同时引爆的定时炸弹。”

我终于忍不住了：“你这个疯子！”

他却完全没有失态，还是很绅士地一笑：“鬼叔，我也知道你刚才的想法，你想着就算不答应我，不继任时间囚徒，不配合我完成那一个交接流程，也没有关系，对吧？因为你通过分析得出，我的意识一分为二的那个可能性，出现的概率也不低，所以你想着能继续跟我做朋友。”

我心里一惊，他说得分毫不差，这就是我全部的心理活动。一个长久以来的疑问也浮出水面，我脱口而出：“Stephen，既然你不是高维生物，当然也不会懂得读心术，那到底你是怎么知道我的想法的？”

我知道通过学习心理学，还有看面部表情什么的，可以判断一个人的内心想法，但也只是粗略地判断。像 Stephen 这种描述得比我自己还清楚的，是再厉害的心理学家也无法做到的。

Stephen 脸上露出了轻蔑的笑意：“鬼叔，你的聪明不过如此。看来，时间囚徒的人选真的是一任不如一任。要知道，虽然你的出现是小概率事件，但是在 1236 次循环里，只要你一出现，我就会来找你。”

他耸了一下肩膀：“所以，现在的你经历的每一步，在我之前的循环里，都已经演练过了。即使在你已经死在卡瓦格博的循环里，我也可以通过接触跟你关系亲密的人，来了解你的为人。甚至有一次，我还尝试到雪山上挖掘你的遗体，然后用于解剖……总之，可以这么说，我比你要更了解你自己。你在面对什么状况时，心理变化是怎么样的，在我看来……”Stephen 指着水族箱：“就跟鱼缸一样透明。”

我恍然大悟，原来是这样，难怪 Stephen 会连我什么时候看短信都拿捏得一清二楚。月初在用短信跟我沟通的时候，我的短信刚发出去，就收到了他的回复。其实，都是因为在之前的循环里，他已经知道了我会说什么，会隔多久回复。

而且，他的优势在于，试错的成本非常低，就算这一次的计算失败了，只要等下一次，再有我出现的循环就可以。因为循环是无限的，所以虽然我从雪山活着回来是小概率事件，但对于 Stephen 而言，从宏观上来看，有我出现的循环依然是无限的。

不过……我突然意识到了一个问题。

Stephen 现在还坐在我面前，也就是说，他没有摆脱时间的囚禁，没有让我成为他的继任者。按照这个推论，就是在以前的所有循环里，我都拒绝了成为他继任者的邀请。我深深吸了一口气，那些循环里的我都拒绝了他，肯定是有原因的。

Stephen 又看了一眼手表，语气开始急促了："鬼叔，你决定好没有？跟我到楼上浴室，完成交接流程吧。只要你答应了，通过在被囚禁阶段的学习，就可以得到无尽的财富，掌握所有技能，成为世界的王。一旦你厌倦了这种循环，那就跟现在的我一样，找一个继任者就行了。"

我强自镇定心神，深呼吸了几下，鼓足了勇气说："如果，我不接受呢？"

Stephen 再次露出帅气大叔的笑，只是这个笑让我身上发冷："到零点还差 20 分钟，鬼叔……"他身体向前倾，脸靠在离我 10 厘米的地方，以至于我都能感受到他呼出来的热气，"20 分钟，够我杀你 10 次了。"

我身体后仰，结结巴巴地说："不，你不能杀我。要不然的话，如果你的意识一分为二，还留在 12 月 1 日的那个你，不就会被警察抓住了吗？你不能坑自己啊！"在危急关头，我还能想出这样的理由，而且是从他的角度来考虑尝试说服他，也算是非常机智了。可惜，并没有什么用。

Stephen 绅士一样地笑道："鬼叔，不用替我担心。我在 1236 次循环里，不但学会了怎么杀人，还学会了怎么处理尸体。即使真的有一个我度过了零点，他也会好好处理你的尸体。你会消失得干干净净，就像从来没在这个世界上存在过。"

他站起身来，居高临下地说："你还有 3 分钟时间考虑。成为我的继任者，下一个时间囚徒，或者……”

他惋惜地说：“死。”

我背部紧紧靠在沙发垫上，把刚才的冷汗都焐热了，心里还妄图拖延时间：“Stephen，你等等，我还有个问题……”

他向前走了一步：“提问时间已经结束了，你还剩 2 分 30 秒。”

我看着他脸上的表情，没有一点儿在开玩笑的样子。那双眼睛里闪烁着淡然而冷漠的光芒，就像在看一只蟑螂，踩死我根本没有任何情绪波动。

我的心脏都快跳到嗓子眼儿：“可……可是，刚才你说，一定要在我自愿的情况下，才能完成交接流程的，现在你不是在威胁我吗？”

Stephen 抬了下锋利的眉毛：“你放心，这种程度根本说不上是威胁，只是告诉你拒绝我的风险，供你选择，最终还是要靠你自己来决定。之前已经试过了，这种程度的施压是被高维生物允许的。”

我心里一阵失望，本来还以为高维生物的存在，类似于人格化的神，也具有人类的道德感跟正义感，看起来根本不是这样的。我深吸了一口气，事到如今，也只能如此了。

Stephen 继续冷酷地计时：“最后一分钟。”

我用力点头道：“好，好，好，我跟你到楼上浴室……”手却伸到沙发垫子下，拿出了我从阳台拿进来，一直藏在下面的东西——那把 CP99。然后，我往后跳了一步，用双手举枪，对准了他的脸。

“别过来。”原来，人在紧急关头说出来的话是跟电视剧里一样的。

按照我之前的想法，一把道具枪当然吓不住 Stephen，但是起码可以拖延时间。并且，我用这把道具枪表明了我不同意成为继任者，坚决抵抗的决心。

本来，我跟 Stephen 是一个博弈的状况。我可以选择成为下一任的时间囚徒，也可以选择不。但是，现在我表明自己是决不愿意成为时间囚徒的，那么，我这边摊牌了，剩下的选择权就交给了

Stephen。

他有两个选择：

第一，不顾一切地冲上来，把我弄死，途中会吃几发道具枪子弹，如果打中眼睛什么的，还是很痛的。虽然痛不到 20 分钟，他就可以毫发无伤地循环到 11 月 1 日。不过，被道具枪打中，无论如何都不算是愉快的体验。

第二，他在看到了我的决心以后，也可以选择放弃，坐回到沙发上，静静地等最后的几分钟过去。然后，耐心等候，在下一个有我出现的循环里，再尝试说服我，成为下一任的时间囚徒。反正，机会还多得是。

我并没有把他当成一个有同情心的人，但假设在他的内心，仍然保有计较得失的理性，他应该会倾向于第二种选择。我深深吸了一口气——希望如此。

第十七章

高维意识

在我的设想里，Stephen 的表情无非就是愣个 1 秒，然后恢复成镇定、轻蔑的神态。甚至有这样的可能性，因为我拿 CP99 抵抗他，在以前的循环里也发生过，所以他早有准备，根本连愣 1 秒的表现都不会有。

万万没有想到，我看到的是这样一幕。

Stephen 盯着我手中的仿真道具枪，枪管在客厅灯下闪耀着金属的光芒，他脸上的表情竟然是完全愣住了。这个愣住的表情停留了很久，就好像他完全没有预料到我会拿出这把 CP99。

我心里突然有了点希望，看起来用这把 CP99 反抗他，不是他预演的一部分，甚至在那么多次循环里，有可能是第一次发生。也就是说，这次循环里的我，是最有勇气的一个。

Stephen 此时的表现非常奇怪。在之前的交流中，他都是以居高临下的姿态俯视着我，掌握着整个节奏的。但是，现在，这一把 CP99 亮出来以后，感觉他却有些露怯。

之前跟他都是在语言层面的交流，他的整个气场把我完全震住了，但现在切换到暴力对抗的模式，他却没有了之前的从容自如。这到底是为什么呢？如果他真是像他自己所说的，亲手杀了一百多人，或者掌握着高阶的搏击技能，完全不必要害怕我手中的这把小小道具枪。

不，不要说道具枪，就算是真枪，他也可以像电影里面一样，侧身一闪躲开子弹，然后一脚踢飞我手里的枪。虽然 Stephen 演的是反派，可是在一个正常的剧本里，应该都是这么写的。

难道说……

我皱着眉头，脑子里有种异样的感觉。

有人在放歌，旋律很熟悉，我听了前奏就分辨出来，应该是 Beatles（甲壳虫乐队）的 *Across the Universe*（飞跃宇宙）。我拿着枪的手不由自主地往上一抬，脱口而出："是谁在放歌？"

Stephen 吓了一跳："别开枪。"他退后一步，做了一个更可笑的动作——用手捂住了自己的脸。

在短暂的惊愕之后，我意识到了一点——Stephen 害怕我手中的枪。

音乐声越来越大，确实就是 Beatles 的那首经典。

> Words are flowing out like endless rain into a paper cup.
>
> They slither while they pass, they slip away across the universe.
>
> ……

每一个单词听在我耳朵里，都是那么清晰。深更半夜的，是谁在用那么大功率的喇叭播 Beatles 的歌？

Stephen 看我没有开枪，松开捂住脸的手，试图移动身体，躲开枪口。

我喊了一声："别动。"

他真的就站着不动了，双手举到半空，做了个投降的姿势："鬼叔，冷静。"

该死的播歌的人还把音量调得越来越大，我差点儿都听不清Stephen在说什么。

我皱着眉头嘟囔道："谁大半夜的把音响开得那么大，太没素质了。"

Stephen左右张望了一下："音乐？没有啊。"

我不可思议地说："不会吧，这么大声你都没听到？是被一把道具枪吓傻了吗？"

Stephen侧着脑袋想了一下，脸上本来是惊慌的神情，慢慢有点缓和过来："你说这个是……道具枪？"

我一边被Beatles的歌困扰着，一边也被Stephen弄糊涂了："这枪不是你送我的吗？"

Stephen仿佛松了口气，他最后看了一眼墙上的挂钟，然后转过头来看着我。他盯着我的眼神，就好像我才是一个高度危险的罪犯，而他要鼓足勇气，冲上来跟我同归于尽一样。然后，他大喊一声，身体前倾，双手尽量伸长，向着我的脖子——Stephen真的扑上来了。

他的脸离我越来越近，表情狰狞，咬牙切齿，给我一种感觉：他以前的绅士风度只是一张面具，或者一种职业化的表现，而现在揭下面具，展现出的七情六欲，贪嗔痴怨，才是真正的他自己，一个四十岁的老男人。

Beatles的歌声越来越大，如同浴缸里的水把整个空间灌满，而在水中的我们，变成了《黑客帝国》中那样的慢动作，Stephen跳起在半空中，一直向我扑来，但移动得却越来越慢，像是无限靠近但永远也不会接触到。在这仿佛定格的缓慢里，他的双眼闪烁着怪异的光芒，贪婪、孤注一掷，像是输红了眼，在最后一场全部押上妄想翻盘的病态赌徒。

突然之间，歌声在耳道中无限放大，我全身像是通了电，心脏压缩到极点而时间就停顿在这一刻，像是宇宙坍塌成了奇点。这种强烈的生理感觉，比跑完半程马拉松要强烈 100 倍。

我明明睁着眼睛，却什么也看不到了。

据说，吃了奇幻蘑菇的人，大脑里面负责管理视觉、听觉、嗅觉、触觉之间的区域混乱了，会有一种称之为“通感”的体验。比如说，他会觉得黄色是奶油味的，阳光听起来像一首民谣，桌子摸起来是绿色的。这种体验无法用语言形容，你想要真正知道这是怎么回事，只能自己去吃点奇幻蘑菇。

而我此刻的感觉正是如此——无法用语言形容，虽然我也没吃过奇幻蘑菇，但我敢担保，我体验到的比奇幻蘑菇还要奇幻。因为，我的意识悬浮于高维空间，正在向低维度俯视。

在无穷无尽的黑暗中，有一个盒子一样的东西，它是长方体，但又是波浪形，在不断膨胀、收缩，发出超出人类视觉细胞的识别范围、超出任何人类词汇、无法言说的光芒。长方体散布在黑暗中不同的地点、不同的时间，我视觉能感受到的只是不同的横截面，支离破碎的，但我却很清楚，它是一个不可分割的、比钻石还坚硬的整体。

一些闪闪发亮的光纤充斥着整个黑暗空间，它们本来是平行的、毫无关联的。但是，在长方体附近的一部分，无数的光纤，都被不断波动的黑盒子一端吸入，然后从另一端流出。

长方体的外壳是绝对不透明的，但我清楚地看到了它里面的构造。无数的光纤在长方体内的空间里，被挤在了一起，密密麻麻的像一筒挂面。

我的意识以超越光的速度飞到了长方体的一端。这里像是个浴室的通气窗，被挤成挂面的透明发光的光纤从通气窗出来，分道扬镳，又恢复了互相平行的状态。

我的意志是自由的，从无数的光纤里面选出一条，看进去的时候，画面被无限放大，从无垠的宇宙缩小成旋转的银河悬臂，又缩小成一颗橘子般的恒星和更小的蓝色星球，接着在 1 秒钟的时间内，我回顾了自己从出生到双手举枪对着 Stephen，三十年来所有的人生经历。

但那并不是我的人生经历。

我深吸了一口气，嘴巴里是 Beatles 的 *Across the Universe* 的形状，耳朵看见了丝绸般柔顺的光芒，闭上眼睛，再次睁开时，我扣下了 CP99 的扳机。

一瞬间，火光一闪，强烈的后坐力，接着是震耳欲聋的枪响。

一颗真正的金属弹头向着 Stephen 扑来的额头迸发，击穿了稍微松弛的皮肤、又硬又脆的头盖骨之后，在他的脑腔里停留了不到 0.1 秒，便从后脑勺带着一团血雾，飞射而出，最后“砰”地击碎了水族箱的玻璃。

我举着枪，从高维空间跌落到自己的家，C 栋 1015。Beatles 的歌声消失不见了，取而代之的是我轰鸣的心跳。客厅里一片狼藉，水族箱碎掉了，水倾泻而出，各种鱼在地板上徒劳地挣扎，不知道自己的世界到底发生了什么变化。我下垂的右手还拿着枪，脚下躺着一具四十岁男人，冒着热气的尸体。几秒前还是个叫 Stephen 的男人，现在已经是一具曾经叫 Stephen 的尸体。

子弹的冲力太大，他本来是向我扑来的，却被子弹带着向后倾，所以现在是面朝上躺在地板上。子弹从他前额射入，只留下了一个圆圆小点的弹痕，但不难想象如此近的距离下，后脑勺上是被旋转的弹头造成了一个杯口大的血肉模糊的破洞，红色的鲜血、白色的脑浆、湿答答的脑组织，正顺着破洞往地板上流。鲜血流动得最快，围着他的头部，形成了微型的血红色湖泊。

我耸了耸肩膀，把 CP99 放在了茶几上。它本来是一把仿真道具枪，却被谁偷梁换柱、狸猫换太子，换成了一把货真价实的真枪，并且打开了保险。从阳台上把它拿进客厅，藏到沙发底下时，我完全没有发觉这个改变。之前说过了，CP99 仿真道具枪跟真枪都是德国沃尔瑟工厂出品的，手感、重量完全一样。也就是说，本来我只是想用来自卫的道具枪，现在变成了杀人工具。

我从来没有杀过人，这是第一次。但是，我竟然一点都不慌乱。

我向前走了一步，小心避开了那一摊鲜血，然后蹲在地上，帮这具叫作 Stephen 的尸体合上了仍然睁着的双眼。几秒钟前那里面写着贪婪、冒险，现在则是临死前的惊恐和不解，但就连这最后的情感，也正随着瞳孔的扩大而飞速消散。

我站起身来，看了一眼墙上的挂钟。晚上 11：45，离 12 月 1 日的零点，还剩最后 15 分钟。但是，这已经足够了。我绕过地板上的尸体，又迈过从水族箱里流出的一地的海水，走向通往复式二楼的楼梯。从雪山上带回来的右腿肌肉撕裂，现在已经完全康复，我走的每一步都带着奇异的力量。

在刚才悬浮于高维空间的瞬间里，或者说永恒里，我看到了，局限在这个时空里的我自己不可能看到的事情。下午 Stephen 在星河丽思卡尔顿酒店里，跟我聊了一通高维空间什么的，我之前评判为彻头彻底的谎言。但这么说是委屈他了，因为里面有一部分是真实的。

那就是——我具有高维空间生物的部分意识。

在扣下扳机的前一瞬间，我跟另一个平行空间的我，取得了切实的联系。他告诉了我一些事实，正是这些事实，让我可以如此冷静地面对现在的状况。

我被人陷害，刚杀了个人，茶几上放着的那把 CP99，有我新鲜清晰的指纹，但是我根本都不需要去擦。因为，我知道有一个方法可以让我摆脱杀人的罪名，根本不需要负上一点责任。

那就是，成为下一任的时间囚徒。

在一瞬间或者是永恒的高维空间悬浮中，我得知了继任时间囚徒的那一个 Stephen 所谓的“交接流程”的具体操作流程。必要条件是一个放满了水的浴缸，下一任的时间囚徒需要有人在身旁帮你完成仪式，而这个人——并不需要是上一任时间囚徒本人。

地板上躺着的被我杀死的 Stephen，就像他之前经历的 18 次死亡一样，意识已经又回到了 11 月 1 日，继续经历一个新的循环。而如果我接受了他的邀请，完成了交接流程，成为下一任的时间囚徒的话，他自然而然就被解放了，恢复到普通人的身份。

如果他像大多数的循环里一样，经过了 30 天之后，好端端地活到了 11 月 30 日，就会发现零点过后，他顺利地到了 12 月 1 日，彻底摆脱 1236 次循环的 11 月。从此，他可以作为一个正常人活着，生老病死，悲欢离合。不过，是一个非常有钱、非常强、占据着社会金字塔顶端的——正常人。但是，如果他运气不好，不小心在 11 月把自己弄死了，以为可以从头来过，那他就真的死翘翘了，再也没办法在 11 月 1 日的浴缸里活过来。

无论结果如何，除非我能够再次悬浮在高维空间，不然的话，我是无法得知他最终的命运的。总之，只能祝他好运。

此刻的我，正一步步地走在楼梯上，只要我上楼泡在浴室的浴缸里完成交接流程，就会成为下一任的时间囚徒。而我的循环，是从 12 月 1 日开始，经过 30 天，又回到 12 月 1 日零点的浴缸里。

比起其他的时间囚徒，我会多一个麻烦要处理，那就是躺在楼下地板的尸体。但是，无所谓，只要通过前几次的学习，我就能总结出一个最方便实用、风险最小的办法，无论是用化学手段处理尸体，或者是利用法律给自己做无罪辩护，总之，凭我的智慧跟无限次试错的机会，这并不是什么难事。

处理好这个之后，12 月剩下的日子，我就可以跟上一任的时间囚徒一样，学习积累财富，掌握自己想要的任何技能跟知识，在经过

1000 次或者更多的循环，感到厌倦之后，再找一个继任者，从 2014 年的 12 月 31 日开始，过上从“时间监狱”里释放后，回归正常人的生活。

在踏上楼梯的最后几阶时，Marilyn 像海平线那一端的夕阳，也出现在我的视觉范围里。她被 Stephen 绑在了床上，看见出现的那张脸是我，马上松弛了下去，但是过了 1 秒，又不断地扭动着身体，被枕巾塞住的嘴巴，发出呜呜的声音。我知道她是在喊——救命。

Marilyn 还穿着我前女友的那套粉红色小熊图案的睡衣，我帮她解开了手上的绳子，扯掉嘴巴里的枕巾。她说的第一句话是：“楼下……怎么了？”我很高兴她终于从催眠中苏醒过来，恢复了理智，但这并不是庆祝的时刻。

Marilyn 依然坐在床上，惊魂未定的样子。我俯视着她的脸，解释道：“我用来防身的 CP99 仿真道具枪被换成了真枪，刚才误杀了 Stephen。”

听我这么说，她脸上写满了惊愕：“你真的杀了他？”

“真的，”我紧接着说，“对不起，毕竟他是你的……”

Marilyn 从震惊中恢复过来，脸上表情发生了复杂的变化，眼里慢慢噙满了泪花：“你胡说什么，我应该谢谢你才对，你不知道他对我做了什么……担心死我了，我还以为中枪的是你……”

我抚摩着她的头发，脸上自然流露出笑容：“Marilyn，你不用说了，我都知道。”

她顺势抱着我的腰，头埋在我一个月没锻炼所以稍微有点松软的腹部：“谢谢你救了我，可是你杀了人，这要怎么办？”

我沉默了几秒，说出了另外一个想法：“Marilyn，你不用担心我。我认识一个国际刑警，他会帮我的，而且道具枪被换成真枪是我不知情的，刚才的情况算是自卫杀人，虽然麻烦但最终能解释清楚的。”

Marilyn 听我这么说，霍地站了起来，紧张地说：“Stephen 好像认识很多厉害的人物，他们不会放过你的。”

看起来，她是真心为我感到担忧。

我皱着眉头，照 Marilyn 这样说，我连最后的退路都没有了。要不坐现实世界的监狱，就只能够选择成为时间囚徒，去坐时间循环的监狱。不过，对比一下，时间循环的监狱起码不用被强暴，而且理论上来说，可以自己选择服刑的长短，只要运气够好，快一点找到继任者，并且“说服”他就可以了。

我看着 Marilyn 担心的眼睛，对她说：“你不用担心，我还有一个办法，但是要你来帮忙。”

Marilyn 先是愣了一下，然后却猛地摇头：“不，不要当时间囚徒！”

我皱着眉头，看来跟 Stephen 相处的这一个月里，她也得知了 Stephen 的秘密。

不过，转念一想，我的眉头又舒展开来。既然她知道这里面的内容，我就可以不用解释那么多，让她直接协助我完成交接流程就可以了。毕竟现在还剩下 10 分钟多一点，稍微拖延的话，时间就不够了。

Marilyn 却抓住我的右手，充满担心地说：“鬼叔，我们再想想别的办法好吗？你不知道 Stephen 是怎样的变态狂，时间囚徒这样的惩罚，正常人根本承受不了，会很快崩溃的！”

我用左手摸着她的肩膀，试图让她冷静下来：“别担心，我已经想清楚了，你不用怀疑我的意志力，Stephen 可以做到的，我也可以。”

Marilyn 咬着嘴唇沉默了几秒，开口的时候，对我的决定还是充满了疑虑：“可是，就算你可以承受被时间囚禁的折磨，难道你不害怕……自己会变成 Stephen 那样的怪物吗？”

之前还没有考虑过这样的问题，不过到了现在……

我深深吸了一口气：“事到如今，没有别的选择了。刚才你不是说，Stephen 的那些有能量的朋友们不会放过我吗？我只能够做时间囚徒，在无数次的循环中，去找到对抗他们的方法，弥补刚才犯下的错误，最终获得自由。”

Marilyn 还想要说什么，我捧着她可爱的脸颊，低下头，用嘴巴封住了她想说的话。

她一开始是抵抗的，在我不断地试探下，终于松开了防线，跟我不要命地吻在了一起。可能在其他的平行空间里，也发生过同样的剧情，而刚才悬浮在高维空间的经历，把这种经历同步给了我。

男人就是如此可笑的动物，即使身处险境，我也在这一秒陷入身体的愉悦中，无法自拔。最后，是 Marilyn 推开了我。她的唇舌那么柔软，说出来的话却斩钉截铁：“鬼叔，时间不多了，交接流程一定要在零点前完成。”

我的脑子有点反应不过来，刚才还苦苦哀求我不要继任时间囚徒的 Marilyn，现在却来了个 180 度的大转变，坚决支持我成为下一任的时间囚徒。看来女人要是决定了一件事情，杀伐果断的气势，比男人还要决绝得多。我吞了一口口水，里面还有一部分 Marilyn 的唾液，所以有点甜丝丝的。

Marilyn 不等我回答，拖着我的手就往浴室里走：“我在被催眠的状态里，听过 Stephen 说交接流程的具体内容，需要满满一浴缸的水。幸好刚才你让我上来洗澡，现在应该……”

浴室的门却是关上的，Marilyn 把我牵到门口，停了下来。我不解地看了她一眼，她却说了句：“你要打开自己的浴室。”这句话似曾相识，好像在哪里听过，但我不想考虑那么多，走上去拧开了浴室的门把。

门被推开的那一刻，我惊呆了。

浴缸里的水满了，正不断地向外溢出。如果是平时的话，我就要担心浴室里的地漏排量不够大，水就会越过门槛溢到外面房间。对于一个粗心大意的男人来讲，这并不是没有过的经历。但是，如今我却完全不用担心。因为，我的浴室已经变得不像浴室，而成了另外一个空间。

第十八章

真相大白

整个浴室里，唯一还保持原样的，就是那个科勒的白色陶瓷浴缸。在浴缸下面，原来浴室的地板，变成了浅蓝的海面。迈过浴室的门，脚下就是像空气一样透明的海水。浴缸就这样漂浮，不，是稳稳地停泊在海面上，并不随海浪的波动而移动，就好像浴缸下有沉重而隐形的锚，使海浪拍打在浴缸外壁上，碎成洁白的浪花。

我不知道，为什么一个装满水的陶瓷浴缸，可以这样停泊在海面上，也不知道，没有了水龙头，浴缸里不停满溢的水又是从何而来。可是，浴缸就这样毫无理由地在海面上停泊着。一两米深的水下是白色的细沙。一些珊瑚的骨骼分布其中，还有各种颜色的鱼游来游去。我几乎要以为，这是我楼下那个水族箱放大的版本。

浴室的天花板也消失了，原本镶嵌在天花板中的日光灯，变成了蓝天中悬挂着的真正的太阳。我手搭凉棚看过去，现在应该是正午时分。然后，我意识到，实际上，这里是印度洋或者澳大利亚附近哪一片干净无人的海域。极目远眺的话，甚至可以看见远处海面上疑似轮船的物体。

我脚站在浴室门前，把头探过浴室的门，向左右张望，在海的这一边，浴室跟卧室之间的墙也是不存在的。但是把头伸回来，从卧室的这一边看，那堵墙又是结结实实地存在，手摸上去，还有墙面油漆细腻的触感。

这简直就是叮当猫的任意门啊！

身旁的 Marilyn 却比我要镇定多了。大概她从 Stephen 那里知道了这个完成交接流程的关键地点——浴室——在被下一任的时间囚徒打开后，就会变成如此奇异的场景。她伸出圆润的小脚试探了一下水温，然后……毫不犹豫地脱光了身上的睡衣。浴室门那边的阳光照了过来，她的皮肤显现出了梦幻般的粉红色。

我盯着她完美的身躯，不由得怔住了。她打量了一眼海面上停泊的浴缸，估算到："五米，不，六米……鬼叔，你已经可以游泳了吧？"

我收回被缝在她身上的视线，问了一句："为什么你不问我会不会游泳？你这样的问法是知道我的脚受过伤吗？"

Marilyn 不以为然地看了我一眼："我听 Stephen 说的呀，他还知道你更多的事情呢！时间不多了，鬼叔，快点儿。"说完，她纵身往清澈的海水里一跃，姿势优美，就像是经过专业训练的。

Marilyn 跳出去的那一刻，我还有点担心，会不会眼前的一切全都是幻觉，下一秒，她就会结结实实砸在浴室的陶瓷地板上。溅到我身上的海水打消了这个顾虑。Marilyn 赤裸的身体在透明的海水中游动，像是一尾美人鱼。她三两下就游到陶瓷浴缸边，手搭着浴缸外壁，直起身子，转过来再次催促道："鬼叔，没时间了。"

蓝天、碧海、赤裸美人，我从这炫目的美景中回过神来，犹豫了3秒。但是，人家女孩子都脱光了，我一个大男人再扭捏也不像话。这么想着，我一咬牙，三下五除二地脱光了身上的衣服，然后也"扑通"一声跳进了海里。

明亮的阳光晃得我一下睁不开眼，我闭着眼睛蹬了两下腿，浮到了水面。右腿的伤势其实已经好了，走路都没问题，更别说蛙泳时的蹬腿了。我游到浴缸边上，Marilyn 体贴地伸过手来，扶住了我。

我一手扶着浴缸边沿，回头看去，原来浴室门的位置，不要说墙，连门框都消失不见了，只留下门板那么大的空洞，可以看见黑漆漆的卧室。这大概是异次元的出入口？外形就像是悬挂在海面上的一张大型海报。

不过，现在并不是想这个的时候，当务之急……我一回过头来，看见的是 Marilyn 比我还着急的表情，以及……透明的海面下，赤裸的身体。那么巧，我身上也是什么都没穿。我深深吸了一口气，压抑住内心的躁动，问 Marilyn："现在呢？"

她的眼睛在阳光下又闪烁着紫色的光芒，坚定地看着我，指挥道："爬到浴缸里。"

我点了点头，双手撑着浴缸壁，翻身向上爬，"扑通"一声掉到了浴缸里，里面的水跟海水一样，也被太阳晒得暖暖的。

我刚要问："那你……"

一双手出现在浴缸边沿，然后是 Marilyn 的脸、肩膀、上半身……然后又一声扑通，她也跳进了浴缸里。

Marilyn 双手搭在我肩膀上，把脸凑过来，像是要亲我。我把嘴巴迎了上去，此时此刻，她却问了一句："蔡必贵，你是否自愿成为下一任的时间囚徒？"

我意乱情迷地看着她的眼睛，那种神秘的紫色光芒似乎有着把人催眠的能力。

在回答问题之前，我一把亲了过去，手又在她身上胡乱地抓了一把，就像这是我跟她最后一次接吻一样。

Marilyn 再怎么健美，始终是个女人，花了好大力气才把我推开："别闹。"然后，她双手捧着我的脸，又认真地重复，"蔡必贵，你是否……"

我却打断了她："Marilyn，我有个问题。"

她皱了一下眉头："鬼叔，你的时间不多了，可以等下再……"

我摇了摇头："问题就在这里，等一下我顺利继任了时间囚徒，是不是就'嗖'的一下消失不见了，以后再也见不到你了？"

听我这么一说，Marilyn 笑靥如花："傻瓜，不用害怕，你的循环是从 12 月 1 日开始的，在这一刻我陪着你，以后每一次的循环里，我都会陪着你。"她爱惜地摸了一下我的脸，"只要你配合我走完这个交接流程。"

Marilyn 双手按着我的肩膀，身体用力向上挪，轻轻地在我额头上吻了一下，又重复那一句咒语："蔡必贵，你是否自愿成为下一任的时间囚徒？"

我认真地看着她的眼睛，深深吸了一口气："不愿意。"

她脸上的笑容僵在那里，在赤道的太阳下，一片片粉碎掉了。

再次开口时，她的声音陡然拔高："为什么？你不是想好了吗？"

我挠了一下头，满脸无辜地说："我是想好了呀，想好不继任了。"

Marilyn 脸上的表情变幻莫测，她努力想笑，但是笑不出来。这就让她原来好看的脸蛋，显得有几分诡异和狰狞。就像她之前也戴着一张柔情蜜意的面具，在这一刻揭下，露出了本来面目。

她尝试用回原来温柔的声音，在我听来，多少有点别扭："可是，你不要忘了楼下的 Stephen……"

我耸了耸肩膀："他呀，他没有死。"

Marilyn 的表情完全呆住了，就好像听见了旷世奇闻。

我继续解释道："我那一枪打空了，子弹擦着 Stephen 耳朵飞了过去。在我要开枪的那一刻，另一个平行空间的我把我打死了 Stephen 的画面，还有他死之后的画面，都同步到了我的海马体里。所以，我确实感受到了杀人的所有细节体验。不过，他现在就只是吓尿了裤子，坐在沙发上发抖而已。"

她脸上满是不可思议，边摇头边说："另一个平行空间？不，不可能，这个阶段的你，对高维意识的掌控……"

我嘿嘿一笑："还达不到这个程度是吧？前几次循环里，其他平行空间的我，确实是这样的。但是，Marilyn，你知道，我们身处的这个浴室，也就是我意识悬浮在高维空间时，看到的那一个奇妙的盒子。无数的平行空间被挤压着，从这个浴室里面通过，本来完全隔绝的平行空间，在浴室这个长方体里发生了接触，因为他们的数量是无穷多，所以难免有一两个会发生异变……"

我深深吸了一口气："很幸运，这个时空里的我，鬼叔，蔡必贵——就是发生异变，提前获得了高维能力的那个我。"

Marilyn 已经崩溃了，十九岁少女的脸上露出了只有一百多岁的老人才会有的绝望，喃喃道："不可能，不要，偏偏是这一次……"

我双手抱在胸前，内心的感受非常复杂：首先是同情，她遭遇的一切，比我之前想象的残酷得多。比较起来，当一头任人摆布的宠物，其实是很幸运的一件事情。其次是庆幸，如果不是识破了她的诡计，真的当了时间囚徒，那么在找继任者失败的时候，我也会是这个崩溃绝望的表情。

她把脸埋在双手里，似乎在抽泣。看不到表情的话，这具身躯还是显得那么动人，那么楚楚可怜。确实，虽然经历了那么多次的循环，学会了一切应该学的、不应该学的知识，但是不要忘了，她这一具十九岁少女的躯体里，在开始第一次循环之前，也装着一个十九岁少女的灵魂。

在赤道灼热的阳光下，我努力让自己的情绪冷静下来，尝试像名侦探破案后那般，得意而镇定地说："对不起，你又失败了一次，时间囚徒——Marilyn，不，马莉莉。"

每次都是柯南把毛利小五郎麻醉，借他的口说出真相，我现在就相当于毛利小五郎。不过，告诉我真相的并不是别人，而是另外一个或者另外几个平行空间里的我。不过，从某种角度上来看，识破这一切的，还是叔自己嘛。

现任的时间囚徒 Marilyn，把双手放下，浴缸里“啪”的一声，激起了一阵水花。她的脸上分不清是泪、是汗，还是浴缸里不知道从哪里冒出来源源不绝的水。或者，三者都有。

她扑了过来，紧紧抱着我，声音里满是哀求：“鬼叔，求求你，我求求你好吗，就答应我，接过去吧，我骗你是我不对，可是以前试过那么多次，实话实说，你没有一次是愿意的，我也没有办法……”

我的心一下就软了下来，我应该会答应她的，如果不是悬浮在高维空间的那一瞬间里，我得到了如此巨量的信息的话。因为知道了事情的所有来龙去脉，就好像从高维空间俯瞰低维空间一样，我看穿了马莉莉所有的处心积虑，所有的布局。这种感觉……没错，就像是翻看一本漫画书。正是这种信息不对称的缘故，我才得以在与真正的时间囚徒马莉莉的博弈中胜利了。

Marilyn，马莉莉，这个真正的时间囚徒，也是整个 11 月以来所有怪事的幕后操纵者。她一开始是亲自出手，用她在某些循环里练的男性笔迹，写下了亲笔信，并给我寄来麦卡伦、CP99、无人机。

从 11 月中旬初次露面，之后一直冒充高维生物，被揭穿后又自认是时间囚徒的 Stephen，真正的身份是一个 40 多岁的话剧演员。Marilyn 用 100 万雇了他，通过半个月的排练，教给他我所有可能说的话，以及该有怎样的对应，然后安排他跟我见面。

说起来，我其实可能看过 Stephen 演的戏，所以曾经也觉得面熟。他本来就是演员，演起来当然毫不费劲，结合他貌似无穷的财力来做背书，很容易就让我相信了他。但是，也有露马脚的时候，那就是梁警官留给我的那个关键问题——他正在哪里执行任务。

相比我们能从雪山回来，梁警官在哪里执行任务，也是一个受高维生物影响发生的小概率事件。这是另外一个故事。总之，在之前的那些循环里，都没有发生过这件事。这样一来，Marilyn 无法预料，自然也就无法排练，所以在第一次会面道别后的宾利车上，演员

Stephen 才露出了一丝慌乱的神色。

同样的理由，Marilyn 在分析了半个月后，再次得出的最符合逻辑、貌似正确的答案，也被梁警官验证是假的。正因为这一点，我才对整件事情开始有了怀疑。

至于在汉堡王、酒店房间，还有我家客厅这三个地点里，跟 Stephen 交流的这些话，理论、经历、剧本都是现成的，只不过角色名替换一下，把 Stephen 换成 Marilyn 就对了。

是的，Stephen 跟我所说的一切时间囚徒的经历，其实都是发生在 Marilyn 身上的，是她经历了 1236 次的循环，学会了所有的知识跟技能，甚至她杀过几个人也是真的，只不过数量是个位数。

Marilyn 急于寻找下一任的时间囚徒，想去看 12 月的演出，也是真实的。除此之外，她还想要结婚、生子，走完正常的人生历程，这都是在短短的 11 月里，无论如何努力都无法做到的。

如果仅仅是这样，其实出于同情心，以及在担任时间囚徒的过程中，切实可以获得的利益的考虑，我会同意担当下一任的时间囚徒。只不过，Marilyn 对我隐瞒了一个她急于摆脱时间囚笼的最重要的原因，而这个原因，是她永远不可能跟我坦白的。

悬浮在无尽黑暗中的那个像盒子的东西，具现在地球上，就是我们身处的这个浴室。不知道出于什么样的考虑，高维生物规定，每一次的交接流程都必须在浴室里完成。具体来说，必须是一男一女，同时在浴室里接吻，然后用双方都懂的语言，表达出继任者是自愿成为时间囚徒的意思。所以，Marilyn 上一任的时间囚徒，一定是个男人。至于他们之间发生了什么，我从盒子里并没有看到，让我八卦的心不禁有点小失落。

然后，他们的时间就流淌到盒子的另一端，也就是我悬浮在高维空间里的时候，看到的类似浴室通风口的地方。他们会被分开到两个平行的空间，上一任的时间囚徒获得解放，在那一个固定的平行空间里，过完作为正常人的一生，七情六欲，生老病死。

至于下一任的时间囚徒——多数是被上一任欺骗的——看着同在浴缸里的那个爱人，突然消失不见，然后开始了属于自己的一个月循环，直到他或者她也找到了继任者。

这个模式总在不停地重复，似乎是在文明出现后便开始了。采用浴缸跟浴室是近代来才有的方式，以前可能就是在湖里、海里、河里。总之，一定是双方都浸泡在水里。

一年里有12个月，每一个时间囚徒只能占用其中的一个月。就当作人类历史是2000年，在这2000年里，有几万任的时间囚徒，一代代传承着。

其实成为时间囚徒，在过往的那么多任里，并不是一个悲惨的代名词。就像Stephen或者说是Marilyn描述的那样，找到了继任者，获得释放的时间囚徒，是带着财富跟知识离开的。可以想象到，他们有了这些积累，会过着比同时代人更幸福、更成功的一生。

不幸的是，这一个古老而久远的继承仪式，到了Marilyn这里，却快要结束了。因为，这个悬浮在高维空间中的盒子，马上就要崩坏了。

这个盒子是高维生物的杰作。高维生物不知道出于什么目的，制作了这样一个盒子，把它放置在高维空间中，吸引了我们人类所处的维度的平行空间，把它们都聚拢在盒子里。我们正常的人、正常的时间，都随着平行空间的光纤，从盒子的一头进来，又从另一端流走。

但是，时间囚徒是被困在这个盒子里的。

现在，高维生物要把盒子毁掉了。就像高维生物不知道出于什么目的，创造了这样一个盒子，如今，同样不知道出于什么目的，要毁掉这个盒子。也有可能，根本不存在目的，就像我们无聊捏扁了一个烟盒。

总之，Marilyn感知到了“盒子要崩坏了”这个信息，但是她不知道盒子崩坏的原因，以及具体循环的次数。同样的，我也不知道。

但是，我们都能猜到，盒子崩坏了，被挤在盒子里的平行空间就恢复了原来的状态，再也没有接触。而被困在盒子里的时间囚徒也会随之烟消云散，不复存在。所以，Marilyn 比任何一代的时间囚徒，都着急着要找个继任者，或者说，是真正意义上的替死鬼。非常不幸的是，我就是被指定的继任者。

非常幸运的是，出于种种原因，在之前的 1236 次循环里，Marilyn 只遇上了我 10 次左右，而且每一次都以失败告终。当然，也有一两次，是以两败俱伤告终的，我杀了 Stephen 或者别的演员，然后坐牢去了。

总而言之，她安排的布局越来越缜密，这一次本来是必然要成功的。但是，可能是平行空间的光纤被挤得太紧的关系，我却突然之间获得了另外空间的我的感应，获得了不该有的高维意识。这样一来，就完全击败了她的所有苦心布局。

从一开始，Marilyn 就是在用苦肉计。她利用我的爱慕和同情心，一步一步地吸引我跳入这个浴缸。从以前的循环里，还有这一次的实践里，都证明了她的正确性。

只可惜……

叔以一个无赖的视角，把她的剧本看了个透。所以，在这出戏最后的大结局，她演，我跟着她演，演得比她还像。

我双手握着她的肩膀，用力把她推开。她脸上布满着真切的泪痕，即使是经历了那么多的磨难，实际上，也只是个十九岁的少女。一瞬间，我有点动摇了。即使明知道是做替死鬼，我也不是不会答应。毕竟叔就是这么一个冲动可笑的、拥有莫名保护欲的男人。

可惜的是，那不知道几次的尝试里，她对我做的，永远是欺骗。

我深吸了一口气，缓缓说出三个字："对不起。"浴缸里的这个女人，在以前的循环里，跟我有过更深入的肌肤之亲。

她咬着下唇，泣不成声："鬼……鬼叔，我不……不想死……"

这个被困在时间囚笼里，度过了 1236 次的 2014 年 11 月，经历了不知道多少磨难的少女，马莉莉——Marilyn，在我面前崩溃地大哭：“对不起，对不起……”

我心里又酸又痛，揽住她的肩膀，要把她重新抱回怀里。

在肌肤紧贴的温暖感觉下一秒就要体验到的时候，突然之间，我眼前一黑。头顶的太阳消失不见，海面变成了浴室坚硬的地板。黑漆漆的浴室闪着幽光的白色陶瓷浴缸，浴缸里空荡荡的，没有一滴水，只有一个赤身裸体的我。我臂弯里空空如也，用力抱紧的双手只抱到了自己的肩膀。

不需要任何的计时仪器，我知道，已经过了 2014 年 12 月 1 日的零点，现在是 00：01。

楼下传来破门而入的声音，不知道赶来的是脱困的梁警官同事，还是那个家伙本人。那个四十岁的话剧演员，在楼下没出息地求饶。

我从浴缸里站起身来，准备赶紧穿起衣服。毕竟叔那么健美的身体展现在陌生人面前，简直是亏了大本。脸上有两行水痕，一定是刚才的海水而已，被我轻易地伸手擦去。我深深吸了一口气，迈着有力的步伐，做出了一个决定。

刚才从浴缸望出去，我看见了一个海岛，还有——沙滩上树立的一块巨大的英文标识牌，标示着岛的名字。

我，蔡必贵，鬼叔——打了个响指。